GARDEZ L'ŒIL OUVERT

TOME 3

Édition : Max Hugny
Design : Christine Hébert
Design couverture et infographie : Axel Pérez de León
Révision : Jocelyne Cormier
Correction : Odile Dallaserra
Photo de l'autrice : Émilie Hébert
Photo de fond (couverture) : Shutterstock

Crédits photographiques :

Nous avons fait tous les efforts possibles pour retracer et indiquer correctement la source ou le détenteur des droits de chaque photo. Les Éditions de l'Homme s'excusent pour toute erreur ou omission à cet égard.

p. 46 : Kathleen Pacheco

p. 222 : Howard Stern Wikimedia Commons

p. 256 : Stefan Pircher/Shutterstock

Catalogage avant publication de Bibliothèque et Archives nationales du Québec et Bibliothèque et Archives Canada

Titre : Gardez l'œil ouvert / Victoria Charlton.

Noms : Charlton, Victoria, auteur. | Charlton, Victoria. 20 histoires criminelles déconcertantes.

Description : Sommaire incomplet : tome 3. 20 histoires criminelles déconcertantes.

Identifiants : Canadiana (livre imprimé) 20190025085 | Canadiana (livre numérique) 20210041951 | ISBN 9782761959964 (vol. 3) | 9782761959971 (livre numérique : vol. 3)

Vedettes-matière : RVM : Personnes disparues—Études de cas. | RVM : Victimes de disparition forcée—Études de cas. | RVM : Infractions contre la personne—Études de cas. | RVM : Crimes non résolus—Études de cas. | RVMGF : Études de cas.

Classification : LCC HV6762.A3 C42 2019 | CDD 363.2/336—dc23

10-22

Imprimé en France par NRI s.a.s. (2204690)

ISBN (version papier) 978-2-7619-5996-4
ISBN (version numérique) 978-2-7619-5997-1

DISTRIBUTEURS EXCLUSIFS :

Pour le Canada et les États-Unis :
MESSAGERIES ADP inc.*
Téléphone : 450-640-1237
Internet : www.messageries-adp.com
*filiale du Groupe Sogides inc.,
filiale de Québecor Média inc.

Pour la France et les autres pays :
INTERFORUM editis
Téléphone : 33 (0) 1 49 59 11 56/91
Service commandes France Métropolitaine
Téléphone : 33 (0) 2 38 32 71 00
Internet : www.interforum.fr
Service commandes Export – DOM-TOM
Internet : www.interforum.fr
Courriel : cdes-export@interforum.fr

Pour la Suisse :
INTERFORUM editis SUISSE
Téléphone : 41 (0) 26 460 80 60
Internet : www.interforumsuisse.ch
Courriel : office@interforumsuisse.ch
Distributeur : OLF S.A.
Commandes :
Téléphone : 41 (0) 26 467 53 33
Internet : www.olf.ch
Courriel : information@olf.ch

Pour la Belgique et le Luxembourg :
INTERFORUM BENELUX S.A.
Téléphone : 32 (0) 10 42 03 20
Internet : www.interforum.be
Courriel : info@interforum.be

Gouvernement du Québec – Programme de crédit d'impôt pour l'édition de livres – Gestion SODEC – www.sodec.gouv.qc.ca

L'Éditeur bénéficie du soutien de la Société de développement des entreprises culturelles du Québec pour son programme d'édition.

Conseil des arts du Canada | Canada Council for the Arts

Nous remercions le Conseil des arts du Canada de l'aide accordée à notre programme de publication.

Financé par le gouvernement du Canada | Funded by the Government of Canada | Canada

Nous reconnaissons l'aide financière du gouvernement du Canada par l'entremise du Fonds du livre du Canada pour nos activités d'édition.

VICTORIA CHARLTON

GARDEZ L'ŒIL OUVERT

20 HISTOIRES CRIMINELLES DÉCONCERTANTES

TOME 3

LES ÉDITIONS DE L'HOMME

INTRODUCTION

Si on m'avait dit en écrivant mon premier livre de *Gardez l'œil ouvert* que je me rendrais à un tome 3, je n'y aurais pas cru. Trois ouvrages sur le *true crime* ! Le plus incroyable, c'est que je pourrais probablement en écrire beaucoup d'autres tant il y a d'histoires à raconter. Plusieurs choses ont changé depuis la sortie de mon premier livre en 2019, tant dans ma vie personnelle que dans le monde des faits divers. Cela étant dit, mon désir d'aider et ma passion pour ces histoires sont toujours aussi présents.

J'aimerais maintenant vous donner des nouvelles de quelques histoires qui ont avancé depuis la sortie de mes livres précédents. Si je reviens au tome 1, je pense immédiatement à l'affaire du jeune **Andrew Gosden**, 14 ans, disparu à Londres en 2007. Récemment, soit en janvier 2022, deux hommes auraient été arrêtés en lien avec le kidnapping de l'enfant. Une histoire de trafic humain serait derrière la disparition d'Andrew. Pour le moment, c'est malheureusement tout ce qu'on sait sur l'affaire, mais c'est tout de même une grosse nouvelle, puisque ça faisait une quinzaine d'années que l'enquête stagnait.

Toujours en 2022, l'affaire **Brandon Lawson** a connu une fin tragique quand les ossements du jeune homme de 26 ans ont été retrouvés. Il avait disparu en 2013 après avoir fait un appel troublant au 911. Malheureusement, nous ne savons toujours pas ce qui lui est arrivé.

Passons maintenant au tome 2. Vous rappelez-vous **Little Miss Nobody**, la petite Jane Doe retrouvée en Arizona dans les années 1960 ? Eh bien, je crois que cette nouvelle est celle que j'avais le plus hâte de vous annoncer : elle a enfin été identifiée. Si vous retournez lire le chapitre consacré à cette affaire, vous verrez qu'on se doutait que la petite Sharon Lee Gallagos aurait pu être notre Jane Doe. Heureusement, grâce à la nouvelle technologie d'analyse ADN, cette association a pu être confirmée, et Little Miss Nobody a enfin retrouvé son nom. Maintenant, il ne reste plus qu'à arrêter ses kidnappeurs.

Et que dire de ce nouveau tome ? Vous remarquerez qu'il présente 20 histoires. J'avais tellement de récits à partager avec vous que je n'ai pas pu me restreindre à 15 comme dans les précédents ! Les histoires que vous lirez ici sont, je crois, encore plus mystérieuses que dans les tomes précédents... De plus, cette fois-ci, je ne me suis pas du tout limitée ! J'ai abordé tous les sujets qui m'intéressaient : extraterrestres, paranormal, tueurs en série, etc.

Si vous êtes passionné d'enquêtes policières, vous en aurez pour votre argent avec mes sections « Le coin des enquêteurs », où vous trouverez des pistes pour approfondir vos connaissances.

Enfin, il est toujours primordial pour moi de rencontrer des familles de victimes ; on me contacte de plus en plus pour que je raconte leur histoire. Pour moi, c'est un honneur ; c'est ce qui est le plus important dans ce travail, et j'espère continuer à le faire tant et aussi longtemps que vous me lirez !

Sur ce, on se retrouve au chapitre 1. *Enjoy the ride!*

1. UNE FOIS C'T'UN GARS DANS UN BAR – LA MORT DE JOEY LABUTE

Columbus, Ohio, États-Unis – la nuit du 31 mars 2006. Brian Shaffer, un jeune étudiant en médecine de 27 ans, sort avec ses amis pour célébrer le très prisé début du *Spring Break*. Vers 2 h du matin, des caméras de surveillance le filment devant le bar The Ugly Tuna Saloon alors qu'il parle à deux jeunes femmes. Il les salue avant d'y entrer pour terminer la soirée. Sauf que, plus tard, personne ne le voit en ressortir et il n'apparaît plus sur les enregistrements vidéo. Cette nuit-là, Brian Shaffer disparaît.

Déjà là, cette histoire est vraiment mystérieuse ! Un étudiant américain se volatilise en plein milieu d'un lieu public. Mais que s'est-il passé dans ce bar ? Le jeune aurait-il été victime d'un meurtre ? Et ensuite, qu'aurait-on fait du corps ? Tellement de questions, n'est-ce pas ? Pourtant, vous n'avez encore rien vu…

Si je vous disais que plus d'une centaine d'étudiants aux États-Unis ont disparu de la même façon dans les 15 dernières années ?

Et si j'ajoutais que la plupart des victimes ont presque toutes le même profil ? De jeunes universitaires dans la vingtaine plutôt beaux gosses, populaires, athlétiques, qui semblent avoir tout pour eux. Pour rendre les choses encore plus étranges, lorsque, quelques jours ou quelques semaines plus tard, on finit par les retrouver, c'est presque toujours de la même façon ; pourtant, cela n'aide en rien à résoudre le mystère. Bien au contraire…

Je ne vous en dis pas plus pour le moment. Parmi ces centaines d'histoires irrésolues, il y en a une en particulier dont j'aimerais vous parler. Joey LaBute a disparu dans un bar, dans la même ville que Brian Shaffer, lui aussi quelques jours avant le *Spring Break*, mais 10 ans plus tard. Voyons ce qu'il s'est passé dans cette ville de l'Ohio, le *Midwest* des États-Unis.

Disparaître dans un bar

La vidéo indique la date : samedi 5 mars 2016. Il est 0 h 5 min 12 s. On peut apercevoir l'image foncée, floue et pixélisée d'une piste de danse située dans un bar. La caméra de surveillance qui a réussi à capter cet extrait est fixée en hauteur, dans un coin de la pièce sombre. Si l'on regarde bien attentivement parmi la foule, on peut réussir à identifier les gens sur l'enregistrement vidéo. C'est sans doute la raison pour laquelle la police de Columbus a publié les images qui y ont été captées. Les enquêteurs demandaient l'aide du public. Qui est cet homme qui lève les bras ? Ou est-ce une femme ? Qui est l'individu chauve juste devant ? Est-il accompagné ? Et cette grosse lumière, à quoi mène-t-elle exactement ? Si on sait que, en regardant cette petite image floue, on peut sauver la vie de quelqu'un qui est porté disparu, on est porté à bien se concentrer, et on réussit à déceler des formes, peut-être même des visages. Parmi eux, celui de Joey LaBute apparaît. Ça y est. On sait avec certitude qu'il était encore sur la piste de danse à minuit. Plus tard, à 0 h 15, on le voit quitter les toilettes, puis se diriger vers la sortie d'un pas décidé. Il est seul et il n'a pas de manteau.

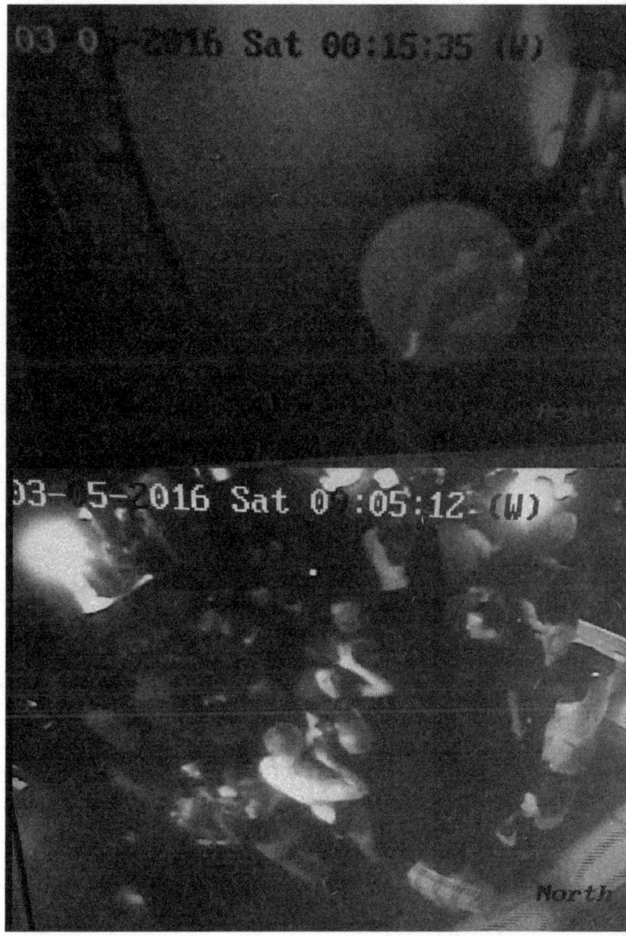

C'est la dernière fois qu'il apparaîtra sur les caméras de surveillance du bar.

LE COIN DES ENQUÊTEURS

L'UTILITÉ DES CAMÉRAS DE SURVEILLANCE (CCTV *FOOTAGE*) DANS UNE ENQUÊTE POLICIÈRE

Les images captées par les caméras de surveillance sont très utiles dans une affaire criminelle, et ce, pour plusieurs raisons. Lors d'un meurtre ou d'une disparition, les enregistrements vidéo peuvent situer un criminel ou une victime à un endroit et à un moment précis. Ils permettent ainsi de créer une ligne du temps fiable et exacte. Ces images sont aussi souvent utilisées en cour : elles font office de preuves irréfutables des déplacements d'un individu. Prenons, par exemple, la police de Londres en 2021 : sur 90 meurtres, les images de caméras de surveillance ont été utilisées dans 86 enquêtes. Grâce à celles-ci, 65 affaires ont été résolues ! (Voir le chapitre 20 qui relate l'une d'elles.) Selon les enquêteurs, le CCTV est aussi important que les empreintes digitales ou l'ADN.

Ses proches disent tous la même chose : Joey n'a pas l'habitude de sortir les vendredis soirs. Il est plutôt le genre à rester chez lui et à se détendre. Dans un article du *Columbusalive*, on apprend qu'au moment de sa disparition, ça fait cinq ans que le jeune homme est diplômé de l'Ohio State University et qu'il travaille désormais en finances pour la banque Morgan Stanley, à Columbus. À 26 ans, Joey a de grosses responsabilités au travail et, quand le week-end arrive, il préfère se reposer. Mais ce vendredi 5 mars est différent. Une occasion spéciale. En effet, le mercredi précédent, sa cousine Stacy Reigle l'a invité chez elle parce que son mari Kyle et elle ont une grosse nouvelle à lui annoncer. Kyle a fait son *coming-out*. Stacy l'encourage dans cette affirmation de lui-même et les trois amis passent une belle soirée ensemble, à souper puis à jouer au Monopoly jusqu'à tard le soir. C'est là que Stacy invite Joey à sortir avec eux le vendredi suivant pour le *coming-out party* de son mari. Joey, qui aurait normalement préféré rester chez lui à regarder *Game of Thrones*, décide de déroger à ses habitudes et de sortir avec ses proches. Il aime bien Kyle et veut être présent pour sa cousine.

Le soir du party, donc, Joey soupe avec quelques collègues dans une pizzéria pour finalement rejoindre sa cousine à l'Union Cafe, un bar gay assez populaire en ville, vers 21 h. Si on regarde les *reviews* du bar, on peut lire des commentaires tels que : « Des *drinks* vraiment forts. Gage est génial. Une communauté accueillante et de la bonne bouffe. 11/10, je vais revenir », « J'adore les brunchs du dimanche ! » Ou bien : « Essayez de l'anal près des poubelles. » Bref, il y en a pour tous les goûts.

Ce soir-là, le bar est rempli car la ville de Columbus accueille l'Arnold Sports Festival, où plus de 22 000 athlètes de 80 pays différents s'affrontent dans des compétitions de force physique durant plusieurs jours. Les amis de Joey témoignent plus tard que, malgré la foule, le jeune homme est de bonne humeur ; il a pris quelques gin-tonics, il danse, rit avec ses amis et sympathise même avec des inconnus. L'article du *Columbusalive* mentionne que Joey avait tendance à être plus sociable lorsqu'il avait pris quelques verres ; c'était un côté de lui que sa famille ne connaissait pas. Justement, ce soir-là, il est heureux d'être sorti de sa routine et de ses pantoufles pour s'amuser avec ses proches. Que s'est-il passé ensuite ? On sait qu'entre 0 h et 0 h 15, Stacy a commencé à avoir la nausée et a souhaité quitter le bar. Kyle et elle ont cherché Joey partout, mais ne l'ont pas trouvé. Ils l'ont appelé sur son téléphone portable, sans succès. Ils lui ont alors envoyé des messages texte. Pas de réponse non plus.

Mais où était-il donc?

Des messages texte cryptiques

À ce stade, Stacy et Kyle ne s'inquiètent pas. Ne pas répondre au téléphone dans un bar surpeuplé n'est pas exceptionnel. La musique est si forte, il est possible que Joey n'ait tout simplement pas entendu son téléphone. De plus, cette soirée-là, Joey a garé sa voiture dans le stationnement de son ancien immeuble d'habitation, situé à une vingtaine de minutes à pied du bar (il a gardé sa vignette de stationnement pour l'utiliser quand il allait en ville). Ainsi, Stacy se dit que son cousin doit déjà être chez lui. Kyle et elle rentrent donc chez eux, somme toute satisfaits de leur soirée.

C'est vraiment à partir de là que les choses se corsent. À 0 h 19, Holly, la tante de Joey, dont il est très proche, reçoit un message texte de son neveu:

To help so goo5

Elle s'imagine alors qu'il veut sûrement dire: « *To help so good* », en français: « Ça fait du bien d'aider. » Elle a interprété ce message texte ainsi: Joey lui disait qu'aider Kyle et le célébrer lui avait fait du bien.

À 1 h 22, Joey envoie un autre message texte à un ami:

Jnhstioj

Un message complètement dénué de sens. Était-ce une simple erreur? Il aurait pu l'envoyer sans faire exprès, en accrochant les touches de son téléphone... Mais Stacy, sa cousine, a confié aux journalistes que, selon elle, Joey voulait dire « Jonestown », car c'est l'endroit où elle travaille comme hygiéniste dentaire et qu'ils en avaient parlé plus tôt dans la soirée. Mais pourquoi aurait-il envoyé ce message? Et s'il voulait dire autre chose? Lancer un dernier message? Et si ce SMS indiquait quelque chose de plus sombre? Nous y reviendrons.

Selon Eric, l'ex-copain de Joey, un de leurs amis aurait appelé Joey tard dans la nuit. Celui-ci aurait décroché et répondu: « Je conduis. » Malheureusement, je n'ai pas pu vérifier dans mes recherches si ce fait s'est avéré exact; les enquêteurs ne sont pas en mesure de confirmer ou de nier que Joey ait bel et bien reçu cet appel mystérieux.

Le samedi, Stacy n'a pas de nouvelles de son cousin. Elle commence à s'inquiéter de son silence, puisqu'il est normalement prompt à répondre à ses messages. Le dimanche, ses proches partent à la recherche de sa voiture qui, à leur grande surprise, est toujours garée au même endroit, là où Joey l'a laissée le vendredi soir. C'est une information plutôt étrange lorsqu'on pense à l'hypothétique appel de Joey dans la nuit de vendredi à samedi où il disait être en train de conduire. Ainsi, dès le lundi à la première heure, ses proches signalent sa disparition auprès de la police locale.

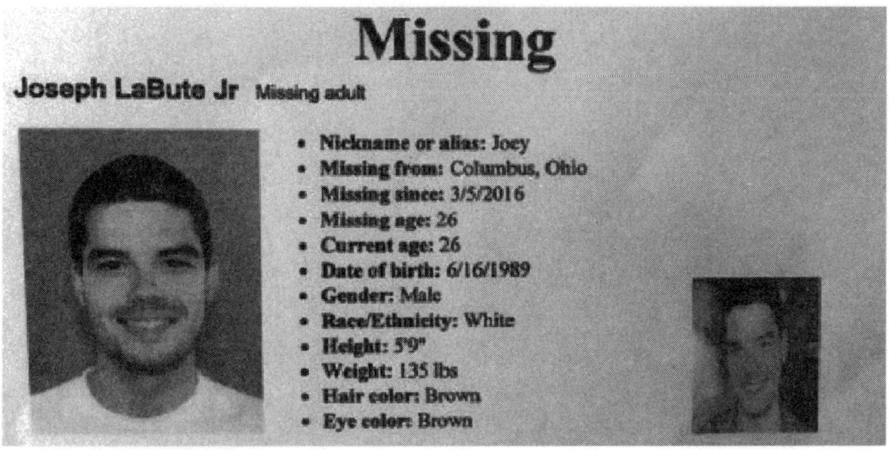

Un autre homme à la mer

Les recherches – très intensives – pour retrouver Joey durent plusieurs jours. Plus de 200 volontaires sont de la partie. La communauté LGBTQ+ s'est aussi ralliée à la cause en médiatisant le plus possible la disparition de Joey. Pour ses proches, il faut envisager toutes les théories. Les deux tantes de Joey passent parfois devant une maison du secteur à l'air sinistre et elles ont un mauvais pressentiment ; elles crient alors « Joey ! » en s'imaginant qu'il est peut-être enchaîné au sous-sol. Malheureusement, c'est le 29 mars, trois semaines après sa disparition, qu'on trouve une réponse à toutes ces questions. Le corps de Joey est découvert flottant dans la rivière Scioto, un endroit qui a pourtant déjà été exploré à plusieurs reprises. Il a tout de suite été possible de l'identifier à cause des vêtements qu'il portait, ceux de la soirée du 5 mars. Cependant, son portefeuille, ses clés et son téléphone portable n'ont jamais été retrouvés.

Des disparitions inexpliquées

Comme je le mentionnais en début de chapitre, Brian Shaffer et Joey LaBute ne sont pas les seuls étudiants à disparaître de cette façon dans les dernières années. À l'heure actuelle, on compte plus d'une centaine de disparitions et de morts irrésolues partout aux États-Unis, dont toutes les victimes ont exactement le même profil.

Je pense, entre autres, à Dakota James, 23 ans, un jeune étudiant de l'Université Duquesne, à Pittsburgh. Il a disparu le soir du 25 janvier 2017 alors qu'il était sorti avec des amis et des collègues dans un bar local. La dernière fois qu'il a été vu, il venait d'emprunter une ruelle sombre pour ne plus jamais en ressortir. Quarante jours plus tard, son corps a été retrouvé dans la rivière Ohio.

Le cas de Tommy Booth, 24 ans, est similaire. Il a disparu le 19 janvier 2008 dans la ville de Woodlyn, en Pennsylvanie, alors qu'il faisait la fête dans un bar. Une caméra de surveillance l'a vu entrer dans l'établissement mais, tout comme Brian Shaffer, il n'en est jamais ressorti. Deux semaines plus tard, le corps de Booth était repêché dans une petite rivière derrière le bar.

Le cas de William Hurley, 24 ans, est encore plus étrange. Il a disparu le 8 octobre 2009 alors qu'il assistait, avec des amis, à une partie de hockey des Bruins à Boston, au Massachusetts. À la mi-temps, il est sorti appeler sa petite amie, Claire, pour lui demander de venir le chercher. Toutefois, lorsqu'elle est arrivée, il n'était plus là. Elle l'a rappelé pour savoir où il l'attendait exactement. Hurley a répondu et a demandé aux gens autour de lui sa localisation pour la donner à sa copine. Claire a entendu un homme lancer « 99, rue Nashua », puis Hurley lui a dit que la charge de son téléphone allait être épuisée. Comme elle était juste au coin de la rue, elle s'est rendue en quelques secondes au point de rendez-vous, mais là encore, son copain n'y était plus. Claire a tourné en rond pendant une heure à sa recherche, mais il est resté introuvable. Elle est finalement rentrée en pensant qu'un ami était sans doute allé le reconduire chez lui. William Hurley n'est jamais rentré et Claire a dû signaler sa disparition auprès des autorités. Son corps a été retrouvé six jours plus tard, flottant dans la rivière Charles.

Que se passe-t-il aux États-Unis? Pourquoi tous ces jeunes hommes deviennent-ils des victimes? Le plus perturbant, c'est que – un des nombreux points que les disparus ont en commun – leur corps est toujours retrouvé flottant dans un cours d'eau. Mais alors, de quoi meurent-ils? Je peux tout de suite vous dire qu'aucun de ces hommes n'est mort par noyade ni par suicide. On peut alors se poser la question : y a-t-il un tueur en série en liberté?

On pourrait parler de ce phénomène pendant des heures (ou pendant des pages!), et c'est ce que je ferai au chapitre 12. À plus tard!

Maintenant, que peut nous révéler son rapport d'autopsie ?

Premièrement, aucune trace d'eau n'a été trouvée dans ses poumons ou dans son estomac. Curieux, n'est-ce pas ? Son corps a pourtant été repêché dans la rivière... De plus, Joey n'avait aucun signe de trauma sur le corps, c'est-à-dire aucune blessure apparente, que ce soit par balle, par un objet contondant ou par une lame tranchante. Pourtant, selon les médecins légistes, il est fort probable que le jeune homme était déjà mort avant son immersion. Le rapport d'autopsie indique également que le sang de Joey contenait une importante quantité d'alcool, soit 0,15, ce qui est presque le double de la limite permise pour conduire. (Cependant, il est important de préciser que le processus de décomposition du corps peut faire varier les niveaux d'éthanol dans le sang.) Les médecins légistes ont aussi testé le niveau de certaines drogues dans le sang de Joey, sans toutefois en détecter. Quelles conclusions tirer de tout cela ? Déjà, nous pouvons presque automatiquement éliminer la mort par noyade. Ce qui nous amène à la question suivante : Joey aurait-il pu être tué avant d'être jeté à l'eau ? C'est possible. Mais encore là, c'est difficile à affirmer, à cause de l'état de son corps, qui était presque intact. Par ailleurs, Joey aurait très bien pu être tué par strangulation, asphyxie ou empoisonnement, des méthodes qui ne laissent pratiquement aucune trace sur le corps. Mais qui aurait pu lui faire du mal ?

Est-ce que Joey avait des ennemis ?

La famille de Joey est persuadée qu'il a été drogué. Sa sœur, Stephanie, l'a mentionné dans la section « Commentaires » d'un podcast qui portait sur la disparition de son frère : « Je suis la sœur de Joey... Notre hypothèse, c'est qu'il a été drogué. Cette semaine-là et la précédente, il y a eu plusieurs cas de jeunes qui ont été drogués. Je crois qu'une même personne peut aussi avoir drogué Joey, parce qu'il n'avait jamais consommé de drogue avant. Ou peut-être encore qu'elle a provoqué une overdose par accident, et puis, prise de panique, elle a jeté le corps dans l'eau. »

Pourtant, comme je l'ai mentionné, les médecins légistes n'ont pas trouvé de traces probantes de drogue dans le sang de Joey. Mais il est important de noter que le GHB, communément appelé « drogue du viol », est déjà présent dans l'organisme à des niveaux assez bas, qui vont augmenter lors de la mort et de la décomposition du corps. Ainsi, il est impossible de savoir vraiment si quelqu'un a utilisé la drogue du viol sur Joey.

LE COIN DES ENQUÊTEURS

L'IMPORTANCE DES RAPPORTS D'AUTOPSIE

Dans des enquêtes pour meurtre, on fait appel aux services du coroner lorsque la mort semble inattendue, inexpliquée ou non naturelle. Sur place, à l'endroit où le corps est trouvé, le coroner déterminera l'identité de la victime ainsi que la cause de la mort, qui peut figurer dans l'une des cinq catégories suivantes : cause naturelle, cause accidentelle, cause indéterminée, homicide, suicide. Si des informations sont manquantes, le coroner peut demander une autopsie afin de déterminer les circonstances entourant la mort, documenter les blessures et identifier des restes. Dans le cas où on suspecte que le défunt a été victime d'un acte criminel, une autopsie médico-légale suivra automatiquement.

Voyons les trois types d'autopsie.

- L'autopsie médico-légale : elle a pour but de trouver la cause et les circonstances de la mort. Elle est souvent pratiquée lorsque le défunt a été victime d'une mort soudaine, violente ou suspecte. On parle aussi d'autopsie médico-légale lors d'une mort sans assistance médicale ou durant une procédure chirurgicale.

• L'autopsie médico-scientifique : elle est normalement demandée par le médecin ou la famille d'un défunt. Cela permet d'en savoir plus sur la mort d'un patient à l'hôpital et d'empêcher qu'un même phénomène se reproduise dans le futur.

• L'autopsie sanitaire : elle est produite par des élèves en médecine et est pratiquée dans un but éducatif.

Le rapport du coroner est toujours disponible pour consultation publique. Toutefois, les résultats d'une autopsie sont divulgués d'abord à la famille de la victime. Ensuite, cette dernière peut décider de les rendre publics ou non. On peut consulter un rapport d'autopsie lorsque l'enquête est terminée et le dossier, fermé.

Un fait à mentionner ici : au moment de sa disparition, Joey était en froid avec son meilleur ami d'enfance, Justin Mertz, qui était aussi son ancien colocataire. Depuis quelque temps, ils ne s'adressaient plus la parole. Justin a confié aux journalistes que leur dispute était récente, en plus d'être stupide et insignifiante. Or, il est important de préciser que le soir du 5 mars, Justin travaillait derrière le bar de l'Union Café ; ainsi, plusieurs internautes ont avancé l'idée que Joey aurait pu être victime de son ancien ami. D'ailleurs, le mot « Jnhstioj », qu'il aurait tenté de texter à son ami, ressemble beaucoup plus à **Justin** qu'à **Jonestown**, selon moi. Pourtant, dans une entrevue donnée au journal *Abc6*, Justin Mertz parle de son ancien meilleur ami et ne tarit pas d'éloges sur lui : « C'était la personne la plus drôle que je connaissais. Il était incroyablement vif d'esprit. Parfois un peu Tit-Joe Connaissant, mais ça faisait son charme. Une très bonne personne. Il était toujours là quand tu avais besoin de lui. » Justin a été très présent dans les médias et auprès de la famille ; il a aussi grandement aidé dans la distribution des avis de recherche avant que Joey ne soit retrouvé. Peut-on alors le soupçonner ?

De plus, il ne faut pas oublier que cette fin de semaine-là, en raison du festival d'hommes forts, la ville de Columbus était envahie par des athlètes, des touristes et de nombreux fêtards. Si l'un d'eux avait tué Joey, il aurait très bien pu s'en sortir sans se faire prendre. Ses amis pensent que, le soir du 5 mars, Joey a pu faire une rencontre qui a mal tourné. Il est possible, par exemple, qu'il ait donné rendez-vous à un homme qu'il aurait connu sur Grindr ou Tinder ; c'est peut-être pour cette raison qu'il aurait quitté le bar à minuit, ce qui est relativement tôt. Ça expliquerait possiblement pourquoi il est parti rapidement, sans manteau. Allait-il rejoindre quelqu'un pour quelques minutes seulement ? Prévoyait-il revenir ensuite au bar ? Il est possible également que, rendu sur place, son rendez-vous galant ait mal viré. Très mal viré. C'est assurément une hypothèse envisageable pour Eric Renner, l'ex-copain de Joey : « Ce n'est pas du tout anormal pour quelqu'un d'utiliser une application de rencontre comme Grindr ou Tinder durant la soirée et ensuite de s'échapper pour aller rejoindre quelqu'un. » Le détective Wooden, responsable de l'enquête, affirme avoir déjà vérifié cette possibilité. C'est difficile d'en savoir plus, car s'il y avait une quelconque trace d'ADN du coupable sur les vêtements ou le corps de Joey, elle a dû être effacée par l'eau de la rivière.

* * *

Encore aujourd'hui, six ans plus tard, on ne connaît pas la cause de la mort de Joey LaBute, mais la famille et les policiers sont convaincus qu'il a été victime d'un homicide. Des appels à témoins continuent d'être lancés, des affiches sont distribuées. On nourrit toujours l'espoir que quelqu'un se rappelle quelque chose, que quelqu'un parle. Sa tante Wendy décrit bien comment elle se sent depuis la mort de son neveu : « Tu dois avancer et continuer ta vie, c'est ce qu'il aurait voulu. Mais quand même, je ressens encore un trou dans mon cœur.

Je devrais être capable d'avoir des réponses... » Car c'est ça qui est horrible dans des drames comme celui-ci. Bien sûr, le corps de Joey a été retrouvé, on n'a donc plus à se poser l'éternelle question des cas de disparition : « Où est-il ? » Mais d'autres questions viennent prendre le relais pour hanter les proches. De quoi est-il mort ? Qui l'a tué ? Pourquoi ? A-t-il souffert ? Pour ma part, je crois que le plus étrange dans tout cela, c'est de penser que la mort de Joey s'inscrit parmi une longue liste de décès irrésolus aux États-Unis. Pourquoi toutes les victimes ont-elles le même profil que Joey ? Qui veut leur peau ? S'agit-il d'un tueur solitaire ou d'un groupe de criminels ? Pourquoi vouloir éliminer des gars comme Joey ? J'y reviendrai plus en détail au chapitre 12. En attendant, on espère avoir la réponse à l'énigme suivante : une fois c't'un gars dans un bar... et on le retrouve dans l'eau. Qui est le coupable ?

2. LUCE ET HÉLÈNE – DEUX ADOLESCENTES TUÉES DANS LES ANNÉES 1970

Le 9 mai 2022, il fait frais dehors et le soleil commence à se coucher. Je me stationne sur la rue Commerciale, à La Tuque, devant le bar La Voûte. Déjà six mois que j'habite avec mon copain, la moitié de la semaine, dans cette petite ville très charmante. Ça fait changement des gros édifices de Montréal (que j'adore aussi !). Timide, j'entre dans le commerce presque vide et je repère quelques hommes assis au bar. Ils viennent de terminer leur quart de travail à l'usine du coin. Comme on s'est seulement parlé par Facebook Messenger, je ne connais pas le visage de celui que je viens rencontrer. Heureusement, un homme m'identifie presque immédiatement : « T'es Victoria ? » Soulagée, je lui réponds que oui et vais m'asseoir à ses côtés, sur un tabouret. Il me présente sa sœur Anne, la serveuse, qui se joindra à nous pour l'entrevue. On échange quelques politesses, puis je leur demande si je peux enregistrer la conversation pour ne rien oublier. J'allume le dictaphone sur mon iPhone et leur signale qu'ils peuvent commencer lorsqu'ils seront prêts. Luc et Anne Pouliot me racontent alors comment, 40 ans plus tôt, leur petite sœur Luce a été assassinée.

* * *

Ça fait maintenant cinq ans que je fais des vidéos sur YouTube, trois ans que j'écris des livres et un an que je tourne ma série télé. La totalité de mes projets porte sur les affaires criminelles. Je touche à tout : tueurs en série, disparitions, meurtres résolus ou pas, meurtres passionnels, homicides, parricides, infanticides, féminicides. J'aborde aussi des histoires de partout dans le monde : États-Unis, Canada, Amérique latine, France, Japon, Portugal, etc.

Plus je gagne de la notoriété dans mon domaine, plus je deviens une « référence » pour ce genre d'histoires (je dis cela avec la plus grande humilité !). Chaque semaine, des amis et des membres de la famille de victimes me contactent pour que j'enquête ou que je raconte le drame qui a bouleversé leur vie. « Ma sœur a été assassinée il y a deux ans. » « Mon fils a été tué et la police dit que c'est un suicide. » « Mon amie a disparu il y a 20 ans, j'aimerais que tu en parles. » Les gens me font confiance, ils veulent que leur histoire ne tombe pas aux oubliettes. Cinquante ans plus tard, ils ont encore espoir qu'on découvre la vérité.

* * *

En août 2019, j'ai reçu le message d'une abonnée, Carol-Ann, pour me demander de couvrir l'histoire de sa tante. Elle aimerait qu'elle ne soit pas oubliée :

> Dernièrement, j'ai regardé une vidéo et tu nous avais demandé en commentaires si on connaissait d'autres histoires de

disparitions. J'en connais une, effectivement, qui n'a jamais été médiatisée auparavant. C'est l'histoire de ma tante. [...] Je ne l'ai pas connue, mais je cherche toujours à en apprendre davantage. Elle se nomme Luce Pouliot. À ce jour, nous ne savons malheureusement pas qui aurait pu commettre ce geste. Merci et j'espère que tu verras ce message. Je serais très ravie ☺

En 2022, trois ans plus tard, j'ai enfin l'occasion de mettre en lumière le meurtre de Luce, une histoire qui, je l'espère, connaîtra le dénouement qu'elle mérite sur le plan judiciaire.

Parallèlement à l'histoire de Luce, j'aborderai également dans ce chapitre le meurtre d'Hélène Monast, une autre jeune femme âgée de 18 ans qui a été assassinée quelques années avant Luce. Les deux histoires sont liées par le traumatisme vécu par la famille et aussi l'espoir de savoir enfin ce qui s'est passé. Je remarque surtout le caractère touchant des frères et sœurs d'Hélène et de Luce qui, près de 40 ans plus tard, cherchent encore à partager leur histoire et à connaître la vérité.

Pour m'aider dans mes recherches, j'ai décidé de faire appel à ma collègue Annie Richard, la « dépoussiéreuse de crimes », afin qu'elle me donne son avis sur ces deux affaires. Annie est recherchiste d'enquête et se spécialise notamment dans les affaires irrésolues du Québec. Les noms d'Hélène et de Luce lui étaient familiers, elle connaissait déjà assez bien ces dossiers. Son opinion sur ces cas m'est précieuse, car elle a un bon sens de l'observation et est très au fait des crimes de cette époque.

De mon côté, je dois dire que je croyais connaître toutes les histoires de meurtres et de disparitions ; je *croyais*. Je pensais que le *true crime* québécois n'avait plus de secrets pour moi. En fait, de plus en plus, je réalise que même si je connais des détails de base comme le nom de la victime, l'époque et la région du meurtre, je suis loin de tout savoir. C'est donc important pour moi de rencontrer les proches des victimes, d'échanger directement avec eux pour cerner les informations qui, à leurs yeux, méritent d'être divulguées.

Rapidement, je réalise encore plus que derrière chaque nom, chaque date, chaque meurtre sordide se trouve une famille en deuil qui a son histoire à raconter.

Luce Pouliot, 18 ans

En 1982, Luce Pouliot a 18 ans. Ses frère et sœurs, Luc, Ann et Hélène, la décrivent comme une jeune femme timide et tranquille, « dans sa bulle » et assez refermée sur elle-même. Elle est passionnée par le ski et fait partie de l'équipe de compétition du centre de ski de La Tuque. Comme plusieurs filles de son âge, elle non plus ne sait pas trop quelle carrière elle choisira. Dans la petite ville de La Tuque, il n'y a pas beaucoup de métiers qui l'intéressent. Elle décide donc de prendre une année sabbatique afin de réfléchir à son avenir. Durant le jour, elle aide sa grande sœur Anne à s'occuper de ses enfants. C'est une excellente tante et *baby-sitter*, elle prend son rôle très au sérieux. Au mois de juillet, Luce décide de partir quelques jours en vacances pour se reposer et décrocher un peu de sa routine de travail. Son oncle maternel, Joseph Guay, lui propose de l'héberger chez lui à Sorel durant deux semaines. Luce accepte avec plaisir, ça lui permettra de changer un peu d'air. Elle connaissait bien Joseph : il leur rendait régulièrement visite à La Tuque avec sa conjointe, une femme qu'on décrit comme aimante et douce. Luce dit donc au revoir à ses parents, fait la bise à ses nièces et part avec sa petite valise.

Ce jour-là, elle ne sait pas qu'elle ne reviendra jamais à la maison.

Le 26 juillet, Luce était censée prendre l'autobus de retour jusqu'à La Tuque, un trajet d'environ trois heures. La veille, elle avait donné rendez-vous à sa mère, Georgette, à l'arrêt d'autobus. Mais le soir, une fois l'autobus arrivé, la jeune adolescente n'y est pas. Georgette attend toute la nuit d'avoir des nouvelles. Rien du tout. Le lendemain matin, même chose, aucun appel de Luce. La mère communique alors avec Joseph pour lui demander pourquoi Luce n'est pas revenue. Il trouve ça surprenant, lui répond-il, elle est pourtant bien partie le 26 juillet : « Je ne comprends pas, je l'ai laissée à la station-service, près de la route 132, et je suis parti après. » En effet, Joseph raconte que Luce avait rencontré des amies à Sorel qui rentraient justement à La Tuque. Elle était censée revenir avec elles.

C'est le 27 juillet que Georgette et sa plus vieille, Anne, se rendent à Sorel pour signaler la disparition de Luce auprès du Service de police de la ville de Sorel, là où elle a été vue pour la dernière fois, la veille. Or, comme Luce est majeure (à peine 18 ans), on considère qu'elle a fugué – et non disparu – et qu'elle n'est donc pas en danger. Aucune enquête n'est ouverte ! En effet, si on consulte les médias de cette époque, on ne fait pas du tout mention de sa disparition. Luce Pouliot était une jeune femme tranquille, de nature craintive, qui ne prenait aucun risque. Jamais elle n'aurait quitté sa famille de La Tuque sans leur donner de nouvelles... Imaginez la situation : du jour au lendemain, un membre de votre famille disparaît. Vous savez très bien, au fond de vous, qu'il ne s'agit pas d'une fugue. Or, la police refuse de le chercher. Quel sentiment d'impuissance vous devez éprouver...

Malheureusement, les Pouliot ne sont pas les seuls à être frustrés devant l'attitude des policiers de l'époque.

Environ cinq ans plus tôt, une autre famille vivait le même enfer, à 300 kilomètres de distance.

Hélène Monast, 18 ans

Pendant que j'effectuais des recherches sur Luce Pouliot, une femme du nom de Nicole a communiqué avec moi par courriel :

> Bonjour Victoria (si je peux me permettre de te tutoyer...)
>
> Une connaissance m'a suggéré de te contacter. Je ne te connais pas, mais peut-être que tu pourrais faire quelque chose pour faire avancer l'enquête sur le meurtre de ma sœur, Hélène Monast, survenu le 10 septembre

1977, le jour de son 18e anniversaire. C'est impossible de faire notre deuil tant que ce crime demeure impuni. J'ai fait plusieurs démarches afin que ce meurtre ne tombe pas dans l'oubli car je suis convaincue que quelqu'un sait quelque chose… Je ressens un sentiment d'impuissance devant ce drame. Je n'ai pas le rapport de police puisqu'ils gardent pour eux ce qu'ils ont… Informations que seuls le meurtrier et l'enquêteur possèdent, qui serviraient à incriminer le coupable. Reconstituer les faits, tels qu'ils se sont passés, pourrait contaminer l'enquête… Je ne sais plus à quel saint me vouer…

Bonne soirée
Nicole Monast

En lisant ce courriel, je suis restée choquée. Combien de familles cherchent encore le meurtrier de leur sœur, de leur fille, de leur amie ? Une autre fille de 18 ans qui a été assassinée dans les années 1970-1980 ? Dans le tome 2 de *Gardez l'œil ouvert*, j'ai parlé du meurtre de Joanne Dorion et de plusieurs autres jeunes femmes tuées à cette époque. On soupçonnait peut-être l'œuvre d'un tueur en série n'ayant jamais été démasqué. Il me semble que c'est toujours la même chose. Une adolescente disparaît, son corps est retrouvé, mutilé, et les policiers font une enquête décevante qui n'aboutit à rien. Aujourd'hui, ces familles endeuillées cherchent toujours à connaître la vérité et j'aimerais les aider à y parvenir. J'ai donc répondu à Nicole Monast, puis nous nous sommes donné rendez-vous. C'est par Zoom qu'elle m'a raconté en détail la mort injuste de sa sœur.

* * *

Hélène Monast fêtait ses 18 ans le 10 septembre 1977. Depuis des mois, elle attendait cette journée avec impatience ! « Elle avait très hâte », se souvient Nicole. Le soir, elle est sortie avec sa meilleure amie, Christiane, au restaurant Marius, une petite pizzéria de

Chambly. Après le souper, toutes deux ont décidé de marcher un peu avant de rentrer. Hélène avait prévu de dormir chez sa marraine pour l'occasion. C'est vers 23 h 15, sur l'avenue Bourgogne, à la hauteur du motel Mon Repos et à mi-chemin de la maison de sa tante, que les filles se sont séparées. Hélène devait se rendre sur la rue Migneault, à une quinzaine de minutes de marche, en contournant le parc des Ateliers. Malheureusement, elle n'est jamais arrivée chez sa tante.

Le lendemain matin, vers 8 h 20, une femme vivant au 224, rue Maurice regarde par la fenêtre de sa chambre, qui donne sur le parc des Ateliers, près du canal. Sous l'arbre, près d'un monument, la femme voit un corps allongé. Elle sort de chez elle et s'en approche avec précaution. Dans l'herbe, elle découvre le cadavre d'une jeune femme. C'est celui d'Hélène. La pauvre jeune fille est dans un état déplorable ; on peut immédiatement constater qu'elle a vécu l'enfer. C'est la police municipale qui s'occupe de l'enquête. Les premiers policiers à arriver sur les lieux, Richard Sauvé et René Richard, photographient la scène de crime. Or, à aucun moment ils ne pensent à la sécuriser. Nicole me raconte la situation : « Non, la scène de crime n'était vraiment pas sécurisée. N'importe qui pouvait être à quatre, cinq pieds du corps. » Une erreur importante puisque, ainsi, des curieux étaient libres de circuler et pouvaient ainsi contaminer des preuves possiblement essentielles à la résolution de l'affaire.

Le rapport du coroner précise ceci: « La victime aurait été trouvée décédée, dévêtue et reposant sur le dos, dans le parc de Chambly. » En effet, Hélène est retrouvée presque entièrement nue, elle n'a sur elle que sa chemise bleu marine, relevée sur sa poitrine. Elle porte encore ses bijoux : sa montre Timex et sa chaînette en or. Ses vêtements sont à côté d'elle, mais son sac à main a disparu. Sur la scène de crime, on découvre d'autres éléments qui auraient pu appartenir à l'assassin : un verre en plastique, un paquet de cigarettes Export A et un paquet de gommes Chiclets.

Dans le procès-verbal de l'enquête du coroner, la case MORT SUSPECTE est cochée : « Une autopsie pratiquée sur ce cadavre par le Dr Jean Hould, pathologiste à l'Institut de médecine légale de la province de Québec, a déterminé qu'il s'agissait d'une mort violente par asphyxie par strangulation. »

« Le cadavre, sexe féminin, âgé d'environ 17-20 ans, trouvé nu étendu sur le dos. L'examen de la scène nous laisse croire que la victime a été traînée à cet endroit. Blessures apparentes au visage, à la tête et au cou. »

Selon le rapport d'autopsie, Hélène a été étranglée, elle a des ecchymoses à l'œil droit et des morsures aux seins. Cependant, « [l]'examen des organes génitaux externes ainsi que les prélèvements qui ont été faits n'ont pas permis de reconnaître des critères témoignant de violence ou d'approche des organes génitaux externes ».

Comme dans ce cas-ci nous avons un corps, une enquête pour meurtre est déclenchée. Malheureusement, tout comme pour l'affaire Luce Pouliot, elle non plus n'aboutit à rien.

Le mononc' de Luce

Je suis toujours au bar de La Tuque et je sirote mon gin-tonic pendant qu'Anne et Luc Pouliot continuent à m'en apprendre sur cette sombre histoire. Hélène, leur sœur, s'est jointe à nous par FaceTime. Le meurtre de sa grande sœur Luce est encore frais dans sa mémoire. À trois, ils me racontent comment les choses se sont déroulées par la suite.

Devant l'inaction des enquêteurs, les frère et sœurs de Luce décident eux-mêmes d'aller au fond des choses. En toute logique, la dernière personne à avoir vu la jeune femme est Joseph, qui l'avait hébergée pendant deux semaines. Pourrait-il être celui qui lui aurait fait du mal ? « Ah moi, il me gâtait, il me donnait toujours des cadeaux », me raconte Hélène, la cadette. Luc intervient : selon lui, Joseph faisait ça pour acheter la paix. Pourtant, son oncle est resté proche de Georgette, sa sœur, et jure que sa version des faits est la bonne.

Selon toute apparence, Joseph était un mononc' plutôt gentil. Pourtant, une femme de la famille (qui souhaite garder l'anonymat) leur a raconté, en 2012, une tout autre histoire sur cet homme. Ainsi, Luc et Anne ont appris que celle-ci a été violée par Joseph. Une révélation qui aura l'effet d'une bombe pour la suite des choses. À ce moment, Luc lance à sa sœur : « Fesse ! Tu as toutes les preuves qu'il faut pour déclencher l'enquête. »

Effectivement, grâce à cette confession, l'enquête sur la disparition de Luce est enfin démarrée après plusieurs années de surplace. C'est fou de penser qu'à l'époque, rien n'avait été fait ! Toute la parenté est interrogée pour la première fois (chose qui aurait dû être faite... une vingtaine d'années plus tôt). Ces interrogatoires viennent brasser les choses, de mauvais souvenirs resurgissent. Deux autres sœurs de Joseph affirment elles aussi avoir été violées par leur frère lorsqu'elles étaient plus jeunes. On découvre donc que le mononc' aimable est en fait tout le contraire de l'image qu'il projetait. Anne me raconte un peu comment c'était à cette époque : « Les grands-parents, dans le temps, disaient *qu'on l'avait provoqué*. Donc, les filles n'ont jamais parlé. Elles ont enduré leur sort. » Ça explique un peu pourquoi elles ont gardé ce pénible secret toutes ces années.

Au total, sa famille estime qu'il aurait agressé sexuellement une douzaine de femmes.

L'un des exemples qu'on me donne est que Joseph, à 31 ans, a épousé une adolescente de 16 ans.

Avec ces confidences choquantes, les enquêteurs rendent visite à Joseph, lui demandant (enfin) de se soumettre au test du polygraphe, ce qu'il accepte. Le moment venu, un mois plus tard, les policiers se présentent chez lui sans s'annoncer et l'emmènent au poste de police à cette fin. Sur place l'attendent deux de ses victimes, ses sœurs, pour se vider le cœur. Confronté à son passé, Joseph finit par changer d'idée et refuse le détecteur de mensonges.

LE COIN DES ENQUÊTEURS

L'IMPORTANCE DU POLYGRAPHE

Le polygraphe, ou le détecteur de mensonges, est un objet, il me semble, assez mythique lorsqu'on parle d'enquêtes criminelles. Il enregistre la pression sanguine, le pouls et la respiration d'un individu afin de déterminer s'il ment ou s'il dit la vérité. Plusieurs questions sont souvent posées en lien avec cet appareil : est-ce qu'il compte vraiment ? Est-il admissible en cour ? Y a-t-il moyen de le déjouer ? Que veut dire un test de polygraphe non concluant ? Est-ce qu'un suspect est obligé de passer un test de polygraphe ?

Les tests du polygraphe sont effectués sur une base presque régulière et le taux de réussite est de 90 %. Ce pourcentage est encourageant, mais loin d'être assez précis pour envoyer quelqu'un en prison ! Les résultats d'un test du polygraphe sont donc inadmissibles en cour. Malgré tout, cet appareil est plus utile qu'on ne le croit. Lors d'enquêtes criminelles, on s'en sert pour éliminer des suspects, déceler de fausses accusations, tester des informateurs et la véracité de leurs propos, redonner un souffle nouveau à une enquête lorsque toutes les autres techniques d'enquête ont été épuisées et recueillir de nouvelles informations et preuves.

Le test du polygraphe est effectué sur une base volontaire : on ne peut forcer un individu à s'y soumettre. Plusieurs articles suggèrent différents trucs pour tromper le polygraphe : prendre des calmants, se mordre la langue entre les questions, serrer les fesses, etc. Or, si le polygraphiste est expérimenté, il verra clair dans le jeu de l'interrogé et le test sera alors considéré comme non concluant, c'est-à-dire qu'il sera impossible de donner un diagnostic clair. Dans ce cas-là, un nouveau test du polygraphe sera effectué à une date ultérieure.

Peu de temps après, en septembre 2014, alors qu'il est âgé de 80 ans, Joseph marche sur la rue Saint-François à La Tuque quand un chauffeur perd le contrôle de son véhicule et vient le percuter de plein fouet, provoquant un accident fatal. Après un mois dans le coma, Joseph meurt, emportant avec lui la vérité.

Après sa mort, toujours à la recherche de preuves, Luc demande d'aller visiter la maison de Joseph dans l'espoir d'y trouver une révélation. Sur place, il découvre un formulaire, datant de 2012, rempli par son oncle. Cette preuve montre que, juste après son refus de passer le test du polygraphe et avoir été confronté par ses sœurs, Joseph n'est pas du tout dans son assiette. Il se rend dans une retraite fermée au lac Bouchette, un genre de pèlerinage catholique. À son arrivée, on lui demande d'inscrire sur une feuille la raison de son séjour. Il écrit : *La mort d'une nièce.*

Des pistes à explorer : Guy Croteau

L'affaire Luce Pouliot semble résolue aux yeux de tous, même s'il n'y a pas eu d'arrestation. Nous n'avons qu'un suspect, et il est décédé. Malheureusement, pour l'affaire Hélène Monast, c'est un peu plus compliqué : il y a plusieurs suspects potentiels, mais aucun d'eux n'a été formellement arrêté pour le meurtre… Lorsque je demande à Nicole Monast comment elle a trouvé l'enquête effectuée pour sa petite sœur, elle me répond d'emblée : « Pourrie ». Elle raconte que, parfois, des gens la contactaient avec des pistes : « Ils me disaient : "Ah, moi, j'ai des soupçons sur telle personne." Et je leur répondais : "Contactez les enquêteurs, moi je ne peux rien faire, je sais rien…" » En effet, la famille Monast n'était pas au courant des avancées de l'enquête ; la police ne lui donnait jamais de nouvelles, elle la laissait constamment sur le qui-vive. Elle enchaîne : « Les gens appelaient mais ils étaient vivement rabroués. Et moi, par après, quand les personnes me disaient ça, j'essayais de les contacter moi-même. Et les policiers me demandaient : "Avez-vous des preuves, madame ? Pas de preuve, on ne peut rien faire !" » Avec du recul, on peut pourtant voir que, à cette époque, il y avait une multitude de pistes à explorer et de suspects à interroger. Contrairement à la disparition de Luce Pouliot où nous n'avons qu'un suspect, ici, il semble y en avoir plusieurs. C'est à ce stade de mon enquête que j'ai écrit à Annie Richard pour qu'elle m'aide pour ce dossier. Tout de suite, elle me livre des éléments intéressants :

« Dans le cas d'Hélène, il y a deux aspects qui attirent mon attention. D'abord, le lieu : Chambly. Il y a quand même eu des criminels notoires qui ont sévi dans ces environs-là, notamment Guy Croteau. Ce dernier est un violeur en série et a été arrêté pour le meurtre sadique de Sophie Landry. Croteau vivait à Brossard ; il a fait des victimes à Chambly et à Saint-Jean-sur-Richelieu. Par contre, il aurait été plutôt jeune lors du meurtre d'Hélène, mais ce n'est pas impossible non plus car, compte tenu du type d'acharnement dont il a fait preuve sur certaines victimes, il aurait pu commencer très jeune à avoir des comportements inquiétants. »

Le meurtre de Sophie Landry par Guy Croteau

Le 23 août 1987, Sophie Landry, âgée d'à peine 16 ans, a disparu alors qu'elle attendait l'autobus à Longueuil. Le lendemain, son corps a été retrouvé dans un champ, à Saint-Roch-de-l'Archipel. La jeune fille a été violée puis poignardée à 173 reprises. Son assassin, Guy Croteau, âgé de 30 ans, n'a été arrêté qu'en 2002. Il a été condamné à la prison à vie. En 2004, on le déclare aussi coupable des agressions sexuelles d'une enfant de 10 ans à Saint-Jean-sur-Richelieu et de deux adolescentes de 16 ans à Mont-Saint-Hilaire.

Un fait intrigant : l'auteur des agressions a constamment changé d'apparence au fil des années. Arborant parfois la barbe, d'autres fois, la moustache, tantôt les cheveux courts, tantôt les cheveux longs, il se transforme afin de ne pas être identifié.

Si on revient au meurtre d'Hélène, Guy Croteau aurait eu 20 ans à l'époque de son meurtre. Il n'a jamais été officiellement un suspect dans l'affaire, mais l'hypothèse émise par Annie est intéressante.

La piste d'Annie Richard : Bill l'étrangleur et ses inspirations

Annie m'a aussi mis la puce à l'oreille concernant un autre tueur en série de l'époque qui aurait très bien pu être l'assassin d'Hélène. Un tueur qu'on a surnommé Bill l'étrangleur, ou *The Montreal Strangler* : « Sinon, l'autre détail important qui attire mon attention : les morsures aux seins qui ont été notées par le pathologiste sur le corps d'Hélène. On retrouve ce type de *signature* ou de mode opératoire dans des cas très similaires qui ont fait les manchettes quelques années auparavant. Ce qui est curieux, c'est que ce n'était certainement pas l'œuvre d'un seul individu. De 1968 à 1970, un tueur a sévi à Montréal et on lui avait donné le nom de Bill l'étrangleur. Au même moment, un film cartonnait dans les cinémas de toute l'Amérique sur l'affaire de l'étrangleur de Boston et le public se demandait si cette production avait pu influencer des tueurs d'ici. » Si on se reporte aux meurtres de l'époque, on peut constater une similarité entre plusieurs. Par exemple, chaque victime avait les cheveux foncés, venait de l'extérieur de la ville et pesait moins de 100 livres. Voyons-en quelques-unes.

Norma Vaillancourt, une enseignante de 21 ans, a été assassinée dans son appartement à Montréal, sur la rue Davidson. C'est le 23 juillet 1968 que son corps a été retrouvé. Étrangement, il n'y avait ni signe de lutte sur la scène de crime ni signe d'entrée par effraction. Les enquêteurs soupçonnent que la victime connaissait son assaillant. Il n'y avait plus de draps et de taies

d'oreiller chez elle. Elle avait été violée et étranglée à mort, mordue aux seins, et son corps avait été lavé.

Shirley Audette, 20 ans, est retrouvée le 3 octobre 1969 dans la cour de son appartement sur le boulevard Dorchester, à Montréal. Elle a aussi été violée, mordue aux seins et étranglée. La jeune fille avait l'habitude de passer du temps dehors, dans sa cour, car elle avait de la difficulté à dormir.

Marielle Archambeault, 20 ans, est retrouvée morte le 26 novembre 1969 dans son appartement de la rue Ontario, à Montréal. Elle a été violée, étranglée et sa poitrine présentait des marques de morsures.

Étonnamment, pour Marielle et Shirley, les policiers émettent plusieurs hypothèses comme cause de la mort, mais pas l'homicide. En ce qui a trait au meurtre de Shirley, ils croient qu'elle aurait pu mourir par suicide ou à cause d'un accident, malgré les signes d'agression sexuelle et de morsures. Quant à Marielle, ils supposent qu'elle serait morte de cause naturelle ou se serait suicidée, ce qui, encore une fois, est assez fou si on considère qu'elle a été agressée sexuellement, étranglée et mordue !

Jean Way, 24 ans, a été retrouvée le 16 janvier 1970 par son copain. Elle a été étranglée dans son lit, dans un appartement situé sur la rue Lincoln, à Montréal. Elle a été agressée sexuellement mais, contrairement aux autres victimes, elle n'a pas été mordue. Les policiers croient que l'agresseur a été interrompu par son copain qui venait lui rendre visite, car lorsqu'il a frappé à la porte, personne ne lui a répondu.

La veille de son meurtre, Jean Way s'était rendue à un studio pour faire développer des photos. Elle aurait dit à l'employé qu'elle avait peur, que quelqu'un la suivait et qu'il était *annoying*. Elle avait même demandé de sortir par la porte arrière pour fuir son *stalker*. D'ailleurs, trois des quatre jeunes femmes avaient dit « avoir peur » avant d'être assassinées. Après le meurtre de Jean Way, le tueur a cessé de faire des victimes. Nous croyons qu'il s'appelait Bill : la journée de son meurtre, Marielle Archambeault avait été vue en compagnie d'un certain « Bill » sur son lieu de travail. La jeune femme travaillait dans une bijouterie au centre-ville de Montréal ; à la fin de la journée, elle serait partie avec cet individu.

Annie Richard m'explique un fait extrêmement troublant à propos de Bill : « Encore plus curieux, on parlait d'un tueur *hypnotiseur* qui charmait ses victimes. »

« Selon les journaux, certaines avaient été retrouvées avec un sourire aux lèvres et ne portaient aucun signe de défense ou de lutte. »

En effet, les enquêteurs de l'époque font un portrait inquiétant du tueur : « Nous avons affaire à un psychopathe. [...] Des douzaines de psychiatres nous disent qu'il doit détester les femmes ou qu'il a haï sa mère, ses sœurs ou sa femme, mais cela ne nous aide pas à le retrouver. »

Heureusement, Bill a été rapidement appréhendé, après un meurtre commis à Calgary. Wayne Clifford Boden, de son vrai nom, aussi surnommé *The Vampire Rapist*, a été arrêté le 19 mai 1971.

* * *

Hélène Monast n'aurait pas pu être tuée par Bill, puisqu'il était en prison au moment de son meurtre. Mais qu'en est-il des similitudes entre elle et les autres victimes ? C'est là que l'histoire se complique... Wayne Clifford Boden, alias Bill, a toujours nié avoir tué Norma Vaillancourt, la première victime. Pourtant, le *modus operandi* était le même... Et effectivement, le vrai tueur de Norma, un homme dans la cinquantaine nommé Raymond Sauvé, a été arrêté en

1994. Il a confessé son meurtre 25 ans plus tard : « Il aurait été pris de remords et aurait commis ce meurtre par amour-jalousie. Mais est-il vraiment l'auteur d'un seul meurtre ? Il ne peut pas avoir été influencé ou l'avoir fait pour brouiller les cartes des enquêteurs, car Norma est la première victime de cette série de quatre meurtres », m'explique Annie Richard.

Si deux hommes ont été arrêtés pour des meurtres très similaires, est-ce que d'autres tueurs auraient pu être influencés par le *Boston Strangler* ?

Meurtres et disparitions de l'époque

Si on y pense bien, à part Hélène Monast, plusieurs jeunes femmes ont aussi disparu ou ont été froidement assassinées à cette époque dans la province de Québec, dans années 1970 et 1980. Parmi ces cas, les suivants sont toujours irrésolus :

1967 : Suzannne Gilbert (17 ans), Denise Picard (17 ans)

1970 : Louise Pinsonneault (22 ans)

1971 : Brigitte Parker (21 ans), Alice Paré (14 ans), Marthe Turcotte (19 ans)

1972 : Monique Bélanger (24 ans)

1973 : Suzanne Charbonneau (24 ans)

1974 : Carole Côté (21 ans), Carole Dupont (18 ans)

1975 : Micheline Lefebvre (19 ans), Sharon Prior (16 ans), Lise Choquette (30 ans)

1976 : Jocelyne Beaudoin (20 ans), Renée Lessard (23 ans), Shirley Debrah Buck (18 ans)

1977 : Denise Bazinet (23 ans), Louise Camirand (20 ans), Hélène Monast (18 ans), Joanne Dorion (17 ans), Jocelyne Houle (24 ans), Claudette Poirier (15 ans), Chantal Tremblay (17 ans), Katherine Hawkes (34 ans), Evelyne Levasseur-Pulice (22 ans)

1978 : Theresa Allore (19 ans), Danielle Bélanger (18 ans), Jocelyne Major (17 ans), Manon Dubé (10 ans), Lison Blais (17 ans)

1979 : Micheline Jobin (24 ans), Danielle Juneau (22 ans), Danielle Boisvert (18 ans), Maria Dolores Bravo (17 ans), Nicole Gaudreault (31 ans)
1980 : Monique Clot-Larose (22 ans)
1981 : Tammy Leakey (12 ans)
1982 : Murielle Guay (19 ans), Anne Vincent (22 ans), Luce Pouliot (18 ans)
1984 : Andrée Champigny (23 ans)
1985 : Sylvie Poirier (25 ans)
1986 : Monique Heneault (28 ans)
1988 : Chantale Rochon (17 ans), Melanie Temperton (20 ans), Andrée Thibault (28 ans)

Cette liste donne le vertige. Les années 1970-1980 ont assurément été mouvementées lorsqu'on pense aux féminicides, j'en parle d'ailleurs dans le tome 2 de *Gardez l'œil ouvert*. Que s'est-il passé dans ces années-là pour inciter les hommes à tuer autant?

C'est aussi la question que s'est longtemps posée le père d'Hélène Monast, Roland Monast, aujourd'hui décédé sans savoir ce qui était arrivé à sa fille. Après le meurtre d'Hélène, Roland n'arrive plus à dormir ni à travailler tant sa peine est grande. Trouvant que les choses n'avancent pas assez, il décide de mener sa propre enquête, ce qu'il fera jusqu'à la fin de ses jours. L'homme fréquente des endroits publics de Chambly, comme des restaurants et des magasins, afin d'y recueillir des informations. Sur place, il se fait discret et écoute les bavardages d'une oreille attentive, au cas où quelqu'un dévoilerait des informations essentielles. Il garde toujours dans son portefeuille une petite photo de sa fille qu'il déplie régulièrement pour lui donner un baiser, comme pour lui faire signe qu'il ne l'oublie pas et qu'il continuera de se battre pour elle.

Une Jane Doe identifiée

Revenons maintenant au cas de la jeune Luce Pouliot, qui se perd un peu dans cette très longue liste de victimes... À la suite des confidences des sœurs de Joseph, l'investigation continue.

Michel Hamel, enquêteur au Service de police de Trois-Rivières, fait quelques recherches de son côté et met la main sur le dossier d'une Jane Doe, retrouvée en 1992 à Bécancour, près de Trois-Rivières. Un chasseur avait aperçu un squelette sur le bord du fleuve Saint-Laurent. Grâce à la célèbre anthropologue Kathleen Reichs, on a pu établir un profil de la victime : les ossements appartenaient à une jeune femme d'environ 19 à 24 ans qui portait une prothèse dentaire avec les initiales SP. La personne était probablement morte entre 1987 et 1990.

Des tests d'ADN effectués en 2012 permettent d'établir une correspondance : la Jane Doe de Bécancour était bel et bien Luce Pouliot. Il est possible qu'on n'ait pas pu la relier plus tôt à cette dernière en raison de l'écart de cinq ans dans l'estimation de la date de son décès (Luce est morte en 1982) et de l'écart d'un an dans son âge (Luce avait 18 ans et non 19 ans et plus). De plus, à l'époque, les enquêteurs cherchaient une personne disparue portant les initiales SP, alors que cet indice était un *red herring* – une fausse piste – qui n'était finalement pas d'une très grande importance.

Encore une fois, Annie nous livre des informations qui nous éclairent un peu mieux : « Selon moi, sous toutes réserves, c'est surprenant d'avoir trouvé son squelette entier, si on pense à la saison de sa disparition. En effet, les animaux viennent souvent éparpiller un corps en s'en nourrissant. Voilà pourquoi j'ai l'impression que Luce a bel et bien voyagé de Sorel à Bécancour par le fleuve. Si les ossements étaient complets, c'est que l'étape finale de sa destination était une bordure du fleuve très peu profonde qui, avec le temps, est devenue une partie émergée en raison de la sécheresse et d'un bas niveau d'eau. Les animaux terrestres n'ont probablement pas pu l'atteindre alors qu'elle avait encore de la chair et de la moelle. Sa putréfaction s'est faite en immersion et j'imagine que cet endroit du fleuve attire moins la faune, car c'est un milieu aquatique pauvre en nutriments. »

De plus, selon les articles, il n'y avait aucun vêtement sur la victime et à proximité. Ainsi, à la suite de la découverte des ossements, il était difficile de dire s'il s'agissait d'un homme ou d'une femme. Cela peut aussi nous laisser croire que Luce était nue lorsqu'elle a été tuée.

Maintenant, comment pouvons-nous conclure cette affaire? Certes, les ossements de Luce ont été retrouvés, mais aucun indice ne peut prouver que Joseph, son oncle, l'ait assassinée. Malheureusement, il n'y a pas de trace d'ADN, de confession, ni de témoins.

En juin 2020, Luce Pouliot a été enterrée avec sa mère, Georgette Pouliot, au cimetière de La Tuque. Luc se confie: « Moi, je me suis dit: "Il est mort." Même si on ne sait pas si c'est lui, moi je le sais que c'est lui. Il n'a pas voulu passer le test du polygraphe et ma sœur a été retrouvée, on l'a enterrée avec ma mère. »

« Pour moi, le dossier est clos », conclut Luc Pouliot.

La piste de John Allore: *The Bootlace Killer*

Lors de nos échanges, Nicole Monast me parle d'un détail qui la trouble depuis plusieurs années. Lorsqu'elle avait vu le corps d'Hélène, elle avait remarqué une fine ligne autour de son cou, comme si sa sœur avait été étranglée par une corde. Or, les policiers affirment que c'est faux, que la jeune femme n'avait pas de marque autour de son cou, qu'elle n'a pas été étranglée avec un objet. Mais alors, pourquoi Nicole aurait-elle inventé cela? Elle n'a sûrement pas imaginé ces traces, n'est-ce pas? Si on y pense bien, les chaussures d'Hélène n'ont jamais été retrouvées. Est-ce que le tueur aurait pu se servir des lacets pour étrangler sa victime et, ensuite, s'en débarrasser?

Certains d'entre vous se rappelleront John Allore, auteur du livre *Wish You Were Here*, dont j'ai parlé dans le tome 2 de mon livre *Gardez l'œil ouvert*. Allore, qui a passé sa vie à enquêter sur le meurtrier de sa sœur, a effectué un travail de recherche impeccable concernant les meurtres en série qui ont eu lieu dans les années 1970-1980 à Montréal. Son travail est très intéressant, surtout en ce qui concerne les deux cas dont je parle ici. John Allore observe notamment un *modus operandi* entre plusieurs meurtres de l'époque et propose une théorie très sensée. Est-ce qu'un tueur en série aurait pu sévir dans les années 1970, dans les régions des Cantons-de-l'Est et de Montréal ? On croit que ce tueur, surnommé *The Bootlace Killer*, étranglait ses victimes avec leurs lacets de chaussure.

Si on se reporte à la liste de victimes (voir un peu plus haut), il y a Louise Camirand, 20 ans, qui a été trouvée morte le 25 mars 1977 près de la ville de Sherbrooke. Elle avait été violée et étranglée à l'aide d'un lacet. Ses chaussures n'ont jamais été retrouvées. À la une des journaux, on pouvait lire : « L'assassin s'est acharné sur la jeune fille avec sadisme avant de l'étrangler. »

Le 24 octobre 1977, on retrouve le corps de Denise Bazinet, 23 ans, sur le bord de l'autoroute 35, à la sortie de Chambly, six semaines après le meurtre d'Hélène, dans la même ville. La jeune femme a également été agressée sexuellement et étranglée. Sa chaussure gauche a été retirée et jetée plus loin : « La scène de crime montre une photo de Bazinet où on peut clairement voir une ligne mince le long de son cou, où la marque de strangulation a été faite, sans doute par quelque chose de léger comme son lacet de chaussure », affirme Allore.

Quant à Theresa Allore, la sœur de John Allore, 19 ans, elle a disparu le 3 novembre 1978 puis a été retrouvée cinq mois plus tard près de son dortoir universitaire à Crompton. Elle a été agressée sexuellement et étranglée à l'aide de son foulard. John Allore remarque une ressemblance entre ces différentes victimes. Par exemple, Louise Camirand, Denise Bazinet, Hélène Monast et Theresa Allore sont des femmes plutôt simples ; elles mènent une vie banale, ordinaire. Nous sommes loin du profil de victimes ayant des *high-risk lifestyles*. Elles ne prenaient pas de drogues ou d'alcool, n'étaient pas des travailleuses du sexe, vivaient dans des foyers relativement stables, sécuritaires. De plus, John Allore note que chacune d'elles a été retrouvée dans un milieu rural ou dans un boisé. Quand elles ont été découvertes, certains de leurs vêtements manquaient, d'autres étaient éparpillés près de leur corps.

Les chaussures de Louise Camirand, d'Hélène Monast et de Theresa Allore n'ont jamais été retrouvées. Finalement, John Allore constate que ces jeunes filles ont été étranglées, vraisemblablement par des ligatures minces comme un lacet de chaussure ou un foulard.

LE COIN DES ENQUÊTEURS

L'ÂGE D'OR DES TUEURS EN SÉRIE

Ça peut sembler étrange de voir autant de femmes assassinées au Québec à cette époque. Mais saviez-vous que nous étions alors en plein « âge d'or » des tueurs en série? Aux États-Unis, cette période aurait duré de 1970 à 1999.

Si nous pensons aux plus grands tueurs en série, aux plus célèbres, ils étaient actifs exactement dans ces années-là:

Richard Ramirez, *The Night Stalker*, 1984-1985: 14 victimes et +

Jeffrey Dahmer, *Milwaukee Monster*, 1978-1991: 17 victimes

Ted Bundy, 1974-1978: 20 victimes et +

John Wayne Gacy, *The Killer Clown*, 1972-1978: 33 victimes et +

Dennis Rader, *The BTK Killer*, 1974-1991: 10 victimes

David Berkowitz, *Son of Sam*, 1976-1977: 6 victimes et +

Joseph James DeAngelo, *The Golden State Killer*, 1976-1986: 13 victimes et +

Aileen Wuornos, 1989-1990: 7 victimes

Selon des statistiques du Dr Mike Aamodt, de l'Université de Radford, en Virginie, il y avait 770 tueurs en série actifs dans les années 1980. En 2015, il n'y en avait que 30. Voilà une différence gigantesque! Mais alors, qu'est-ce qui fait qu'à cette époque les gens avaient autant envie de tuer?

Quelques facteurs peuvent expliquer ce phénomène... Par exemple, nous pouvons penser au trouble de stress post-traumatique (TSPT) vécu par des milliers d'hommes des années 1970 qui revenaient de la guerre. Selon l'historien Vronsky, à l'époque, il y avait moins de ressources et de conscientisation sur le sujet. Ainsi, ces hommes revenaient chez eux avec des traumatismes énormes, jamais guéris. Les enfants grandissaient alors dans des foyers instables et violents, et eux-mêmes, en vieillissant, développaient le même type de violence: « James Fallon, l'auteur du livre *The Psychopath Inside*, est d'accord avec Vronsky. Or, Fallon note qu'il y a quand même plusieurs enfants qui ont grandi avec des pères vétérans de guerre et qui ne sont pas devenus pour autant des tueurs en série. Il croit donc que c'est un mélange de l'environnement et d'une prédisposition génétique. »

Un autre élément ayant contribué à la formation de tueurs en série peut être la montée des médias de masse et de la télévision, augmentant ainsi la visibilité des tueurs mais, aussi, l'hystérie et la peur causées par ceux-ci. La consommation de drogues hallucinogènes a sûrement également agi sur l'émergence de tueurs dangereux[1].

Si on pense à la situation au Québec, on pourrait croire que Bill l'étrangleur, et possiblement d'autres tueurs de la province, a largement été influencé par le *Boston Strangler* qui a commis ses 13 meurtres une dizaine d'années avant les meurtres en série du Québec.

---

1. Alice Minimum, « Is this why there were so many serial killers from 1970 to 2000», dans GRUNGE, [En ligne], https://www.grunge.com/764188/is-this-why-there-were-so-many-serial-killers-from-1970-to-2000/ (page consultée le 22 juin 2022).

En octobre 2012, Nicole Monast demande au sénateur Pierre-Hugues Boisvenu de relancer l'enquête et, cette fois-ci, de la faire correctement. En septembre 2015, un poste de commandement est installé près du parc où le corps d'Hélène a été retrouvé ; malheureusement, cette initiative ne donnera rien.

* * *

Après avoir fait des recherches sur ce chapitre et parlé aux proches des victimes, je réalise que c'est bien vrai. Derrière la longue liste de cas irrésolus, derrière les numéros, les dates, les adresses, les détails morbides, derrière tout ça, il y a une histoire. Maintenant, vous aussi en connaissez un peu plus sur deux noms qui figurent sur cette liste. Vous savez maintenant que derrière chaque victime, on trouve des parents, des amis, des frères, des sœurs, qui ont survécu à la tragédie mais qui continuent aussi à espérer un dénouement.

3. QUI SUIS-JE? – L'HISTOIRE DU DAVIESS COUNTY JOHN DOE

C'est le 7 janvier 1990 qu'on m'a retrouvé, nu et seul. Ça devait faire déjà quelques jours que j'étais là. Je n'en suis plus sûr. Dans le petit boisé, j'attendais avec espoir que quelqu'un me trouve. Ce sont deux chasseurs de lièvres qui m'ont aperçu sur la route Pleasant Valley. Ironique comme nom de rue, n'est-ce pas?

J'ai tout de même eu de la chance d'être retrouvé aussi vite. Je crois que c'est surtout mon odeur qui les a attirés: « C'est la pire chose qu'on ait vue de notre vie », ont-ils rapporté aux policiers.

C'est vrai que je ne devais pas être beau à voir, on m'a laissé dans un état lamentable. Je ne me rappelle pas tout, mais quelques détails vont toujours me hanter jusqu'à la fin des temps. Et ce, même si je suis déjà mort.

Je ne me souviens plus si on a utilisé un bâton, une batte de baseball ou un marteau, mais je sais qu'une arme contondante m'a complètement fait la peau. Mon assassin s'en est servi pour me frapper avec acharnement au visage et à la poitrine. Il ne l'a pas fait à moitié, puisque lorsqu'il a eu fini de me battre, je me sentais totalement défiguré. Je crois même que je n'avais plus aucun trait. C'est comme s'ils avaient fondu sur mon visage. Et que dire de mes dents ? Je les ai presque toutes perdues.

J'ai aussi été agressé sexuellement. La torture a été très violente et a duré longtemps. J'ai eu horriblement mal. Pour m'achever, mon bourreau a tiré sur moi à six reprises avec ce qui semblait être un .22 long rifle. *Il m'a atteint au bras, à la poitrine et à la tête. Après ma mort, je ne sentais plus mes mains ni mes pieds. Je crois que mon assassin les a coupés, pour que je sois encore plus difficile à identifier peut-être ? Sans mes empreintes digitales, c'est difficile de déterminer qui je suis.*

Bien joué, le tueur, 22 ans plus tard, j'attends toujours qu'on mette un nom sur ma tombe.

Je sais, je sais, je fais parler les morts. Mais comment fait-on pour donner une voix à ceux qui sont morts sans que l'on connaisse le son de la leur, ou sans que leurs proches sachent qu'ils ne l'entendront plus jamais ?

* * *

Chaque fois qu'un corps est retrouvé au Québec, je reçois une alerte Google: « Corps retrouvé », et je m'empresse alors de lire le reste de l'article. Je vous jure que je ne suis pas morbide, je le fais pour mon travail bénévole pour le Doe Network[2]. Chaque fois, c'est, en quelque

2. L'organisme The Doe Network a pour but d'identifier les John et Jane Doe en faisant des « matchs » avec les personnes disparues. J'explique longuement mon travail dans les tomes 1 et 2 de *Gardez l'œil ouvert*.

sorte, une bonne nouvelle. Grâce à cette découverte, on disposera de plus de pistes pour juger une affaire de meurtre, des fouilles aquatiques pourront enfin cesser ou une disparition mystérieuse sera résolue (même si, parfois, la conclusion n'est pas celle que l'on espérait). Or, dans certains cas, les jours suivant l'alerte, on ne reçoit plus vraiment de nouvelles du corps retrouvé. Pourquoi ? Parfois, il n'y a pas assez d'informations pour l'identifier, et personne pour le réclamer. C'est ainsi que le corps retrouvé deviendra un John Doe. Dans ces cas-là, les enquêteurs doivent redoubler d'efforts et travailler fort pour lui donner un nom. Mais comment résoudre une affaire de meurtre quand les empreintes digitales et les informations dentaires de la victime ne sont pas disponibles ? Dans ce chapitre, je vous montrerai à quel point certains cas de John Doe peuvent vraiment donner du fil à retordre aux enquêteurs et comment, parfois, ces mystères restent irrésolus.

Homme mort retrouvé

On estime que le John Doe retrouvé près de la route Pleasant Valley était âgé de 25 à 40 ans. Il mesurait entre 1 m 50 et 1 m 70 et pesait entre 56 et 63 kg. Ses cheveux étaient bruns, frisés, avec un peu de gris aux tempes. Sa barbe était fraîchement rasée et il portait probablement des lunettes de couleur dorée (on en a retrouvé de semblables près de son corps). Ses yeux étaient bruns, possiblement bleus, et il avait des dents naturelles présentant des plombages. Un fait intéressant : il avait un « bronzage de fermier » aux bras, c'est-à-dire qu'ils étaient plus foncés que le reste de son corps. Cela pourrait laisser supposer qu'il travaillait à l'extérieur la plupart du temps.

LE COIN DES ENQUÊTEURS

L'ESTIMATION DE L'ÂGE DURANT L'AUTOPSIE

Lorsque le médecin légiste pratique une autopsie, deux facteurs peuvent déterminer l'âge d'une victime : les dents et les os.

Jusqu'à l'âge de 21 ans, les dents peuvent donner beaucoup d'informations sur un individu. On va surtout examiner ses racines et son émail pour obtenir une estimation de l'âge de la personne. À l'âge adulte, c'est plus difficile, car les dents sont presque entièrement développées.

Les os, le crâne, les côtes et le pelvis sont aussi de bons indicateurs de l'âge. La croissance des os cesse entre 17 et 25 ans, c'est pourquoi on estime souvent qu'un cadavre a entre 18 et 25 ans. En mesurant la taille des os, on peut avoir une bonne idée de l'âge de la personne. Par exemple, la clavicule cesse de croître après 25 ans et les tibias, après 16-17 ans pour les filles et 18-19 ans pour les gars.

Pourquoi les médecins légistes ne peuvent-ils pas être précis à 100 % lors d'une autopsie ? Plusieurs facteurs varient d'un individu à l'autre : la génétique, l'environnement de vie et le contexte culturel. Ces particularités peuvent influencer l'état des os d'une personne. Ainsi, des catégories plus larges seront souvent employées. Plus on vieillit, plus le squelette varie et les catégories deviennent moins précises :

Adolescents : 12-20 ans
Jeunes adultes : 20-35 ans
Adultes moyens : 35-50 ans
Adultes plus vieux : 50 ans et +

La cause officielle de la mort de John Doe est un homicide par coup de feu, mais l'homme a été brutalement battu avant de mourir. Son nez et sa bouche étaient réduits en bouillie, il avait un œil au beurre noir et son crâne était complètement pulvérisé. Son visage abîmé rend la tâche d'identification encore plus difficile car, en plus d'être méconnaissable, les photos qu'on a prises de lui ne peuvent être médiatisées. Dans les cas de John/Jane Doe, le public a normalement accès aux photos *post mortem*, aussi morbides ou choquantes soient-elles. Or, dans ce cas-ci, on a seulement publié un dessin de son visage défiguré, et même celui-ci est difficile à regarder. Les enquêteurs croient que John Doe a été tué quelques jours avant qu'on découvre son corps, car le processus de décomposition n'était pas à un stade très avancé.

La victime a été trouvée dans un bosquet assez isolé. Étrangement, il n'y avait presque aucune trace de sang autour du corps. Avec un meurtre aussi violent et sauvage, c'est impossible qu'une mare de sang ne se soit pas répandue. Il est donc probable que John Doe a été tué à un autre endroit, puis transporté par la suite. Pour accéder à ce boisé d'Owensboro, il faut absolument le faire à pied, les voitures ne pouvant pas circuler dans cet étroit chemin. Ainsi, les enquêteurs croient que le corps y a été déposé et que le ou les tueurs sont revenus sur leurs pas par la suite, à pied. Un témoin qui habite au bout de la rue affirme avoir vu un pick-up Ford des années 1970, de couleur vert et blanc, la nuit avant que le corps ne soit retrouvé. Malheureusement, cette piste n'a mené à rien. Il est probable que l'agresseur soit un résident de la région; il devait avoir une bonne connaissance des lieux pour savoir qu'il pouvait laisser un corps à cet endroit sans se faire appréhender. John Doe, lui, ne venait pas du coin. Il ne correspond à aucune personne disparue au Kentucky ou dans les environs.

Le mobile d'un crime violent

Selon l'enquête, le côté barbare de l'agression sous-entend que celle-ci était sûrement préméditée. Le tueur semblait préparé; il a notamment fait disparaître les dents de sa victime pour empêcher son identification. Il lui a aussi coupé les pieds et les mains, éliminant du même coup ses empreintes digitales. En se débarrassant du corps, nu, sans ses vêtements ni ses effets personnels, il diminuait énormément les pistes à suivre. Enfin, en le défigurant de la sorte, il s'assurait que John Doe devienne méconnaissable aux yeux du monde entier. La seule chose que le tueur a oubliée, c'est... son ADN.

Mais alors, qui pourrait avoir commis un crime aussi horrible ?

La panique satanique

À la même époque, à moins de 65 kilomètres d'Owensboro, à Evansville (une ville située non loin de la frontière entre l'Indiana et le Kentucky), on ne parlait que de satanisme dans les médias. Entre 1988 et 1990, selon certaines rumeurs, des enfants d'Evansville, âgés de 9 à 12 ans, étaient kidnappés à leur école et emmenés dans « la maison bleue », où on pratiquait des rituels sataniques sur eux. Les histoires qui circulaient étaient si troublantes et semblaient si véridiques que cette maison a été inspectée par des enquêteurs, mais rien n'a pu permettre de corroborer ces légendes urbaines. En fait, elle était habitée par un couple de personnes âgées qui n'avait absolument rien à voir avec ces histoires horribles !

Il faut savoir que la fin des années 1980 et le début des années 1990 constituent une période considérée comme l'ère de la « panique satanique » aux États-Unis. Les histoires qu'on racontait sur les rituels sataniques mettaient en scène du cannibalisme, de la pédophilie, de la torture et des sacrifices d'enfants. Chaque voisin *weird*, chaque graffiti effrayant, chaque égratignure découverte après une journée à la garderie étaient dénoncés à la police. On soupçonnait tout le monde d'être sataniste. Plus de 12 000 plaintes de rituels sataniques ont été déposées auprès des autorités ;

selon la psychologue Gail Goodman, professeure à l'Université de Californie : « Il n'y avait aucune preuve d'une secte sataniste intergénérationnelle et bien organisée qui abusait des enfants et les torturait. » Aucune des 12000 plaintes n'était fondée.

Ainsi, quand John Doe a été découvert, près d'Evansville, mutilé d'une manière aussi horrible, les gens de la région ont tout de suite crié au rituel satanique. Malheureusement, aucune preuve ne pouvait appuyer ces rumeurs.

* * *

Il est également possible que le meurtre revête un caractère très personnel. On pourrait parler de crime haineux, de passion ou même de revanche. Sachant que la victime a été agressée sexuellement, puis battue et assassinée, pourrait-on imaginer qu'il s'agisse d'un meurtre homophobe – surtout si on le place dans le contexte et le lieu où il a été commis ?

C'est dans le comté de Daviess, dans la petite ville d'Owensboro, au Kentucky, que le corps de John Doe a été retrouvé. Faisant partie de la fameuse *Bible Belt*, l'État du Kentucky n'est pas le plus progressiste. Dans les années 1990, au moment du meurtre, les lois ne favorisaient malheureusement pas les couples LGBTQ +. Jusqu'en 1992, la sodomie consentante entre deux partenaires de même sexe était considérée comme un acte criminel et le mariage entre personnes de même sexe était aussi illégal. C'était difficile pour un homme homosexuel d'exister dans le Kentucky rural de l'époque. Ainsi, cela peut nous donner un bon indice du motif derrière le meurtre. L'hypothèse du crime haineux est donc beaucoup plus plausible que celle du rite satanique ou du tueur en série. Mais est-ce qu'un bourreau homophobe aurait violé sa victime ? C'est possible, et après coup, sentant de la honte et de la colère, il l'aurait tuée… Du sperme a été retrouvé sur le corps de John Doe. Malheureusement, même avec l'ADN du tueur, nous n'avons pas pu l'identifier.

***

En avril 2022, le Trans Doe Task Force a annoncé qu'il travaillait dur sur l'affaire pour tenter de donner une identité à John Doe. Cette association se concentre particulièrement sur des meurtres où les victimes font partie de la communauté LGBTQ+, très souvent touchée par les crimes violents. C'est rassurant et encourageant de voir que John Doe n'est pas oublié et qu'encore aujourd'hui, d'importants efforts sont déployés pour l'identifier. Et même si on ne peut pas être absolument certain de la cause de son meurtre, il n'empêche que beaucoup d'autres personnes ont été agressées et tuées dans le contexte d'un crime haineux. Selon les statistiques, près d'un crime haineux sur cinq est motivé par de l'homophobie et de la transphobie. Ce qui est terrifiant dans tout cela, c'est que les chiffres continuent de croître : aux États-Unis, en 2021, ce type de crimes a augmenté de 39 %. Ce pourcentage catastrophique démontre à quel point il est important de rester vigilants face à nos droits civils et humains et de continuer à avancer plutôt que de revenir en arrière.

4. L'AFFAIRE CIRO CASTILLO – QUAND UNE RANDONNÉE EN MONTAGNE TOURNE MAL

> Aide-nous, on est perdus. Demande de l'aide pour qu'on vienne nous sauver.

C'est le dernier message texte que Rosario Ponce a envoyé à son ami Efraín avant que la charge de son téléphone ne se vide complètement. Rosario, seule, au sommet de la montagne, attendait impatiemment le retour de son compagnon, Ciro. Il était parti depuis maintenant 24 heures. Le couple, assoiffé et frigorifié, avait aperçu un village au loin. Ciro, brave, avait décidé d'aller chercher de l'aide. Mais il n'était jamais revenu.

L'affaire Ciro Castillo et Rosario Ponce a complètement secoué les habitants du Pérou. Un jeune couple dans la vingtaine part en expédition, mais seulement l'un d'eux revient. Voici la question qui court sur toutes les lèvres :

Que s'est-il passé dans les montagnes ?

Cette affaire est une histoire d'amour, de trahison, de peur, de mensonges, de suspicions et de remises en question. Elle nous fait aussi aborder des enjeux plus importants, tels que l'image de la femme dans la société péruvienne, le droit et la justice, les fausses accusations et, finalement, le combat d'un pays pour retrouver l'un des leurs. Saurons-nous un jour ce qui est réellement arrivé à Ciro Castillo ? Probablement pas. Mais, dans ce chapitre, je vous donnerai les outils pour mieux comprendre cette saga (ou, comme le disent les Péruviens, cette *mini telenovela*).

L'appel de la nature

Le canyon de Colca est situé au nord de la grande ville d'Arequipa, au Pérou. Avec ses 3270 mètres de profondeur, il a longtemps été considéré comme le plus profond au monde. Cet endroit, au milieu des montagnes de la Valle del Colca, est très prisé des touristes. Ils viennent de partout dans le monde pour visiter son paysage pittoresque, ses vestiges archéologiques, ses lamas errants et ses eaux thermales naturelles. Mais reste que l'activité préférée des voyageurs est le trekking. À cet endroit, il faut être assez expérimenté, car les sentiers sont très étroits. En entrevue, Rosario explique que c'est un terrain difficile et plutôt à pic : « Comme tu peux voir, le chemin est bien incliné, tu as besoin de beaucoup de volonté pour le faire. » C'est donc dans cette région impressionnante que Ciro et Rosario avaient prévu passer quelques jours.

Ciro Castillo, 26 ans, et Rosario Ponce Lopez, 24 ans, sont en couple depuis environ un an. Ils se sont rencontrés à l'Université nationale agraire La Molina, à Lima, où tous les deux étudient en ingénierie forestière. Amoureux de la nature, le jeune couple a commencé sa randonnée le 31 mars 2011. Ils étaient plus que prêts pour l'aventure. Sur leurs photos de voyage, on peut les voir souriants, heureux, libres. Leur plan : marcher dans les sentiers du canyon pour finalement terminer leur randonnée le 10 avril, dans le district de Tapay. Ciro a d'ailleurs envoyé un message à sa mère pour l'avertir de son retour : « Maman, je reviens dimanche prochain en matinée pour les élections. » Il est bon de savoir que le jeune homme a déjà suivi une formation en survie, ce qui lui donne les bases nécessaires pour se débrouiller en cas de problème. Rosario, elle, a assez d'expérience en trekking pour connaître les techniques et les dangers de ce sport. En théorie, rien ne laissait penser que ces deux personnes pourraient disparaître. En théorie…

Rosario, seule et apeurée

Le 13 avril 2011, les secouristes découvrent Rosario, seule, dans le Nevado Bomboya. Elle est retrouvée à un endroit que le couple appelait *el lugar de las mochilas*[3], le lieu où ils laissaient leur énorme sac à dos et autres effets personnels. Ça fait exactement neuf jours que le couple Castillo/Ponce Lopez est recherché par la police. Ils ont été vus pour la dernière fois le 3 avril, alors qu'ils marchaient dans la Valle del Colca. Un travailleur minier a affirmé les avoir aperçus, mais après, plus rien.

Le 4 avril, les quatre parents des jeunes signalent leur disparition à la suite du message texte de détresse envoyé par Rosario à son ami. Les parents supplient la police nationale de faire quelque chose pour les aider. Dès le 6 avril, trois brigades de secouristes, 14 spécialistes, 40 policiers, des volontaires et des chiens pisteurs commencent les recherches. À un bras de distance l'un de l'autre, attentifs, les secouristes parcourent les montagnes. Certains habitants du coin, eux, soupçonnent que le couple se cache des pumas dans une grotte et ont espoir de les retrouver assez vite. Tous les Péruviens sont impliqués émotivement dans l'affaire, ils la suivent comme une télésérie locale.

---

3. L'endroit des sacs à dos.

Finira-t-on par retrouver les jeunes étudiants perdus en montagne ?

La disparition de Natacha de Crombrugghe

Étrangement, le couple n'est pas le premier à avoir disparu dans cette région. Plus récemment, le 24 janvier 2022, Natacha de Crombrugghe, une jeune Belge de 28 ans, s'est elle aussi volatilisée. La jeune femme avait prévu faire du trekking dans le canyon de Colca mais, tout comme Ciro et Rosario, on ne l'a plus revue. Depuis, plus de 70 personnes ont fouillé la région en profondeur, mais en vain.

Toutefois, un témoin se rappelle avoir rencontré la jeune touriste avant d'entendre un tremblement de terre, suivi d'un glissement de terrain. Serait-elle décédée, ensevelie sous des pierres ? Les parents la cherchent toujours désespérément ; une récompense de 14 000 euros est offerte à quiconque aidera à la retrouver.

Les questions sans réponse

Le 19 avril, une enquête officielle sur la disparition de Ciro Castillo est lancée. Accompagnée de sa mère et d'un psychologue, Rosario se rend sur les lieux pour tenter d'aider les secouristes. Quel trajet le couple a-t-il emprunté ? À quel endroit exact se sont-ils perdus ? Dans quelle direction le jeune homme est-il parti ? Rosario, essayant du mieux qu'elle peut de survivre à un choc post-traumatique, veut tout faire, sauf se remémorer l'enfer qu'elle a vécu dans les montagnes. Or, elle se doit de combattre ses démons afin d'aider l'équipe de recherche à retrouver son copain.

Rosario raconte qu'elle et Ciro avaient décidé de parcourir la Valle del Colca en quittant les sentiers battus. Ils se sentaient plus aventureux ; donc, ils voulaient effectuer leur propre trajet. Or, ils n'avaient ni l'expérience ni l'équipement nécessaires pour ce type de randonnée. Bien vite, le couple a perdu le sens de l'orientation. Tous les arbres, les montagnes et les crevasses se ressemblaient.

Le 4 avril, Ciro se porte volontaire pour aller chercher de l'aide, Rosario étant trop épuisée pour continuer. Elle a des saignements vaginaux intenses qui la rendent très faible. Le jeune homme décide de s'éloigner quelques minutes pour aller voir les lumières du village de Tapay afin de calculer combien de temps serait nécessaire pour y parvenir. La jeune femme reste derrière ; elle attend son copain, censé revenir d'une seconde à l'autre. Sauf qu'il n'est jamais revenu. Le lendemain, elle envoie plusieurs messages texte pour appeler à l'aide, mais un seul se rend à destination.

Finalement, neuf jours après le départ de Ciro, Rosario est retrouvée dans un sale état, en crise d'hypothermie. Elle est également assoiffée, affamée, a les rétines blessées, des bleus partout sur le corps et les mains engourdies. Voilà plus d'une semaine qu'elle est seule et qu'elle a peur. Dans cet état inquiétant, la jeune femme est transportée dans un hôpital local. Épuisée et tremblant de froid, elle raconte que, la nuit dans les montagnes, la température baisse à -10 degrés Celsius. Aux médias, elle rapporte qu'elle a réussi à survivre en mangeant de l'herbe et des insectes, une technique qui l'a aidée à rester forte. Pendant ce temps, les recherches s'intensifient pour retrouver Ciro. Rosario indique l'endroit où elle croit qu'il pourrait se trouver, soit dans le Nevado Bomboya.

Or, le jeune homme reste introuvable.

Plus les jours passent, plus la situation devient inquiétante.
Plus les semaines passent, plus on se pose des questions.
Plus les mois passent, plus on perd espoir...

* * *

Au départ, le public perçoit Rosario comme une victime. On la prend en pitié : une jeune femme qui a souffert du froid, de la faim, de la soif et qui, en plus, cherche son copain. Elle donne des entrevues où elle explique son calvaire, sa survie, sa perte. Mais bien vite, certaines personnes croient déceler une certaine indifférence chez elle. Une froideur qui ne l'a pas quittée depuis ses nuits en montagne. Exhibant une cicatrice encore bien visible sur le nez, elle est questionnée durement par les journalistes. Ils ont l'impression que la jeune femme cache quelque chose, qu'elle ne dit pas vraiment ce qui est arrivé au sommet.

L'émission de télévision *Panorama* a eu accès aux messages privés qu'envoyait Rosario à Ciro sur Facebook. Je me demande comment ils les ont obtenus... Peut-être que les parents de Ciro ont donné ces infos aux journalistes ? Quoi qu'il en soit, nous savons que le 4 juin, Rosario écrit un message privé à Ciro sur Facebook, comme s'il était toujours en vie :

> Dans les prochains jours, je devrai retourner à Chivay. Nos âmes vont se reconnecter. J'ai tellement de choses à te raconter et toi aussi tu dois en avoir. Je t'aime.

Le 28 juin, sur Facebook, Rosario écrit de nouveau à Ciro :

> Je n'aime pas ce qu'ils disent sur moi. Ça me gêne parce que s'ils faisaient face à la vérité, ils te retrouveraient. Je comprends pas pourquoi ils ne te trouvent pas. Parfois je pense que tu t'es enfui.

Dans les entrevues, elle sourit et ricane nerveusement. Les gens s'indignent : « Elle devrait pleurer et se morfondre pour Ciro. Pourquoi sourit-elle ? » Un journaliste lui demande : « Rosario, il n'y avait personne d'autre là-bas ? Il ne s'est pas passé quelque chose que tu n'as pas raconté ? Quelque chose que tu ne *veux* pas raconter ? »

Elle répond aux questions du journaliste par la négative ; ce qu'elle raconte est la pure vérité, ajoute-t-elle. Quelques-uns émettent l'hypothèse qu'il y avait quelqu'un d'autre avec eux en montagne. Ils ont ces soupçons à cause des nombreuses photos qui montrent Ciro et Rosario photographiés au loin. Une troisième personne doit les avoir prises ! Peut-être que cette même personne aurait fait disparaître Ciro ? Mais Rosario ne flanche pas ; elle continue de prétendre que Ciro et elle étaient bien seuls. Durant une entrevue, elle prend même la peine de montrer la caméra qu'elle a utilisée pour ces photos. Elle explique en détail comment elle a réussi à positionner l'appareil à la verticale avec un retardateur de 30 secondes afin de prendre les clichés de loin. Or, les explications de Rosario ne suffisent pas pour faire taire les doutes, le public péruvien continue à poser des questions. Devant ces accusations, la jeune femme montre qu'elle ne se laissera pas abattre. Dans une entrevue, elle affirme souhaiter que Ciro réapparaisse pour que cette situation s'éclaircisse enfin. Le journaliste, stupéfait par ce qu'il vient d'entendre, lui demande : « Juste pour ça ? » Et elle répond: « Oui. Juste pour ça. »

L'état de stress post-traumatique (ESPT)

Sur le site du gouvernement du Québec, on décrit l'état de stress post-traumatique comme suit : « Tout le monde a déjà vécu une situation dangereuse pour sa sécurité ou celle d'un proche, comme éviter de justesse un accident de la route. Dans une telle situation, une personne peut ressentir un niveau élevé d'anxiété, caractérisé par un sentiment de peur intense. Cette peur s'accompagne d'une forte réaction physique due à la sécrétion d'adrénaline, l'hormone qui permet au corps de réagir rapidement au danger. [...] Cependant, chez les personnes atteintes d'un trouble de stress post-traumatique, ces réactions ne disparaissent pas complètement. La personne continue à les revivre avec la même intensité que la première fois, sous la forme de rêves ou de *flash-back.* »

Les symptômes de l'ESPT varient d'une personne à l'autre, mais on peut parler de troubles du sommeil, d'agressivité et d'irritabilité, de dissociation, d'évitement, d'une vision faussée, etc. Ainsi, ces « effets secondaires » pourraient très bien expliquer la froideur dont fait preuve Rosario. La jeune femme est, littéralement, traumatisée, elle n'est pas indifférente !

Au début du mois de juillet, Rosario écrit un nouveau message à Ciro sur Facebook :

> Malheureusement, ton père s'en prend à moi, c'est pourquoi je préfère ne pas communiquer avec ta famille. Ils disent mensonges par-dessus mensonges... Tu sais que je peux tout supporter, sauf des menteurs.

Pas longtemps après, le 7 juillet, le père de Ciro (aussi nommé Ciro Castillo) porte plainte contre Rosario pour l'homicide de son fils.

La chute de l'ange

Le 8 juillet, Rosario envoie son dernier message :

> Eh bien *Chungo*, maintenant c'est bien vrai, c'est mon dernier message et je te l'envoie parce que je sais que tu reviendras. Il n'y a pas de meilleure personne que toi pour dire à ta famille comment tu es réellement : tu bois tous les jours, tu fumes une cigarette par jour mais le plus important, dis la vérité à ta famille.

Ce message peut sembler étrange venant d'une jeune femme qui attend impatiemment le retour de son copain en danger. Or, je me questionne... Si Rosario lui envoyait des messages privés, elle ne se doutait sûrement pas qu'ils seraient montrés au pays en entier. Est-il possible qu'elle croyait Ciro toujours en vie ? Peut-être pensait-elle qu'il se cachait ? Si c'est le cas, si c'est vraiment ce qu'elle pensait à ce moment-là, c'est peut-être qu'elle était frustrée et dégoûtée de l'image du jeune homme parfait dépeint dans les médias, alors qu'elle avait droit à un traitement horrible. Elle savait, elle, que Ciro n'était pas parfait, qu'il avait aussi ses défauts. Mais alors, pourquoi parlait-on seulement de ses défauts à elle ?

L'espoir des parents de Ciro, mais aussi celui de tous les Péruviens, s'amenuise. Les secouristes, eux, continuent de le chercher de peine et de misère. « On va bien le retrouver un jour ou l'autre », se disent-ils. Rosario déclare que même si Ciro réapparaissait, elle ne reviendrait jamais avec lui. Elle ne l'aime plus, ses parents lui font trop de mal. À un moment, elle fait même la une des journaux après avoir révélé publiquement : « Je veux que Ciro fasse un homme de lui et qu'il réapparaisse. »

* * *

Le 16 octobre, après précisément 202 jours de recherches, une équipe de sauvetage découvre un premier indice. Du haut de la montagne, au fond d'un ravin, à environ 900 mètres de profondeur, un vêtement rouge est visible de loin. Bien vite, on se rend compte qu'il s'agit d'un cadavre coincé dans un endroit quasi inaccessible. Le 20 octobre, c'est avec toutes les précautions nécessaires que l'équipe réussit à s'approcher de Las Torres, le col de la montagne où est situé le corps. Les

sauveteurs reconnaissent bien vite celui qu'ils cherchent depuis des mois, Ciro Castillo. Le jeune homme est retrouvé en position fœtale et momifié à cause du froid. Son corps est localisé exactement à l'endroit que Rosario avait déjà mentionné, mais il se trouvait trop au fond de la crevasse pour qu'on puisse l'apercevoir. Le jeune homme portait encore son pull rouge, sa chaîne en or et sa montre, celle que Rosario lui avait offerte quelques jours avant leur voyage.

Selon le rapport d'autopsie, Ciro est mort à la suite de sévères traumatismes liés à plusieurs chocs causés par la chute et à de multiples fractures : bras droit, clavicule, crâne et quatre côtes. La paume de sa main droite était aussi gravement blessée. Tout cela indique que c'est avec une grande poussée d'adrénaline qu'il aurait probablement essayé de se retenir en glissant.

Il aurait agonisé pendant huit longues heures avant de mourir, seul, dans la montagne.

Maintenant que leur enfant est retrouvé, les Castillo peuvent enfin faire leur deuil. Or, ils ne démordent pas de leur théorie principale : Rosario est responsable de la mort de leur fils. Effectivement, une enquête pour meurtre est ouverte : Rosario Ponce est la première et seule suspecte dans cette affaire. En entrevue, on continue à la questionner sans relâche. Elle est accusée d'avoir un comportement erratique durant les entrevues, elle est mal à l'aise, elle sourit, elle rit au mauvais moment et semble nerveuse. Par exemple, dans une rencontre lors d'une émission télévisée, elle tente de se souvenir des événements précédant la mort de Ciro et explique : « Il a souffert d'un accident dans les montagnes, et c'était, je crois, terrible. C'était très terrible, non ? Et finalement... il est tombé. Ah ! Ah ! Il est tombé. »

La chute du démon

Ça fait maintenant des mois que Rosario est soupçonnée de ne pas tout dire, de cacher quelque chose. On croit que, dans un élan de colère, elle aurait poussé son amoureux et qu'il serait tombé dans le précipice. La majorité des médias la décrivent comme une meurtrière qui tue de sang-froid. Dans la rue, elle se fait dévisager et s'est même fait lancer des pierres une fois. Tout le monde a des doutes sur son innocence sans vraiment avoir de preuves ; il semble manquer une pièce au casse-tête. Par exemple, lorsque la jeune femme est retrouvée par les secouristes, sa première question a été de demander qui avait gagné les élections. À aucun moment elle ne semblait s'inquiéter du sort de son compagnon.

En public, Rosario continue d'être froide, même après la nouvelle de la mort de son amoureux. Elle est distante, voire indifférente. Il faut dire toutefois qu'elle a vécu un choc terrible. Cela pourrait-il expliquer sa froideur ? En entrevue, son langage corporel est analysé en profondeur. Lorsqu'elle est sur le point de parler de Ciro, on remarque qu'elle regarde vers le haut. Quand on lui demande si la disparition l'affecte, elle prend une pause, fait la moue, puis répond que oui, elle souhaite qu'il soit retrouvé. Les parents de Ciro ne font rien pour aider sa cause : ils alimentent une campagne de haine puissante contre la jeune femme. Ils veulent la voir brûler sur le bûcher. Victor Patiño, l'éditeur du journal *El Trome*, un tabloïd sensationnaliste, explique pourquoi les gens accusent autant la jeune femme : « On ne l'a jamais qualifiée d'assassin, mais ce n'est pas de notre faute si tout le monde perçoit son indifférence. » Effectivement, dans les événements et les vigiles organisés en l'honneur de Ciro, Rosario n'est jamais présente.

Rosario, une victime détestée

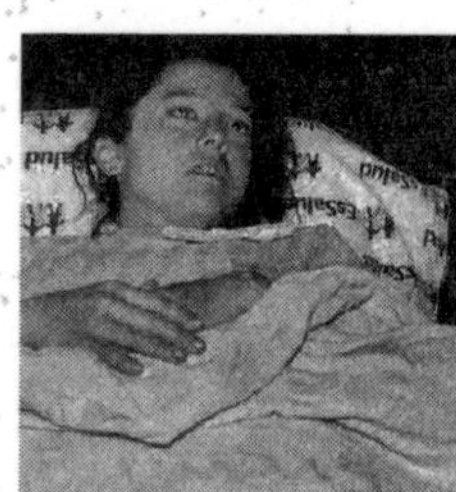

On peut longuement se questionner sur l'horrible traitement médiatique dont a été victime Rosario. La pauvre jeune femme ne pouvait même pas prendre le temps de se remettre tranquillement de son choc post-traumatique terrible, étant trop occupée à clamer qu'elle n'était pas l'assassin de Ciro! Pensez-y bien, Rosario est retrouvée après neuf jours de peur, de froid, de faim et d'incertitude sur ses chances de survie. Pour moi, cette femme est un modèle d'endurance et de persévérance. On devrait réaliser des films sur son courage, et non le dénoncer! Mais pourquoi donc est-elle autant détestée?

Je crois que Rosario Ponce Lopez est tout le contraire de ce qu'on attend d'une victime. Et si on va plus loin, elle est tout le contraire de ce qu'on attend d'une femme. Dans les entrevues, elle ne pleure pas, elle garde son calme devant les questions incessantes des journalistes et les accusations du public. Elle a réponse à tout. À la télévision, elle déclare fièrement: «Je suis un miracle, j'ai vaincu la montagne.» Et après la mort de Ciro, au lieu de se montrer comme une femme en deuil, elle continue à vivre sa vie. Malheureusement, avec du recul, je crois qu'elle s'en serait probablement mieux sortie si elle avait fait semblant d'être inconsolable face à la mort de son copain.

Rosario Ponce Lopez est aussi une femme plus «moderne». On fouille dans sa vie et on découvre que c'est la mère – monoparentale – d'un petit garçon nommé Santiago. On en apprend aussi un peu plus sur son passé amoureux; elle a eu plusieurs petits amis avant Ciro. Mais enfin, c'est totalement approprié pour une jeune femme dans la vingtaine de sortir avec des garçons! Or, pour une société plus conservatrice, ce l'est moins. De plus, Rosario dit ouvertement que depuis les événements, elle doit suivre une thérapie pour s'en remettre. La santé mentale est un sujet encore bien tabou pour la société péruvienne. La jeune femme est de moins en moins appréciée du public et les médias ne font rien pour redorer son image. Par exemple, lorsqu'on publie des photos de Ciro, on choisit toujours celles sur lesquelles il est souriant et heureux. On souhaite préserver son image de saint, de victime. Jamais on ne mentionne qu'un joint de cannabis a été retrouvé dans le pull qu'il portait avant sa mort, ça ternirait son image d'ange! À l'inverse, les photos qui sont publiées de Rosario la montrent toujours avec un air froid, grincheux et sans sourire. Les gens la traitent de «psychopathe» après l'avoir vue quelques minutes en entrevue à la télévision.

Le public la surnomme «*la loca del Colca*[4]» et des piñatas sont même créées pour la représenter. Pas moins de 3000 poupées ont été vendues pour être frappées et brûlées le soir du 31 décembre. Les Péruviens veulent sa peau.

Mais comment Rosario aurait-elle tué Ciro? La théorie qui semble revenir le plus souvent est celle où l'on reproche à la jeune femme de l'avoir poussé du haut de la montagne. L'une des raisons expliquant cette théorie est que le jeune homme a été retrouvé sans ses chaussures. On croit donc que Rosario l'aurait poussé alors qu'il était dans une situation de vulnérabilité. Après tout, c'est une bonne question à se poser. Si Ciro est allé chercher de l'aide, comme le dit sa copine, il aurait enfilé ses chaussures avant de partir dans les montagnes et les sentiers rocailleux. Alors pourquoi ne les portait-il pas? D'un autre côté, les analyses médico-légales penchent davantage du côté de la thèse de l'accident. Ciro aurait glissé et serait tombé en bas de la falaise. Ses vêtements étaient déchirés et quelques-uns de ses effets personnels étaient éparpillés autour de lui (son foulard, sa casquette et son briquet). Les vêtements qu'il portait ont été analysés en laboratoire pendant huit longues heures. Les déchirures et les plis de ses vêtements, qui étaient du bas vers le haut, indiquaient qu'il avait glissé sur une longue surface inclinée, les pieds devant. Si Rosario avait poussé Ciro, il serait tombé en chute libre, tête première. Ses vêtements ne seraient pas déchirés et ses blessures auraient été plus sévères. La différence de vitesse et d'impact est énorme selon qu'on glisse sur une longue surface ou qu'on se fait pousser.

4. La folle de Colca.

LE COIN DES ENQUÊTEURS

L'ESTOMAC RÉVÈLE DES SECRETS

Tous les médias qui s'intéressent à cette affaire racontent que Ciro Castillo aurait agonisé pendant huit heures avant de mourir. Je m'interroge : comment les médecins légistes peuvent-ils connaître cette information ? Étonnamment, j'ai appris que le contenu de l'estomac d'une victime parle beaucoup plus qu'on ne le croit.

Lorsqu'une personne ingère un aliment, le corps prend en moyenne de six à huit heures pour faire passer la nourriture de l'estomac à l'intestin grêle, puis au côlon. Donc, lorsque le médecin légiste analyse le cadavre, c'est en regardant l'estomac qu'il peut connaître l'heure de sa mort. Par exemple, si l'estomac est encore plein, le pathologiste peut déterminer que la personne est décédée deux heures après son dernier repas. Si, au contraire, il est complètement vide, on suppose alors que le décès a eu lieu de quatre à six heures après le dernier repas. Si l'intestin grêle est également vide, cela signifie que la mort a eu lieu une douzaine d'heures ou plus après le dernier repas.

Ainsi, qu'en est-il de Ciro ? Rosario affirme qu'au moment où son copain l'a quittée, le couple n'avait rien mangé depuis quelques jours déjà. Or, le gros intestin de Ciro contenait environ 150 grammes de nourriture. Cela veut dire que le jeune homme aurait ingéré un aliment après sa chute et aurait eu le temps de le digérer pendant six à huit heures avant de mourir.

Plusieurs personnes croient aussi que Ciro a été poussé par sa copine parce que, près du corps, trois gants appartenant à Rosario ont été retrouvés par l'équipe de secouristes. Selon cette dernière, elle en avait prêté une paire à Ciro. Mais alors, d'où vient le troisième gant ? Est-ce celui que Rosario portait lorsqu'elle a poussé Ciro droit vers sa mort ? Est-ce que le jeune homme le lui aurait arraché en tentant de se retenir ? Ce gant a toujours été l'élément clé des procureurs pour accuser Rosario de meurtre. Or, celle-ci continue de se défendre : « Je n'irai pas en prison car je n'ai pas tué Ciro. » C'est l'affaire O. J. Simpson qui se répète ! Finalement, après avoir analysé le troisième gant (ce fut quand même rapide), on a découvert que celui-ci n'était en fait que la doublure de l'un de ceux que portait Ciro…

On peut alors se demander s'il y a réellement des preuves pour accuser Rosario de meurtre…

En effet, si tous les indices semblent pointer dans cette direction, pourquoi ne pas adhérer à la théorie de la chute accidentelle ? Je pense que les gens préfèrent peut-être croire à l'histoire de la vilaine qui tue son petit ami plutôt que de faire face à la réalité. Ce n'est pas toutes les affaires de disparition qui finissent en meurtre terrible et mystérieux. Même que, la plupart du temps, elles sont plus simples que complexes et plus banales qu'extraordinaires.

Plusieurs autres théories non fondées et plutôt farfelues circulent tout de même. Le père de Ciro pense que son fils aurait peut-être été victime d'un complot. Il est persuadé que, durant toute la randonnée, Rosario et Ciro n'étaient pas seuls, que la jeune femme avait un complice. D'autres personnes croient que des habitants de Colca auraient tué le jeune homme, puis caché son corps. Une théorie encore plus folle avance que le jeune homme aurait été victime d'un rituel et que son corps aurait été offert aux montagnes. Mais, encore là, aucune preuve n'appuie ces théories.

* * *

L'affaire Ciro Castillo et Rosario Ponce Lopez a intrigué, secoué, attristé et fâché Pérou tout entier. Comme l'explique le journaliste

Victor Patiño, les événements, ayant eu lieu en trois volets, avaient tout pour attiser la curiosité des gens. D'abord, il y a eu l'euphorie de retrouver Rosario vivante, car on avait encore l'espoir de revoir Ciro en vie. Ensuite, les médias ont décrit la ténacité d'un père qui cherchait son fils. Les gens étaient attendris mais surtout attristés par le désespoir de ce parent. Chaque père péruvien pouvait se reconnaître dans cette histoire. Finalement, lorsque Ciro a été retrouvé, on a eu besoin d'un coupable. La haine envers Rosario a rassemblé les gens et, pendant un moment, on a eu l'impression de donner un sens à la mort injuste de l'étudiant.

Aujourd'hui, Rosario est mariée et heureuse. Elle travaille comme ingénieure forestière depuis 2018. Malgré ça, elle continue à recevoir des commentaires haineux à propos d'une tragédie ayant eu lieu il y a 10 ans, une aventure qu'elle aimerait oublier.

Cette affaire nous fait réfléchir à l'importance du traitement des médias dans les affaires de meurtres et de disparitions et à quel point ils ont une responsabilité en cette matière. On peut également penser à la difficulté de refaire sa vie lorsqu'on est exposé dans les médias, surtout lorsque ceux-ci nous décrivent comme un assassin.

Le 29 mai 2013, l'enquête pour le meurtre de Ciro a été classée pour manque de preuves. Avec le verdict de la cour, on a aussi clos le chapitre de cette histoire. Malgré cela, un léger doute restera toujours dans l'esprit des Péruviens : et si, finalement, Rosario l'avait fait ?

5. LE KIDNAPPING DE DENISE PIPITONE – TRAHISONS, JALOUSIE ET DÉSESPOIR

L'histoire qui suit est celle d'une fillette de quatre ans qui disparaît un midi de septembre. En raison des circonstances entourant l'événement, on l'appellera « la petite Maddie McCann de l'Italie ». Dix-huit ans plus tard, sa mère, ses deux pères et l'Italie tout entière la cherchent toujours. Ce récit complexe est digne d'une tragédie shakespearienne ou d'un film sur la mafia où mensonges, témoignages contradictoires, secrets de famille et zones d'ombre se chevauchent. Attention, plusieurs noms se ressemblent ou sont parfois les mêmes, ce qui peut vite devenir étourdissant… Par exemple, trois hommes importants dans cette histoire se nomment

Giuseppe ! Je vous conseille donc une lecture très attentive et concentrée si vous voulez bien comprendre ce chapitre.

Commençons par faire le tour des acteurs de ce drame. Nous avons la mère, Piera Maggio, une femme portant un lourd secret depuis bientôt quatre ans, et son mari, Antonino (Tony) Pipitone, le père ; puis il y a Pietro Pulizzi, l'amant de Piera, un homme qu'on verra dépassé par les événements. On n'oublie pas les personnages secondaires, qui sont également importants : Jessica et Alice Pulizzi, les demi-sœurs de Denise, et leur mère, Anna Corona, la femme de Pietro ; Giacoma Maggio, la tante de la petite Denise, et la grand-mère, Francesca Randazzo. Finalement, il y a Denise, l'enfant et la victime, séparée depuis 2004 de ses parents et de ses frères et sœurs. Denise, le personnage principal, le centre de l'affaire, pourtant complètement absente de la pièce. Denise, la seule qui ne pourra jamais raconter sa version des faits.

Acte 1 – Le kidnapping

Le matin du 1er septembre 2004, à Mazara del Vallo, une ville de la Sicile, en Italie, Piera quitte la maison vers 8 h 30 pour se rendre à son cours d'informatique ; ce dernier avait été suspendu tout le mois d'août pour les vacances d'été. Piera confie la garde de ses deux enfants à sa mère, Francesca, pour l'avant-midi. Denise et son grand frère Kevin adorent se faire garder par leur grand-mère.

À 9 h 30, l'oncle des enfants vient les chercher pour les emmener faire une balade en voiture, une activité qu'ils aiment particulièrement. Le reste de l'avant-midi, la petite Denise reste auprès de sa grand-maman pendant que celle-ci prépare le repas dans le garage-cuisine.

Vers 11 h 35, Denise voit son cousin passer devant le garage. En quelques secondes, pendant que Francesca dresse la table, la fillette décide d'aller le rejoindre. Mais lui, sans se rendre compte que sa cousine le suit, rentre à la maison. La tante de Denise, Giacoma, qui regardait alors par la fenêtre de son appartement, voit sa petite nièce sur le trottoir, déçue. Denise fait maintenant demi-tour pour rentrer chez elle.

La fillette se sent en sécurité sur la rue Domenica la Bruna, car la plupart de ses voisins sont des membres de sa famille. Néanmoins, c'est dans le quartier de son enfance, au coin de sa propre rue, que l'enfant se fait kidnapper. Il est 11 h 45.

Quand Francesca se rend compte que sa petite-fille n'est plus dans le garage en train de jouer, elle la cherche dans les environs pendant une bonne quinzaine de minutes. Denise n'a jamais fait ça avant ! Elle sait qu'elle ne doit pas s'éloigner de la maison. De plus, elle n'aime pas marcher, elle se fatigue vite et a peur des voitures. À 12 h 30, Francesca appelle Piera pour lui dire qu'elle ne trouve plus la petite.

Celle-ci arrive chez elle pour faire face à une scène cauchemardesque : des voitures de police et une foule de curieux devant l'appartement de sa mère. Sa fille a été enlevée. À 14 h, on parle de sa disparition aux nouvelles régionales :

Denise Pipitone, quatre ans, kidnappée.

Acte 2 – Une histoire de famille

Dès la première journée, Piera est interrogée : « Penses-tu que quelqu'un pourrait te vouloir du mal ? » Immédiatement, un nom lui vient en tête. Elle pense savoir qui lui aurait enlevé sa petite Denise. Ça fait maintenant plusieurs années que cette femme garde un lourd secret. Prise de panique, elle demande aux policiers d'enquêter sur un certain Pietro Pulizzi : le père *biologique* de Denise.

À ce stade de la tragédie, c'est le moment de changer de décor et de revenir quelques années en arrière. En 1999, la sœur de Piera, Giacoma, lui présente une amie du nom d'Anna Corona. Bien vite, Piera et Anna se rapprochent et deviennent amies à leur tour. C'est ainsi que Piera fait la connaissance du mari d'Anna, Pietro Pulizzi. Comme elle se sent souvent seule en raison des voyages d'affaires de son mari, Tony Pipitone, elle tombe vite sous le charme de Pietro. Les deux entament alors une relation extraconjugale.

Le 26 octobre 2000, la naissance de Denise sème la confusion dans la petite communauté. Le bébé est le portrait craché de Pietro.

Piera le sait, et Anna aussi. Même les filles d'Anna et de Pietro, Jessica et Alice, doutent de la fidélité de leur père. Dans une entrevue accordée par Jessica après la disparition de Denise, la jeune femme raconte comment, adolescente, elle a appris une information qui a changé sa vie. Un jour, elle a regardé le téléphone de son père pendant qu'il était absent ; il venait de recevoir une alerte de message texte. Jessica l'a lu ; il disait simplement : « Denise fait de la fièvre. » Et c'est ainsi qu'après des années de doutes et de questionnements, Jessica avait la certitude qu'elle avait une demi-sœur.

Cependant, à la naissance de Denise, et malgré les soupçons que l'enfant pourra lever, Piera décide tout de même d'élever sa fille avec son mari, Tony Pipitone, sans jamais lui dire que Denise n'est pas sa fille biologique. Pietro, lui, nie ses liens de parenté avec la petite Denise chaque fois qu'Anna lui en parle. Finalement, tous ces mensonges et ces cachotteries les mèneront droit au divorce. En 2004, Jessica, maintenant âgée de 17 ans, et Alice, 11 ans, sont persuadées que la rupture de leurs parents est causée par une seule et même personne : Piera Maggio.

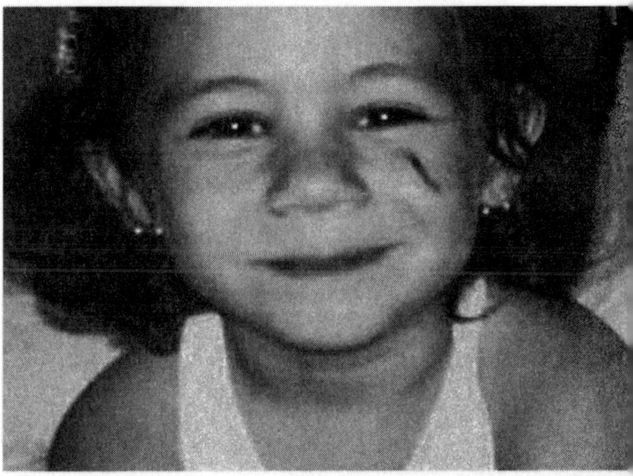

Même après avoir mis fin à sa relation avec Pietro, Piera continue à subir de l'intimidation de la part d'Anna et de Jessica Pulizzi. Elle se fait insulter en public et reçoit des menaces dérangeantes. Quelques semaines avant la disparition de Denise, Piera retrouve même sa voiture avec les quatre pneus crevés ! Sa sœur, Giacoma, est aussi visée par les attaques ; on incendie son magasin d'herbes médicinales. Cette situation conduit à une escalade de violence, à tel point que, après la disparition, on en vient à se poser cette question :

Est-ce que les Pulizzi auraient pu kidnapper la petite Denise?

Acte 3 – Des mensonges et de faux alibis

Des chiens pisteurs sont vite amenés sur place et réussissent à flairer l'odeur de l'enfant. Ils suivent sa trace de la résidence de sa grand-mère jusqu'à une maison du quartier dont la propriétaire est la sœur d'un certain Gaspare Ghaleb. Or, ce jeune homme de 18 ans n'est nul autre que le fiancé de Jessica Pulizzi! Le 11 septembre, soit 10 jours après la disparition de Denise, Gaspare, Jessica et Anna sont convoqués au poste de police pour un premier interrogatoire. Sur place, des micros cachés enregistrent la conversation entre la mère et la fille. Bien que de mauvaise qualité, ils réussissent tout de même à en relever des bribes. Jessica et Anna parlent de l'hypothèse que Denise serait l'enfant de Pietro. La jeune fille s'exprime même sur le fait que l'enfant lui ressemble. Et puis, sans se douter de la présence de micros, elle prononce une phrase incriminante: « Quand j'étais avec Alice... je l'ai enlevée et ramenée à la maison. »

Interrogée par les enquêteurs, Jessica leur fournit un alibi. La journée de la disparition de Denise, elle est allée faire réparer son scooter entre 8 h 30 et 9 h. Néanmoins, les propriétaires du garage nient ce fait: ils n'ont pas vu Jessica cette journée-là. Elle affirme être allée ensuite au marché, vers midi, pour manger un sandwich en compagnie de sa sœur. Mais là encore, le gérant de l'établissement nie avoir vu Jessica. La localisation de son téléphone portable la situe, au contraire, à proximité de la maison des Pipitone au moment de l'enlèvement. Toujours selon les tours à cellulaire, elle aurait même quitté la ville de Mazara del Vallo pour revenir une heure plus tard.

Anna Corona prétend aussi avoir un alibi: elle était sur son lieu de travail, un hôtel de Mazara del Vallo. Toutefois, elle y est aperçue seulement jusqu'à 11 h 30; ensuite, elle s'absente de son travail. Anna dit avoir terminé à 15 h 30 et, sur sa feuille de temps, une signature à côté de l'heure de son départ le confirme. Toutefois, cette signature n'est pas la sienne, c'est celle de sa collègue Francesca, qui l'a fait pour elle. D'ailleurs, quelques heures après la disparition de Denise, les policiers se sont rendus chez Anna Corona afin d'inspecter les lieux. Ce n'est que quelques mois plus tard qu'ils apprendront qu'Anna Corona leur a fait visiter la maison de son voisin plutôt que la sienne ! Qu'avait-elle à cacher ?

LE COIN DES ENQUÊTEURS

L'IMPORTANCE DES ALIBIS

Selon le *Larousse*, l'alibi est une circonstance ou un fait invoqués par une personne suspectée, qui permet de prouver qu'elle n'était pas présente au moment où l'infraction a été commise. En effet, l'alibi d'un individu peut, littéralement, être une question de vie ou de mort. De bons alibis doivent démontrer une histoire crédible pour ensuite être confirmés par des preuves crédibles. Des exemples ? Des reçus d'achats effectués, des images de caméras de surveillance, la localisation d'un téléphone portable ou les paroles d'un ou de plusieurs témoins, par exemple. Lorsqu'un témoignage est renforcé par un bon alibi, un suspect peut être disculpé. Et, dans d'autres cas, un suspect innocent peut être reconnu coupable lorsqu'il ne peut pas fournir un alibi. Un cas célèbre de faux alibi serait celui utilisé par Scott Paterson dans le meurtre de sa femme, Laci Paterson. Scott a affirmé aux enquêteurs que la journée du meurtre, il était allé pêcher toute la journée. Or, ce jour-là, il n'a parlé à personne de cette activité de pêche, et ses parents, de qui il était très proche, ne savaient même pas qu'il avait acheté un bateau !

Gaspare est aussi interrogé pendant six heures; en sortant de la salle d'interrogatoire, il affirme avoir été battu par les policiers. Pour sauver la peau de sa fiancée en « embarquant » dans son alibi, Gaspare se mélange dans les faits et se contredit à plusieurs reprises. Par exemple, il prétend avoir dormi jusqu'à 12 h 30 et ne pas avoir entendu son téléphone sonner. Or, son registre d'appels montre qu'il aurait parlé au téléphone avec Jessica à 9 h 39, puis une autre fois à 10 h 21. La localisation de son téléphone indique aussi qu'il était près de la maison de Denise au moment de sa disparition. Au poste de police, les micros cachés enregistrent leur conversation. Jessica chuchote à son fiancé: « Je lui ai dit que tu n'étais pas avec moi... Que tu ne viens jamais au marché avec moi. »

Gaspare affirme également avoir appris la disparition de Denise quand Jessica l'a appelé pour l'en informer. Cette disparition a été annoncée aux nouvelles à 13 h 39, mais l'appel de Jessica a été fait 20 minutes avant. Ainsi, même s'il n'était pas directement impliqué dans la disparition, il a tout de même été mis au courant de celle-ci avant que la nouvelle ne soit rendue publique... De plus, Gaspare a affirmé qu'il regardait *Dragon Ball* et *Les Simpsons* au moment de recevoir l'appel. Or, ces émissions ne jouaient pas à la télévision durant l'été. Pourquoi alors mentir aux policiers?

Mais qu'est-ce que ces trois personnes ont donc à cacher?

Un travail de recherches... intensif

Lors des faits, le kidnapping de Denise Pipitone a été extrêmement médiatisé en Italie. Encore aujourd'hui, au moins une fois par année, un article est rédigé sur le sujet. Mais alors, pourquoi, ici en Amérique, ne sommes-nous pas au courant de cette histoire? Serait-ce à cause de la barrière de la langue, qui rendrait l'histoire beaucoup moins accessible?

Ou en raison du nombre de kidnappings déjà élevé sur notre continent? Une chose est sûre, cette histoire est un vrai casse-tête, et ça vaut la peine de s'y pencher.

***

J'ai été mise au courant de cette affaire quand plusieurs abonnés de l'Europe m'ont écrit pour que je m'y intéresse. Effectivement, je peux y voir des similitudes avec d'autres histoires de disparitions qui m'ont fascinée: JonBenet Ramsey, Madeleine McCann, Paulette Gebara, Cédrika Provencher, Estelle Mouzin, etc. Or, je ne savais pas à quel point les recherches à effectuer seraient aussi compliquées!

Premièrement, malgré quelques cours de langue reçus à l'école, je ne parle pas italien. La disparition de Denise Pipitone est une affaire strictement italienne et, pour en savoir plus que les grandes lignes, il faut creuser, lire, fouiller, décortiquer. Disons que j'ai fait beaucoup de Google Translate et de recherches dans les dictionnaires pour bien comprendre! Ensuite, il y a toute la partie des contradictions. Je peux lire cinq articles sur un même événement, et chacun d'eux racontera une version différente des autres. Comment savoir quelle est la bonne? Bref, l'affaire Denise Pipitone est complexe, triste et presque épuisante du point de vue des recherches. Je n'ose imaginer comment a dû se sentir sa famille qui, elle, a *vécu* cette tragédie.

* * *

En mars 2013, 9 ans après le kidnapping, un homme nommé Battista Della Chiave contacte les policiers. Il affirme avoir vu la petite Denise la journée de sa disparition. C'est le seul témoin oculaire de l'événement. Or, une chose vient lourdement compliquer l'enquête: Battista est sourd et muet! Selon son premier témoignage, Denise aurait été enlevée puis emmenée en scooter sur un bateau. Une version des faits qui sera partagée à de nombreuses reprises. Or, ce n'est que quelques années plus tard qu'on découvrira que Battista a été mal interprété. Le policier qui l'interrogeait ne connaissait pas le langage des signes !

Lorsque Battista sera questionné à nouveau, une toute nouvelle version des événements sera présentée. Il affirme plutôt que la fillette a été kidnappée, puis que ses ravisseurs et elle, à bord du scooter, sont passés sous un viaduc. Ensuite, la petite, cachée dans une couverture, a été embarquée dans un bateau à rames. Le scooter a ensuite été jeté à la mer. Toujours selon Battista, Denise pleurait et demandait de l'aide.

Mais attention, Battista a aussi déclaré qu'il était persuadé d'avoir vu son neveu de 25 ans, Giuseppe Della Chiave, parmi les ravisseurs. Surnommé Pepe, il est le copain de Loredana, une très bonne amie d'Anna. Pour rendre cette histoire encore plus crédible, on sait que Loredana a reçu un appel d'Anna à 12 h 10, 25 minutes après l'enlèvement de Denise. De plus, Pepe a toujours prétendu ne pas connaître Anna Corona. C'est plutôt étrange d'affirmer cela, car on apprend que tous deux auraient déjà travaillé ensemble dans un restaurant ; lui était cuisinier et elle, plongeuse. Pepe, lui, soutient que son oncle Battista est incapable de s'exprimer, donc que son témoignage n'est pas valide.

Un autre Giuseppe occupe aussi une place importante dans l'affaire : Giuseppe d'Assaro, l'ex-mari de Rosalba Pulizzi, la sœur de Pietro Pulizzi. Cet homme a également passé 20 ans en prison, de 1985 à 2005, pour meurtre. En 2005, il a affirmé que la petite Denise aurait été amenée par Jessica à Palerme, une ville située à 1 heure 30 minutes de Mazara del Vallo. C'est son ex-femme, Rosalba, qui lui aurait confié ces informations. Ce qui est intéressant ici, c'est que la journée suivant la disparition de Denise, le 2 septembre 2004, le téléphone d'Anna Corona a été localisé sur la route en direction de Palerme, un peu avant 7 h du matin. Dès 8 h, elle revenait vers Mazara del Vallo. Selon lui, en 2003, Pietro aurait menacé Piera de kidnapper la petite Denise si Piera ne retournait pas avec lui. Encore une fois, ces informations proviendraient de son ex-femme. En 2007,

Giuseppe reviendra à la charge avec de nouvelles informations. Denise aurait été tuée accidentellement à la suite d'une administration trop forte de tranquillisants. Les coupables se seraient débarrassés de son corps en le jetant à la mer. Giuseppe admettra plus tard avoir menti dans sa seconde déclaration : il aurait tout inventé. Après ses multiples déclarations, les policiers lui ont demandé de porter un micro caché et d'interroger son ex-femme, Rosalba. Cependant, au moment d'aborder les faits, Giuseppe a désactivé son micro. Ainsi, les doutes sur cette version de l'affaire persistent.

Acte 4 – Qui a vu Denise ?

À la suite des interrogatoires, l'enquête a connu de nombreux rebondissements, car plusieurs personnes ont assuré avoir vu Denise. Au fil des années, l'enfant aurait été aperçue plusieurs fois à des endroits différents dans le monde. Mais pouvons-nous croire à tous ces témoignages ?

Denise, cachée chez les Roms

Environ un mois après la disparition de Denise, le 18 octobre 2004, un gardien de sécurité nommé Felice Grieco, qui travaillait dans une banque, à Milan, a aperçu une enfant ressemblant énormément à la fillette. Il l'aurait reconnue parmi un groupe de Roms dans la rue, devant la banque. Felice aurait alors appelé la police et, par la suite, aurait tenté de les retenir ; mais lorsque les policiers arrivent finalement sur place, 1 heure et 30 minutes après l'appel du gardien de sécurité, il était trop tard, le groupe avait quitté les lieux.

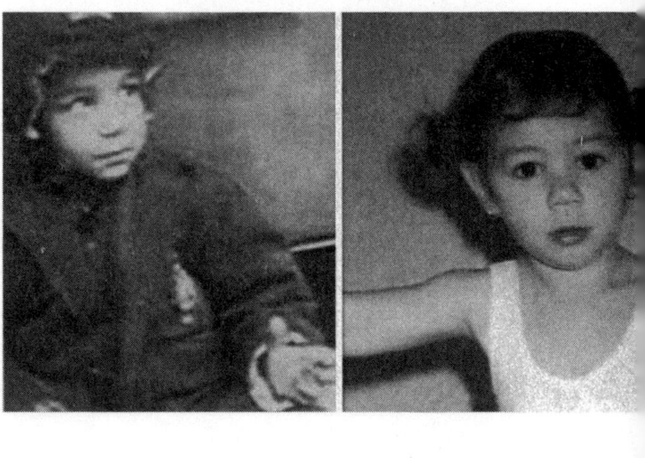

De ce que Felice se souvient, il y avait deux femmes aux cheveux foncés, un homme, la fillette et un garçon blond qui jouait de l'accordéon. La petite fille ressemblait beaucoup à Denise et, en plus, elle avait une égratignure sous l'œil (Denise s'était aussi écorché légèrement l'œil un mois avant sa disparition). Felice aurait demandé à l'enfant si elle avait faim, à quoi elle aurait répondu: « Je veux de la pizza » dans un italien parfait, alors que le reste du groupe ne le parlait pas aussi bien. L'enfant se faisait appeler « Danas » par la femme qui était avec elle (« Danas » est la prononciation romani de « Denise »). La fillette aurait dit à la femme: « Où m'emmenez-vous ? » avec un fort accent sicilien. Elle portait une capuche qui couvrait ses cheveux et était habillée très chaudement pour la température de cette journée-là. Felice Grieco a réussi à filmer le groupe de nomades et a montré la vidéo à Piera Maggio. En voyant la fillette, Piera n'a aucun doute: c'est bel et bien sa petite Denise.

Des enfants blonds parmi les groupes nomades

Les Roms, autrefois appelés «gitans», ont longtemps été stigmatisés en Europe. Encore aujourd'hui, certains Européens ont de nombreux préjugés envers ce peuple nomade. Ils vivent en marge de la société, se déplacent en groupes et, parfois, ne parlent pas la langue du pays dans lequel ils s'installent. Ils sont donc des proies faciles pour des personnes qui voudraient porter des accusations sordides.

En 2013, à deux reprises, des groupes de Roms ont été accusés d'avoir kidnappé des enfants. La première fois s'est passée en Grèce, quand une petite fille blonde aux yeux bleus a été aperçue parmi un groupe de Roms durant la fouille d'un camp. Tous les membres de sa famille avaient la peau foncée ainsi que les cheveux et les yeux foncés. Évidemment, la fillette blonde, nommée Maria, est ressortie du lot. Qu'est-ce qu'elle faisait avec eux? Maria, qui ne parlait que romani, avait-elle été kidnappée? Au commissariat de police, ses parents ont expliqué qu'ils n'étaient pas ses parents biologiques, mais qu'ils l'avaient adoptée quand elle était bébé. Sa mère biologique, d'origine bulgare, leur avait confié sa garde, ne pouvant plus s'en occuper. La femme a été retracée en Bulgarie et a corroboré les faits du couple de Roms. Leur histoire était donc véridique. À la suite de ces événements, ses parents adoptifs ont perdu la garde de la fillette ; depuis ce jour, elle vit dans une famille d'accueil.

Environ une semaine plus tard, à l'autre extrémité du continent, une autre fillette blonde d'environ sept ans a été aperçue à Dublin, en compagnie d'une famille de Roms.

Encore une fois, sa peau blanche et ses yeux bleus ont éveillé les soupçons des policiers. L'enfant a été retirée de sa famille et ses parents ont été longuement interrogés. Après un test d'ADN et beaucoup de crainte, on a pu prouver qu'ils étaient bel et bien ses parents biologiques.

Tous ces événements peuvent également nous faire penser à l'histoire de la petite Maddie McCann, kidnappée au Portugal en 2007. Elle aussi aurait été vue, l'année suivante, en septembre 2008 au Maroc, en compagnie d'une femme rom qui la transportait sur son dos. On a confirmé que la fillette n'était pas Madeleine McCann après que la femme qui l'accompagnait eut présenté des papiers prouvant son identité. Ces histoires, outre qu'elles nous montrent un racisme évident et une crainte collective, viennent certainement remettre en doute l'histoire du gardien de sécurité.

Cependant, plus récemment, une femme du nom de Mariana a contacté Felice pour lui dire qu'elle connaissait celle qui accompagnait la fillette ressemblant à Denise. Cette femme s'appellerait Florine ; elle l'avait rencontrée en 2018 dans un camp de Roms, à Paris. Mariana se rappelle que Florine avait adopté une enfant de l'Italie, et elle aurait même eu la chance de parler à cette dernière. La fillette ne s'appelait pas Danas, mais Antonina, et elle était dans un sale état. Elle n'avait plus de dents, avait les mains qui tremblaient et semblait effrayée. Sa famille la contrôlait beaucoup, la petite n'avait pas le droit de sortir du camp de Roms. Mariana a pu lui parler un peu et l'enfant lui a confié que Florine n'était pas sa mère biologique, qu'elle ne savait pas qui étaient ses vrais parents ni quel âge elle avait. Les enquêteurs et la famille de Denise semblent dire que cette piste serait la plus convaincante. Or, malheureusement, au fil des années, tellement de gens ont appelé pour dire qu'ils avaient vu Denise, chaque histoire s'avérant finalement fausse, qu'il est difficile de garder espoir quand des témoignages comme celui-ci surviennent.

Denise en Grèce

Transportons-nous quatre ans plus tard, en septembre 2008, quand une infirmière d'origine italienne en vacances sur l'île de Kos, en Grèce, a vu une fillette qui ressemblait à s'y méprendre à Denise. L'enfant était accompagnée d'une femme albanienne dans la trentaine qui, lorsqu'on l'a arrêtée et questionnée, a tout de suite affirmé être la mère biologique de l'enfant. Ce qui est venu semer le doute chez les policiers, c'est que l'enfant parlait parfaitement italien, alors que sa mère, non. Les autorités ont photographié la petite pour la montrer à Piera, qui a trouvé qu'elle avait les mêmes yeux que sa fille, ainsi qu'une tache de naissance qui ressemblait à la sienne. À la suite de ses dires, les résultats d'un test d'ADN ont confirmé que l'enfant était bel et bien la fille de la femme albanienne.

Denise à la télévision russe

Plus récemment, en 2021, une femme d'origine russe vivant en Italie a contacté les producteurs de *Chi l'ha visto ?*, une émission italienne enquêtant sur des disparitions. Elle regardait une émission russe lorsqu'une jeune femme dans la vingtaine, nommée Olesya Rostova, est apparue à l'écran : elle cherchait sa mère biologique. Olesya, qui présentait une grande ressemblance avec Piera Maggio, disait avoir vécu dans un orphelinat après avoir été kidnappée à Rome quand elle était enfant. Elle a ensuite été contactée par l'avocate de Piera, afin qu'elle fournisse son groupe sanguin. Malheureusement, après vérification, on a pu démontrer qu'elle n'était pas Denise Pipitone. Et pour ajouter à la douleur de la famille, un journaliste russe a finalement découvert que la jeune femme avait fabriqué cette histoire de toutes pièces.

Acte 5 – Procès pour kidnapping

Le procès pour le kidnapping de Denise Pipitone débute le 16 mars 2010. Jessica Pulizzi est accusée de complicité dans l'enlèvement d'un mineur, tandis que Gaspare Ghaleb, son fiancé, est accusé d'avoir fait de fausses déclarations au procureur. Ainsi, pour la cour, le motif était clair : la haine et la jalousie de Jessica envers sa demi-sœur illégitime. Leurs preuves sont les suivantes : les confessions de Jessica alors qu'elle était sous écoute grâce aux micros cachés, ainsi que l'absence d'alibi.

La première « confession » de Jessica date du moment où elle était au poste de police et qu'elle a dit : « Quand j'étais avec Alice... je l'ai enlevée et ramenée à la maison. » La deuxième a eu lieu en novembre 2004, deux mois après la disparition de Denise, alors qu'un micro était caché sur le scooter de Jessica. Deux hommes se seraient approchés du véhicule ; l'un d'eux aurait dit : « Va chercher Denise... Mais qu'est-ce que Pepe t'a dit ? Où est-ce que je devrais l'amener ? » L'autre homme aurait répondu : « Dehors. » Pour la défense, ces preuves sont purement circonstancielles et ne valent rien du tout. Et, en effet, Jessica Pulizzi sera acquittée des accusations portées contre elle.

Pour Piera Maggio, ce n'est pas vraiment important de connaître les coupables : elle veut seulement savoir où est sa fille.

En 2021, Maria Angioni, l'ancienne procureure dans l'affaire de la disparition de Denise, a affirmé que l'enfant était toujours en vie et qu'elle avait elle-même donné naissance à une fille. Denise, maintenant rendue adulte, vivrait dans un autre pays sans connaître ses origines. Ni elle ni son mari ne sauraient qu'elle a été kidnappée. À la suite de cette déclaration, Angioni a été accusée de faux témoignage. À la fin de son procès, la procureure s'est partiellement rétractée concernant les faits. Mais alors, pourquoi a-t-elle raconté tout cela ?

* * *

Aujourd'hui, on peut toujours voir des affiches de disparition partagées sur les médias sociaux tels que Twitter, Instagram, Facebook. Elles sont traduites en plusieurs langues et on peut y lire, sous la photo de Denise avec sa peluche préférée, une phrase très touchante : « Te souviens-tu de ton compagnon de jeu, l'ange Séraphin, avec qui tu disais tes prières le soir ? » Peut-être qu'aujourd'hui Denise est vivante et qu'elle se demande pourquoi elle n'a pas de photos d'elle lorsqu'elle était bébé, pourquoi elle ne ressemble pas au reste de sa famille, et pourquoi elle a toujours l'impression que les gens chuchotent des secrets autour d'elle. Effectivement, si elle voit ces affiches avec cette photo précise, un souvenir pourrait peut-être resurgir, qui viendrait alors bouleverser non seulement sa vie, mais aussi un pays au complet, qui la cherche toujours désespérément.

6. CHRISTOPHER THOMPKINS – ENLEVÉ PAR QUI… OU PAR QUOI?

Voici un petit résumé du contenu des livres Missing 411, *lesquels racontent le récit de gens qui ont disparu dans des endroits ruraux du monde – oui, du monde. […] Les situations rapportées répondent aux critères suivants :*

- *Les disparus sont des gens en situation de handicap.*
- *Les disparus sont partis avec leur chien.*
- *Les disparus sont retrouvés près de ruisseaux, des rivières ou d'autres cours d'eau.*
- *Il y a des regroupements géographiques des gens disparus (plusieurs disparitions ayant lieu dans des endroits spécifiques).*
- *La mauvaise température est associée à la disparition.*

- *Les marécages et les champs de bruyères jouent un rôle dominant dans plusieurs des disparitions.*
- *La grande majorité des disparitions ont lieu en fin d'après-midi ou en début de soirée.*
- *Quand les disparus sont retrouvés, plusieurs ne peuvent ou ne veulent pas se rappeler ce qu'il s'est passé pendant qu'ils étaient partis.*
- *Quand les disparus sont localisés, la majorité d'entre eux sont semi-conscients ou inconscients.*
- *Quand les disparus sont localisés, plusieurs d'entre eux ont perdu un morceau de vêtement, ou leurs chaussures, ou les deux.*
- *Les disparus sont retrouvés dans un endroit qui a été fouillé préalablement.*
- *Les baies sont inextricablement liées, d'une manière ou d'une autre, à la disparition*[5].

Connaissez-vous le phénomène *Missing 411* ? C'est l'un de mes sujets préférés : c'est mystérieux, ça parle parfois de paranormal et ça nous invite à nous questionner sur le monde qui nous entoure. David Paulides est un ancien policier qui, pendant ses enquêtes, a remarqué que plusieurs disparitions très étranges avaient lieu dans les parcs nationaux de l'Amérique du Nord. En recensant celles-ci, il a observé les mêmes *modus operandi*. C'est pour tenter de trouver une certaine logique à ces événements qu'il a écrit les livres *Missing 411* (411, en référence au numéro d'assistance aux États-Unis). Ils sont autopubliés et seulement vendus sur le site Web de Paulides, mais ils font un véritable tabac dans le monde du *true crime*. La plupart du temps, il n'y a ni logique, ni explications, ni raisons particulières derrière ces disparitions.

Christopher Thompkins avait 20 ans lorsqu'il a disparu de manière (très) mystérieuse. En s'évaporant dans la nature comme

---

5. David Paulides, *Missing 411: North America and beyond. Stories of people who have disappeared in remote locations of North America and five other countries*, North Charleston, p. IX et X.

il l'a fait, il a laissé derrière lui une mère en deuil, des bottes de travail, des collègues soupçonnés de meurtre et quelques théories paranormales. Voyons pourquoi on pourrait le qualifier de « cas *Missing 411* ».

Christopher Thompkins, un gars ordinaire

Le 25 janvier 2002, Christopher, arpenteur depuis peu, arrive au travail vers 8 h le matin. Une fois au bureau, il monte dans la voiture d'un collègue qui l'emmènera à l'endroit où ils passeront la journée : la route County Line Road, dans la ville d'Ellerslie, en Géorgie. Ce jour-là, ils sont quatre hommes présents sur le site, lui et trois autres collègues. Les arpenteurs forment une ligne droite pour travailler et Christopher est placé à la fin de celle-ci. Environ une cinquantaine de mètres les sépare les uns des autres.

La journée de travail se passe bien. À l'heure du lunch, les quatre collègues dînent ensemble et reprennent le boulot à 13 h. De retour sur leur lieu de travail, Christopher discute avec l'arpenteur à côté de lui. Ils doivent parler fort car, rappelez-vous, ils sont chacun à 50 mètres de distance. À un moment, le collègue de Christopher baisse les yeux afin de terminer une tâche, en continuant tout de même à lui parler. Environ une minute plus tard, peut-être moins, il se rend compte que son collègue ne lui répond plus. Lorsqu'il lève la tête, il s'aperçoit qu'il n'est plus là. Au début, l'arpenteur ne s'alarme pas trop ; Christopher doit être parti uriner derrière les arbres, il reviendra bien vite. Après quelques minutes, cependant, il l'appelle : « Chris ? T'es où ? Chris ? » Aucune réponse. Il avertit alors les deux autres hommes près de lui. « Hey, Chris n'est plus là. » Ensemble, ses collègues le cherchent alentour. Ils sont sur une route assez passante, bordée d'une clôture barbelée et de quelques arbres. Mais cet endroit est plutôt aéré et vaste. On ne peut rien manquer.

Or, c'est entouré de ses collègues, et en moins d'une minute, que le jeune de 20 ans s'est volatilisé.

Inquiets, ses collègues font le tour des environs. Après tout, Chris ne doit pas être bien loin. À quelques mètres de la route, perchée sur les fils barbelés de la clôture, ils découvrent une botte. Une grosse botte de travail brune. Tout près, au sol, se trouvent les outils de travail de Christopher. Mais toujours aucune trace de leur propriétaire. Devant cette découverte étrange, les trois arpenteurs signalent la disparition de leur collègue à la police locale. Bien sûr, comme toute bonne enquête qui débute mal, le shérif Mike Jolley, du comté de Harris, affirme qu'il ne peut rien faire avant 24 heures. La disparition est trop récente pour donner lieu à des recherches officielles. Ce n'est qu'à 16 h que la mère de Christopher, Ann Mackenzie, est avertie de l'événement. Prise de panique, elle n'attend pas les agents et décide d'entreprendre une fouille méticuleuse du territoire.

Lorsque les recherches débutent enfin, les policiers retournent à l'endroit où la botte a été trouvée, au-dessus de la clôture barbelée qui sépare la route bordée d'arbres. Sur place, on découvre d'autres objets inusités qui viennent davantage brouiller les cartes. Sur le sol, un bout de tissu de couleur bleue et 12 cennes sont retrouvés. En l'observant longuement, on confirme que le tissu correspond au pantalon de travail que portait Christopher. Mais alors, est-ce que les pièces de monnaie sont tombées de son pantalon ? Étant les derniers à avoir vu Christopher, ses collègues sont longuement interrogés. Or, ils n'en savent pas plus que les policiers. Rapidement, le shérif en conclut que Christopher a probablement tout quitté, car il en avait marre. C'est aussi simple que cela. Mais pourquoi aurait-il décidé de laisser sa vie derrière lui aussi soudainement ? Et pourquoi aurait-il abandonné ses bottes ?

Cinq mois plus tard, en juillet, un autre indice est découvert par un fermier du coin. Près d'un étang, à moins de 2 kilomètres de l'endroit où l'arpenteur a disparu, sa deuxième botte est retrouvée. Que s'est-il passé pour que Christopher décide de retirer ses *deux* bottes ? Si on y pense bien, des bottes de travail comme celles-ci ne s'enlèvent pas si facilement ! Si elles étaient lacées, c'est presque impossible qu'elles soient tombées d'elles-mêmes ! En analysant un peu la scène, on se demande si le jeune somme, pris de panique, n'aurait pas fui quelqu'un ou quelque chose. Pendant qu'il grimpait sur la clôture, une botte serait restée accrochée. Coincé, il aurait été obligé de la retirer pour pouvoir continuer à courir. Plus loin, il se serait débarrassé de sa deuxième botte pour faciliter sa fuite. En imaginant cela, on se pose tout de même une question : de quoi s'enfuyait-il ? Peut-être un animal, une menace ou un simple nid de guêpes ? Mais encore là, il aurait sûrement poussé un cri de frayeur ou, du moins, averti ses collègues... À moins qu'il n'ait aperçu quelque chose de plus effrayant ? Quelque chose que lui seul pouvait voir...

Ann Mackenzie, la mère de Christopher, se pose quant à elle plusieurs questions. L'histoire que racontent ses collègues est-elle bel et bien vraie, ou cachent-ils la vérité ? Son fils aurait-il été victime d'un meurtre ? Une semaine après les événements, l'un de ses compagnons de travail a engagé un avocat. Pourquoi aurait-il besoin de se défendre de la disparition d'un collègue ? Peut-être qu'étant la dernière personne à avoir vu Chris, il savait qu'il serait automatiquement suspecté. Avec ces quelques renseignements, c'est difficile de ne pas les soupçonner... Par ailleurs, si on y pense bien, ce n'est pas si simple de planifier un meurtre parfait. Cela demande beaucoup d'organisation, de l'habileté et, bien sûr, un motif ! En plus, ce qui serait le plus ardu dans un complot de meurtre, ce serait que les trois personnes gardent le secret pendant si longtemps. Et supposons que les collègues de Christopher l'aient bel et bien assassiné : ils n'auraient probablement pas appelé la police pour qu'ils fassent des fouilles sur le lieu du crime. Tout cela semble donc assez improbable...

Et maintenant, quelles autres théories pourraient expliquer sa disparition ?

Certains croient que Chris aurait pu être attaqué par une bête sauvage. Mais étrangement, ni traces de sang ni signes de lutte n'ont été retrouvés sur les lieux de la disparition. Et puis, s'il s'était fait attaquer par un animal, il aurait probablement crié ou appelé à l'aide. Or, ses collègues affirment qu'ils n'ont pas entendu le moindre bruit.

Continuons dans les théories plus rationnelles. L'imagination de Chris l'aurait-elle poussé à s'enfuir en courant ? Un de ses collègues affirme qu'il avait un comportement étrange quelques jours avant sa disparition. Le jeune homme avait-il des problèmes de santé mentale qui lui auraient causé une psychose, le poussant ainsi à vouloir fuir l'endroit où il se trouvait ? Prenait-il des drogues pouvant causer des hallucinations ? C'est une option. Mais Ann Mackenzie, de son côté, n'a pas remarqué du tout que son fils avait une attitude différente. Il était comme d'habitude. Et puis, ça n'explique pas pourquoi Christopher n'a jamais été retrouvé.

Missing 411

Dans ses livres ou ses entrevues, à aucun moment David Paulides ne fait mention de paranormal. Toutefois, il ne peut s'empêcher de constater les événements étranges qui lui sont rapportés. Par exemple, au centre de l'Ontario, on compte environ une vingtaine de disparitions irrésolues, des cas où des hommes et des femmes ont disparu alors qu'ils cueillaient des baies, chassaient ou se baladaient dans les bois. Or, toutes ces histoires ont plusieurs points en commun. Pourquoi, dans les parcs nationaux, plusieurs des victimes de disparition sont-elles des enfants ou des gens en situation de handicap ? Pourquoi, durant les recherches, les chiens pisteurs sont-ils incapables de suivre les traces du disparu ? Pourquoi, dans plusieurs cas, la disparition a-t-elle lieu près d'un champ de baies ? Attention, nous ne parlons pas de quelques cas isolés, mais de milliers de disparitions ayant plusieurs points en commun dans toute l'Amérique du Nord ! Ainsi, c'est normal de se questionner. Qui tue ou fait disparaître tous ces gens ? Paulides ne nomme rien de concret, mais va amener le lecteur à se faire sa propre idée sur le sujet. Et s'il s'agissait d'une créature inconnue de l'humain, par exemple le sasquatch, ou le bigfoot ? Pourquoi pas un enlèvement par des extraterrestres ? Si on parlait plutôt de plusieurs portails multidimensionnels cachés dans les parcs nationaux ? Certes, ces hypothèses sont plutôt farfelues, mais, à la lueur de tous ces événements mystérieux, on ne peut les écarter du revers de la main.

« Je demande au lecteur d'absorber chacune de ces disparitions et leurs faits. Je garantis que tous ces faits sont vrais : ils viennent directement d'articles de journaux, de rapports obtenus grâce à la Loi sur l'accès à l'information, de magazines et d'entrevues. Vous devrez probablement relire certaines sections, car les histoires vont se mélanger tellement les faits sont similaires[6]. »

Pour résumer, Christopher a disparu de manière très étrange et presque instantanée, dans une région rurale, près d'une forêt. Au début, Paulides classait ces disparitions par groupes de parcs nationaux. En effet, les plus gros bassins de disparitions et de meurtres irrésolus avaient lieu dans ces parcs. Or, avec le temps, l'auteur a réalisé qu'il y avait aussi beaucoup de disparitions en région rurale.

Autre point important : les chaussures de Christopher ont été retrouvées, mais pas le corps ! Ces deux critères pourraient assurément qualifier ce cas de « *Missing 411* ».

* * *

Ça fait maintenant 20 ans que Christopher a disparu et qu'on ignore ce qu'il lui est arrivé. Est-ce un meurtre ? Un bête accident ? Un kidnapping ? Une attaque par un animal sauvage ? Quoi qu'il en soit, cette affaire fait jaser... Si c'est bien un cas de *Missing 411*, je me demande ce qu'il s'est passé. À lui, et à tous les autres. Cela nous oblige à nous poser une question fondamentale : dans quel monde vivons-nous ? Est-il vraiment celui que nous croyons, ou est-il plus grand, plus puissant et plus mystérieux ?

---

6. David Paulides, *Missing 411: North America and beyond. Stories of people who have disappeared in remote locations of North America and five other countries*, North Charleston, p. XIII.

7. S'ENFUIR – LA DISPARITION DE DAVID FORTIN

« David, appelle-nous. Appelle la police. On va aller te chercher où tu es et on va s'occuper de toi », lançait Éric Fortin dans les médias six jours après la disparition de son fils, en 2009. Sa femme et lui suppliaient leur adolescent de rentrer à la maison. Aujourd'hui, 13 ans plus tard, Éric a toujours aussi mal. Il me confie : « Il n'y a pas une journée qu'on n'y pense pas. Il y a toujours quelque chose qui me rappelle David. »

***

Je suis dans la ville d'Alma, située à cinq heures de chez moi. Caroline Lachance, la maman de David, m'a invitée chez elle pour qu'on parle de la disparition de son fils. Comme j'étais dans le coin, j'ai pris la route pour aller leur rendre visite. Après des mois à communiquer par Instagram et Facebook, il était grandement temps qu'on se rencontre en personne ! En arrivant sur place, leur golden retriever blond vient m'accueillir et me donner des bisous : « Laska, lâche Victoria un peu », lui ordonne Caroline. Je lui réponds que ça va : flatter des chiens fait partie du top 5 de mes hobbies préférés.

Éric, souriant et sympathique, un genre de Roger Bontemps, m'offre un tour de la propriété et m'explique les rénovations qu'ils sont en train d'effectuer sur leur terrain. Caroline, elle, remplie d'une douceur maternelle, me montre le lac, sa vue de chaque matin. Dès les premiers instants, en discutant avec eux, je remarque que le nom de David revient souvent dans la conversation. « David aimait beaucoup venir au chalet. » Malgré son absence, il fait encore partie du quotidien de ses proches. Dans leur vie, il y a un *avant David* et un *après David*.

Caroline et Éric ont récemment déménagé dans leur chalet, l'endroit où ils se sentent le mieux. Après ce qui leur est arrivé, ils ont grandement besoin d'un peu de sérénité. Dans leur nouvelle maison, ils ont refait une chambre juste pour David, au cas où il reviendrait. Alors que nous sommes tous assis sur le bord du majestueux lac Saint-Jean, j'allume mon fidèle dictaphone et j'entame tranquillement la conversation.

Le chapitre qui suit sera un peu différent des autres. La disparition de David est très mystérieuse, mais elle a surtout été dévastatrice pour sa famille. Je m'intéresse à l'affaire depuis le moment où j'ai vu le visage du jeune homme aux nouvelles. À l'époque, j'étais encore à l'école secondaire, mais ce que David a vécu me peine énormément. Au Québec, nous avons suivi sa famille dans les médias pendant de nombreuses années ; c'est pourquoi je voulais finalement la rencontrer pour en parler, plus intimement, dans mon livre.

* * *

Cette histoire, celle de la disparition de leur fils, Éric et Caroline l'ont racontée des centaines de fois aux policiers, aux journalistes, aux animateurs de télé et même à certains médiums. Durant les quelques heures que j'ai passées avec eux, à certaines occasions, j'ai senti poindre l'émotion dans leur voix. Même si on connaît une histoire par cœur, qu'on l'a répétée maintes et maintes fois, on n'est pas à l'abri du traumatisme. La vérité est que nous ne nous habituons jamais à faire le récit de la journée où notre fils s'est enfui de la maison pour toujours.

Une disparition planifiée?

Le matin du 10 février 2009, Caroline se fait réveiller par son fils qui saute dans son lit. David Fortin, alors âgé de 14 ans et demi, se sent affectueux aujourd'hui. Il dit à sa mère : « Colle-moi, maman. Réchauffe-moi. » Encore endormie, elle câline son grand garçon qu'elle aime tant. Elle est surprise de ses paroles, car David a normalement *toujours* chaud ! « Dès qu'il arrivait à la maison, il se mettait en bobettes », se souvient-elle. Après être sortis du grand lit, tous deux poursuivent leur routine du matin. Contrairement à son habitude, David ne prend pas de petit-déjeuner, il n'a pas tellement faim. Sa mère se demande si son fils ne couve pas quelque chose. Elle se rappelle que, la veille, après son cours de taekwondo, il avait un gros mal de tête. Il lui semble aussi que l'adolescent n'a pas bien dormi la nuit dernière. De sa chambre, elle l'a entendu bouger toute la nuit.

David enfile ensuite un gros chandail chaud pour l'école, un genre de polaire : « Cette journée-là, il faisait exceptionnellement chaud dehors. Je lui ai dit : "David, pourquoi tu mets ce chandail-là ? Il fait tellement beau" », me raconte-t-elle. Mais elle l'a laissé faire, pensant que c'était sûrement une nouvelle mode qu'elle ignorait.

Plus tard, l'adolescent demande à sa mère d'aller le reconduire à l'école. Caroline, les cheveux mouillés et le sèche-cheveux à la main, regarde l'heure et lui répond que c'est malheureusement impossible : « David, je n'aurai pas le temps. Si je fais ça, on va tous les deux arriver en retard... » Ce n'est pas grave du tout, a-t-il alors rétorqué, il prendra l'autobus, comme d'habitude. À 7 h 50, Caroline entend la porte d'entrée se fermer. Elle regarde sa montre et remarque que David est parti 10 minutes plus tôt que d'habitude. *Étrange...*

La mère de David continue à se préparer pour le travail, sans savoir qu'elle ne reverrait plus jamais son fils.

À l'heure du lunch, Marjorie, la petite sœur de David, prend l'autobus pour rentrer manger à la maison. David et Marjorie prennent des autobus différents, sauf le midi. Elle remarque que son frère n'est pas dans le véhicule scolaire et se pose des questions: c'est la première fois que ça arrive. À la maison, elle téléphone à sa mère pour lui faire part de ses inquiétudes. Marjorie avance que David a dû rester à l'école pour un rendez-vous avec l'orthopédagogue. Caroline sait très bien que c'est faux, mais elle lui répond que oui, ça doit être cela; elle ne veut pas inquiéter sa fille davantage. Ce midi-là, elle était en route vers l'aéroport pour aller chercher son mari qui revenait d'un voyage d'affaires: « Je n'ai jamais conduit aussi vite de toute ma vie », se rappelle-t-elle. Elle savait au fond d'elle-même que quelque chose clochait. *Où est mon fils? En même temps, si David avait manqué l'école, la direction aurait appelé, n'est-ce pas?* Rendus à la maison, les parents font le tour du quartier. Éric part avec sa motoneige à la recherche de son fils, tandis que Caroline appelle des amies qui travaillent au centre commercial du coin: « Avez-vous vu David aujourd'hui? » Les parents attendent à 16 h avant de paniquer. Si David a décidé de ne pas assister à ses cours, il reviendra certainement à la fin de la journée. À l'arrêt d'autobus, Caroline guette l'arrivée de son fils avec impatience. Seize heures: il ne descend pas du bus. Le cœur serré, elle compose tout de suite le 911 pour signaler la disparition de David.

David s'est enfui

On vérifie la chambre de David: tout est là, ses vêtements, ses sacs... Il n'a pas fait de valise non plus, n'a pas emporté son iPod, ni même de l'argent, rien. Avec du recul, Caroline me dit qu'elle pense qu'il manquait peut-être un pantalon, mais elle n'en est pas sûre. Il a vraiment tout laissé derrière lui ! Pourtant, malgré ces informations, la thèse de la fugue est immédiatement privilégiée par les policiers, car David n'en était pas à sa première tentative.

En effet, environ une semaine plus tôt, l'adolescent s'était enfui de la maison. Les policiers de la région avaient fouillé la ville en entier. Quelques heures plus tard, son cousin Maxime l'avait finalement retrouvé, sain et sauf. En voyant son cousin, David lui avait dit : « Comment t'as fait pour me retrouver ? »

À la fin de cette grosse journée éprouvante, Maxime avait parlé à Caroline pour lui confirmer que David avait fui à cause du calvaire qu'il vivait à l'école. Depuis l'école primaire, le jeune garçon était la cible de tous les *bullies* de l'école. En tout, au moins une dizaine de jeunes étaient sur son dos. Il se faisait intimider chaque jour, sans exception. Caroline et Éric étaient déjà au courant ; ils avaient dû contacter les autorités scolaires à plusieurs reprises, leur demandant d'intervenir. Malheureusement, rien n'a été fait. L'enfer a continué pour David. Ses parents se rappellent qu'une fois, ils étaient allés rencontrer la direction de l'école pour parler de la situation et, lorsque la cloche avait sonné, ils avaient vu leur fils sortir de sa classe et descendre les marches en longeant les murs : « C'est comme s'il voulait s'effacer », m'a précisé son père. Effectivement, David s'était récemment confié à une amie en lui disant qu'il était vraiment à bout et qu'il aimerait disparaître.

Après sa première fugue, les parents de David avaient été rencontrés par la Direction de la protection à la jeunesse (DPJ) afin de comprendre pourquoi le jeune avait voulu fuguer. Était-ce un problème à la maison ? À l'école ? Les intervenants avaient conseillé à Caroline et à Éric d'emmener leur fils chez le psychologue. Durant sa première visite, l'adolescent avait confié qu'au moins cinq jeunes de son école riaient constamment de lui. À la suite de ces confidences, les intervenants et les parents de David avaient décidé de retirer leur fils de l'école pendant une semaine.

Caroline m'explique que cette semaine-là, David était de bonne humeur, comme si un poids énorme avait quitté ses épaules. Malheureusement, il a dû reprendre ses classes et l'enfer a tout de suite recommencé : « Mon plus grand regret a été de le retourner à l'école. C'est comme si je l'avais envoyé à l'abattoir », me dit Caroline.

Les signes avant-coureurs d'une fugue

Selon Enfant-Retour, au Québec, en moyenne, 22 enfants par jour sont déclarés disparus aux autorités. Heureusement, dans 88 % des cas, ils sont retrouvés. Mais qu'en est-il des autres?

Toujours selon cette organisation, certains signes avant-coureurs peuvent être décelés chez un enfant qui souhaite fuguer :

- Accumulation d'argent ou d'objets personnels (par exemple, cacher des vêtements et de l'argent dans sa chambre).
- Confidences à ses proches sur le désir de fuguer.
- Problèmes à l'école ou à la maison.
- Consommation d'alcool ou de drogues, automutilation ou comportements sexuels inhabituels.
- Changement soudain du cercle d'amis.
- Changement extrême des habitudes de vie (dormir, manger, avoir des sautes d'humeur, etc.).
- Dépression, anxiété, irritabilité, isolement.
- Trop de temps passé en ligne.

Les jeunes qui risquent davantage de fuguer sont ceux qui vivent une relation amoureuse malsaine, qui sont intimidés ou qui ont de la difficulté à l'école, qui se questionnent sur leur identité ou leur orientation sexuelle, ou des jeunes filles qui soupçonnent une grossesse non désirée, ou encore des jeunes qui reçoivent des cadeaux chers et qui ne veulent pas donner d'explications à leurs parents.

Sur la piste de David

Au moment où l'alerte a été déclenchée à 16 h, ça faisait déjà huit heures que David avait quitté la maison. Il pouvait être rendu n'importe où ! Le chauffeur d'autobus confirme ne pas avoir vu le garçon monter dans le bus ce matin-là. En fait, il ne l'a pas vu du tout; il n'était pas à l'arrêt non plus. Si on y pense bien, moins d'une centaine de mètres séparent la maison de David de son arrêt d'autobus habituel. S'il voulait s'enfuir, il n'avait pas le choix de passer par la route principale, c'est la seule ! Le chauffeur d'autobus, qui roulait sur cette route en direction de l'arrêt, aurait certainement croisé le jeune garçon en train de marcher.

Je demande alors à Éric si l'adolescent aurait pu passer ailleurs... La seule hypothèse, c'est que David soit allé se cacher dans la forêt pour marcher dans les bois, au lieu d'emprunter la route principale. Or, nous nous posons tous la même question : aurait-il pensé à faire cela ? Ses parents en doutent fortement... Bien sûr, tout a été inspecté par des professionnels. Les forêts près de la maison ont été ratissées de long en large, tellement que les policiers ont élargi le périmètre pour chercher encore plus. Il ne faut pas oublier qu'on était en hiver ; si David avait circulé dans les bois, il aurait laissé des traces de pas derrière lui.

Une voisine habitant au coin de la rue, juste à côté de l'arrêt d'autobus, se souvient d'avoir vu le jeune ce matin-là ; il semblait traîner à l'arrêt. Mais ensuite, où serait-il allé ? Est-ce qu'il aurait pu monter à bord d'une voiture ? Avait-il donné rendez-vous à quelqu'un ce matin-là ? Encore là, on en doute beaucoup, puisqu'il avait demandé à sa mère d'aller le reconduire à l'école...

Lorsqu'on pense à cette petite fenêtre de temps, 10 minutes à peine, on a l'impression que David s'est carrément téléporté !

Des témoignages permettent de penser que David aurait quitté la ville d'Alma et aurait emprunté la route qui mène à La Tuque. De là, il aurait très bien pu se rendre à Trois-Rivières, pour finalement continuer jusqu'à Montréal. Un ancien collègue de Caroline se rappelle avoir vu l'adolescent, la journée de sa disparition, au coin de la rue de son lieu de travail situé dans la ville de Métabetchouan. Il avait même demandé à d'autres employés : « Hé, qu'est-ce que le fils de Caroline fait au coin de la rue ? » Encore aujourd'hui, il est sûr de ne pas s'être trompé, c'était bel et bien lui. Un autre témoignage vient appuyer les propos de cet homme. Le représentant d'une compagnie, qui passait par là, se rappelle avoir vu le garçon, qu'il ne connaissait pas. Lorsque la disparition de David a été médiatisée, l'homme s'en est souvenu : « Le petit jeune qui a disparu, je l'ai vu. Il faisait du pouce. » Les deux témoignages situent David au même endroit, à la même heure, vers environ 16 h la journée du 10 février. Métabetchouan est situé à une trentaine de minutes en voiture d'Alma. À pied, on parle de cinq heures de marche. Si David est parti vers 8 h et qu'il a marché jusque-là, il aurait eu suffisamment le temps de s'y rendre à pied.

Un autre témoin a appelé la police pour dire qu'il croyait avoir vu David à Lac-Bouchette. Toujours sur le même trajet, cette ville se trouve à une trentaine de minutes de Métabetchouan. Le témoin se rappelle avoir vu un jeune près d'une station-service, assis sur le bord du trottoir. Ce qui est encore plus intéressant dans ce témoignage, c'est que l'homme n'était pas sûr que ce garçon était bel et bien David, vu la façon dont il était habillé. Son manteau était différent de celui apparaissant sur les photos diffusées par les policiers, et que les médias faisaient circuler : un manteau de motoneige rouge de marque Polaris. Toutefois, celui affiché n'était pas le bon modèle, c'était celui de l'année antérieure, qui était assez différent. Or, le témoin a décrit le bon modèle, celui que portait David cette journée-là. Ainsi, on pense que le témoignage est plutôt crédible ; vous verrez un peu plus loin l'importance de juger la crédibilité d'un témoin oculaire !

Toujours ce soir-là, David aurait ensuite été aperçu dans la petite ville de Mékinac, située à 2 heures 50 minutes de Lac-Bouchette. Encore une fois, c'est sur la même route. À l'époque, on considérait

Mékinac comme un « village-relais » situé entre deux grosses villes, qui offre une pause aux conducteurs et aux camionneurs qui souhaitent s'arrêter après plusieurs heures de route. Il est possible de mettre de l'essence dans sa voiture, de s'acheter un café et une bouteille d'eau à la station-service, de manger au restaurant, de réserver une chambre d'hôtel ou de stationner sa voiture pour faire une courte sieste. Si David avait fait de l'auto-stop et qu'il était monté avec quelqu'un, il serait très logique qu'il ait été déposé à cet endroit. Probablement qu'il aurait même été laissé à la station-service. Un habitant de la ville, un homme assez âgé et presque aveugle, se rappelle que ce soir-là, un adolescent est venu frapper à sa porte. Quand il a ouvert, le jeune voulait lui emprunter son téléphone : « Je veux appeler ma meuman. » L'homme se souvient de la manière particulière dont le jeune a prononcé le mot « maman ». Caroline me confirme que David le disait bien de cette manière. Le vieil homme a entrouvert sa porte et lui a tendu son téléphone sans fil. David, qui était maintenant dans une autre région, n'a pas été capable de joindre sa mère. Il n'avait jamais fait d'appels interurbains de sa vie, donc il ne savait pas comment composer le numéro. Déçu, il a redonné l'appareil à son propriétaire et a dit : « Ça marche pas, merci », pour finalement repartir bredouille. Les policiers ont obtenu le relevé d'appels de l'aîné et comme le numéro de téléphone de Caroline n'y figurait pas, ils ont discrédité son témoignage. Toutefois, selon Caroline, puisque David n'a pas pu faire l'appel, c'est normal qu'il ne figure pas sur le registre.

* * *

Pour ceux qui ne connaissent pas la Mauricie et le Saguenay–Lac-Saint-Jean, ces témoignages peuvent sembler anodins, mais ils ont tout leur sens. Il suffit de regarder sur une carte pour voir qu'en partant d'Alma, David aurait pu emprunter uniquement quatre ou cinq routes principales, mais seulement deux pour atteindre Québec ou Montréal : les routes 169 et 155. Pour un jeune fugueur, c'est plus pertinent de viser la métropole, puisque la Vieille Capitale est relativement petite ; David n'aurait pas pu s'y cacher.

En partant d'Alma, la 155 traverse quelques villages importants : Saint-Gédéon, Métabetchouan, Lac-Bouchette, La Tuque, Mékinac, Shawinigan, Trois-Rivières. De là, on peut facilement se diriger à Montréal, à environ 1 heure 30 minutes de voiture. Ainsi, les témoignages sont plus que crédibles. Mais alors, est-ce que les enquêteurs y accordent l'importance qu'ils méritent ? Malheureusement, non. Comme m'explique Caroline, pour que des témoignages soient considérés comme crédibles, il aurait fallu que David soit vu par quelqu'un qu'il connaissait. Si on se rappelle bien, il a été aperçu par l'ancien collègue de Caroline qui connaissait David. Or, pour la police, ça ne compte pas : il aurait dû être vu par un membre de la famille ou un ami proche. Autrement, des témoignages accompagnés d'une photo de David ou des images de caméras de surveillance qui l'auraient capté à ces endroits viendraient davantage donner un poids aux propos des gens qui affirment avoir vu le garçon disparu.

LE COIN DES ENQUÊTEURS

LA FIABILITÉ DES TÉMOINS OCULAIRES

Même si ça peut être frustrant pour les proches, les enquêteurs ont raison de ne pas donner trop de poids aux témoins oculaires. Notre souvenir d'une personne, d'un objet ou d'un événement n'est jamais exactement conforme à la réalité. Souvent, notre mémoire sera floue et tentera inconsciemment de remplir des trous lorsque des détails seront manquants. Aussi, si on raconte une version des faits après une certaine période, il est possible que notre mémoire nous joue des tours : par exemple, elle peut supprimer des détails jugés non pertinents ou même en inventer. Plusieurs facteurs peuvent affecter la mémoire d'un témoin; en voici quelques-uns.

- La contamination. Par exemple, un témoin peut avoir été influencé par quelqu'un d'autre avant de parler aux policiers. Ainsi, il pourrait, sans le vouloir, inventer des choses qui ne sont pas arrivées ou croire avoir remarqué un détail alors que c'est faux.
- Le stress. Le stress d'avoir assisté à un événement important en lien avec un crime peut venir troubler la mémoire qu'on a de celui-ci.
- Les questions des policiers. Parfois, la manière dont un policier pose une question peut influencer le témoin et troubler sa vision des événements.
- La vue. Un témoin qui assiste à un événement alors qu'il pleut ou qu'il fait noir, ou qui a une mauvaise vue peut se tromper sur certains détails importants.

Aux États-Unis, des erreurs provenant de témoins oculaires sont la cause de 71 % des condamnations erronées. Dans une enquête criminelle, les policiers peuvent prendre en compte les souvenirs de témoins, mais ils ne les considèrent jamais comme crédibles à 100 %.

Après la journée de sa disparition, aucun autre témoignage crédible ne situe le jeune ailleurs dans la province.

L'*underbelly* de Montréal

Que David se trouve à Montréal est évidemment une piste qui a longtemps été considérée. Pour un jeune fugueur, cette grande ville est une destination par excellence. Il est facile de s'y fondre dans la masse et de passer inaperçu. De plus, elle offre de nombreuses ressources pour venir en aide aux jeunes fugueurs: « C'est vraiment comme un monde à part, un monde parallèle », m'explique Éric, qui a pu explorer l'*underbelly* de la ville.

Au total, les parents ont dû faire une vingtaine de petits voyages à Montréal, à cinq heures de route d'Alma. Sur place, ils organisaient des recherches intensives pour leur fils. Ces courts séjours étaient donc assez épuisants pour Caroline et Éric. Accompagnés d'amis et de professionnels, ils ont visité chaque coin sombre de la ville. Des photos de David ont été distribuées au sein de communautés de sans-abri, des refuges pour fugueurs ont été visités, des intervenants ont été rencontrés, mais personne n'avait vu leur fils. Le couple se rappelle cependant une fois où une jeune femme itinérante, nommée Jennifer, leur avait confirmé avoir vu David. Elle l'avait pris sous son aile et l'avait protégé pendant quelque temps. Lorsque Jennifer avait dû quitter la ville, elle aurait emmené le jeune garçon à la Mission Old Brewery, un centre venant en aide aux personnes en situation d'itinérance de Montréal. La famille a demandé à voir le registre des gens qui y ont résidé et, à leur grande surprise, le nom de David Fortin y figurait. Malheureusement, les intervenants du centre n'ont jamais pu confirmer s'il s'agissait bel et bien du jeune fugueur. Comme m'explique Éric : « C'est une communauté qui préserve la confidentialité et l'identité des fugueurs. » En effet, on garantit l'anonymat des sans-abri pour protéger leur droit à la vie privée, mais surtout pour assurer leur protection. Je m'interroge donc : même si les intervenants du centre étaient sûrs à 100 % d'avoir vu David, en aviseraient-ils ses parents ?

Un fugueur doit-il être immédiatement signalé à la police ?

Les intervenants dans les refuges pour sans-abri ou dans les centres d'aide ne sont pas tenus de signaler un jeune fugueur à la police si celui-ci ne veut pas être retrouvé. Cela dépend aussi grandement de l'intervenant. Par exemple, dans la méthode de réduction des méfaits ou de réduction des risques, certains intervenants encourageront fortement le fugueur à aviser ses parents, sans jamais toutefois l'y obliger.

Si l'on considère que David a bel et bien fugué, n'aurait-il pas eu besoin de services médicaux durant les 13 dernières années? Effectivement, c'est difficile de croire qu'il n'a jamais eu de problèmes de santé, mineurs ou majeurs. Or, comme m'a expliqué Éric, si l'adolescent fait partie des personnes en situation d'itinérance, il existe des médecins de la rue qui les aident, gratuitement et dans un environnement sécuritaire et confidentiel. David aurait pu être soigné sans avoir à utiliser sa carte d'assurance maladie. Et admettons qu'il ait eu recours à des soins dans un hôpital, ses parents en auraient été avisés. « On a reçu tellement d'alertes dans les dernières années parce que des David Fortin allaient se faire soigner au Québec », me dit Caroline. C'est en effet un nom assez commun. Je me suis ensuite demandé si David aurait pu obtenir une nouvelle identité. Mais c'est presque impossible qu'il se soit rendu jusque-là : il n'avait ni les contacts ni les moyens pour payer de nouveaux papiers ; cette activité illégale est très coûteuse.

« Qu'en est-il de la piste de la Colombie-Britannique ? » Voilà une autre question qui me trottait dans la tête et que je souhaitais poser aux parents. En effet, il y a quelques années, un jeune homme qui ressemblait beaucoup à David aurait été vu en train de jouer de la guitare dans les rues de Surrey, en Colombie-Britannique. On n'a jamais pu confirmer ou nier cette information. Selon Caroline, son fils ne savait pas jouer de la guitare, mais il aimait beaucoup les instruments de musique, il aurait très bien pu apprendre assez vite ! De plus, selon ce que les parents de David m'ont raconté, à l'automne, plusieurs jeunes sans-abri de Montréal se déplacent en train et se rendent jusqu'en Colombie-Britannique, dans le but de fuir l'hiver. Est-ce que David serait l'un d'eux ? Vivrait-il ailleurs au Canada, voire à l'extérieur du pays ?

Treize ans plus tard…

« Tout allait bien à la maison, David est parti parce qu'il n'en pouvait plus. Il était écœuré de l'école », affirme Caroline. Elle me raconte que les quelques mois avant de disparaître, vers novembre ou décembre, son fils avait commencé à faire de longues promenades. Il partait seul pendant plusieurs heures. Il n'avait jamais vraiment fait ça avant, c'était nouveau. Où allait-il pendant tout ce temps ? Caroline l'ignore encore aujourd'hui. Elle m'explique qu'une fois, elle a voulu le suivre, mais sa mission avait avorté, David s'étant douté que sa mère le suivait. À la suite de cette information, j'ai lancé à Caroline une rafale de questions : « Mais alors, quand il partait comme ça... à son retour, avait-il l'air d'avoir marché longtemps ? » « Allait-il rencontrer quelqu'un ? » « Il allait où ? Il faisait quoi ? »

Les parents de David n'ont aucune réponse à me donner.

Je leur ai ensuite demandé si David aurait pu rencontrer quelqu'un en ligne, ce qui aurait causé son départ. Quelqu'un de mal intentionné, peut-être ? C'est presque impossible, puisque le jeune garçon n'avait pas de téléphone portable ni de compte Facebook (qui débutait à peine en 2009). En fait, il n'y avait même pas Internet dans la maison des Fortin ! David possédait un ordinateur portable qui a été inspecté par les policiers et par un ami de la famille hackeur professionnel. Malheureusement, rien n'a été trouvé. Toutefois, Caroline émet comme hypothèse probable que, à la suite de sa fugue, David aurait fait la rencontre d'une personne qui voulait profiter de lui... Je m'explique. Lorsque le jeune garçon a fugué, on parlait de sa disparition partout dans tous les médias. Est-ce qu'une personne qui avait suivi cet événement de près aurait pu croiser sa route et, sachant que c'était un jeune homme dans une situation très vulnérable, s'en prendre à lui ? C'est une piste qui semble très intéressante aux yeux de sa mère : « Tu sais, à part les témoins qui l'ont vu la journée de sa disparition, plus personne ne l'a revu officiellement après. » Cette hypothèse est très sensée, mais très terrifiante également.

Effectivement, environ deux ans après sa disparition, en 2011, Claude Poirier, le très célèbre chroniqueur judiciaire et négociateur, a reçu un message troublant dans sa boîte vocale. La personne au bout du fil, qui n'a jamais divulgué son nom, disait que David était enfin prêt à rentrer chez lui, mais sous certaines conditions. Selon l'informateur, le jeune garçon était aidé par une personne et s'il rentrait à la maison, il souhaitait qu'aucune accusation ne soit portée contre elle. La personne en question aurait sauvé David à un moment où il voulait s'enlever la vie. Une autre condition : les parents devaient quitter les Témoins de Jéhovah et accepter l'orientation sexuelle de leur fils. Cette demande est plutôt étrange : les parents de David n'ont jamais été dans les Témoins de Jéhovah… Finalement, la personne demandait que le jeune garçon soit laissé tranquille et qu'il puisse vivre sa vie comme il l'entend. La famille a dit publiquement que les conditions étaient acceptées et que l'important était de savoir que leur fils allait bien. Malheureusement, cette personne n'a jamais rappelé. Aujourd'hui, nous pourrions croire qu'il s'agissait d'un canular de mauvais goût.

« Pensez-vous que David se posait des questions sur son orientation sexuelle ? Supposons qu'il soit homosexuel, aurait-il pu s'enfuir à cause de ça ? » Éric et Caroline me répondent que ce n'est pas impossible, mais que rien ne laissait présager cela. De plus, les parents du jeune garçon sont ouverts d'esprit et ça, David le savait. Il pouvait tout leur dire.

« Mais avez-vous vérifié la piste de la secte ? Est-ce que David aurait pu faire partie d'une secte ? » Ils me répondent que cette voie a aussi été explorée par les policiers, mais qu'ils n'ont rien trouvé. Et puis, y a-t-il vraiment des sectes isolées au Québec dont on ignore l'existence ? Et si oui, comment David aurait-il pu les trouver sans l'aide d'Internet ?

« Ok, et aujourd'hui, comment voyez-vous les choses ? Comment percevez-vous la suite ? » Caroline prend la parole : « Si on arrête d'espérer, c'est comme d'accepter que David soit décédé. Tant qu'on n'a pas trouvé, on va continuer d'espérer. » Je leur réponds qu'effectivement, comme rien du tout n'a été trouvé, on pourrait bien croire que David est toujours en vie. Et cet espoir qu'ils ont, c'est ce qui les nourrit. Chaque année, à l'anniversaire de David, ses parents lui achètent un cadeau. En 2022, David serait âgé de 28 ans. Ses cadeaux doivent être assez différents de ceux qu'achetait Caroline l'année suivant sa disparition. « Caroline, comment est-ce qu'on pourrait reconnaître David si on pense le croiser ? A-t-il un signe distinctif ou quelque chose comme ça ? » Elle éclate de rire en disant qu'il a une tache de naissance en forme de framboise sur une fesse. On rit de bon cœur ensemble. Mais plus sérieusement, le prendre en photo, lui parler, serait très utile. Ce sera la seule fois que je vous le demanderai dans ce livre, mais s'il vous plaît, gardez l'œil ouvert ! David pourrait être pas très loin. Moins loin qu'on ne le croit.

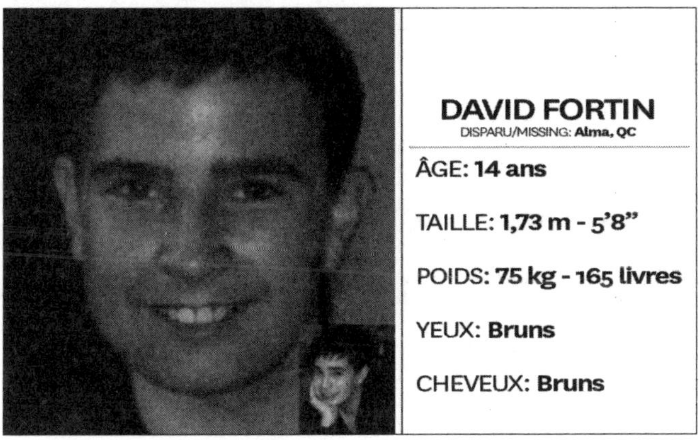

8. L'*OAKLAND COUNTY CHILD KILLER* – UN TUEUR D'ENFANTS NON IDENTIFIÉ

Ferndale, Michigan, États-Unis – le 15 février 1976. Les Stebbins participent à une fête organisée par l'employeur de Ruth Stebbins à l'American Legion Hall. Il est 12 h 25 quand le petit Mark Stebbins, 12 ans, demande à sa mère un peu d'argent pour aller s'acheter quelque chose dans un magasin à proximité. Comme l'enfant a déjà eu son argent de poche, elle refuse. Mark lui répond alors qu'il aimerait rentrer à la maison pour regarder la télévision. Sa mère accepte, ajoute qu'elle le verra plus tard à la maison, puis l'embrasse et lui dit au revoir. Leur domicile est à quelques rues de là, il n'y a évidemment aucun danger…

Vers 19 h 15, Ruth appelle à la maison pour voir si tout va bien. Son fils ne répond pas. Lorsqu'elle revient à la maison à 21 h, il n'y est toujours pas. Morte d'inquiétude, c'est à 22 h qu'elle décide d'appeler la police pour signaler la disparition de son enfant.

Pendant quatre jours, les policiers parcourent la ville ; Ruth ne dort pas. Contrariée, elle attend le retour de son fils. Pourtant, les enquêteurs l'encouragent : « Ça fait plus de 10 ans qu'il n'y a pas eu de kidnapping à Ferndale. Mark doit avoir fugué ou être avec ses copains... » Mais Ruth sait bien que c'est faux. Son fils au grand cœur, qui rêvait de devenir marin, ne serait pas parti, juste comme ça. Alors, où peut-il bien être ?

Le 19 février, un peu avant midi, l'enfant est enfin retrouvé dans la ville voisine, Southfield. Il est couché dans la neige. Son corps sans vie, en position fœtale, a été déposé près d'une poubelle, dans le stationnement d'une tour de bureaux. Après cette triste découverte, une enquête qui sera difficile et traumatisante est ouverte.

Cette enquête sera l'une des plus importantes et coûteuses des États-Unis.

Un meurtre à Southfield

Dès le départ, deux services de police sont impliqués dans l'enquête : celui de Ferndale, à cause du rapport de disparition, et celui de Southfield, à cause du meurtre. Or, le fait que deux services de police travaillent sur un même dossier ne veut pas dire que l'enquête sera effectuée avec plus de rigueur. Au contraire, des erreurs importantes ont été commises, lesquelles viendront gravement réduire les chances de retrouver le tueur.

Lorsque Mark Stebbins a été retrouvé, les enquêteurs ont pu déterminer qu'il était mort depuis moins de huit heures et qu'il n'avait pas été tué à l'endroit où il avait été découvert. Son assassin l'avait plutôt déposé près des poubelles afin de se débarrasser du corps.

Un témoin se rappelle que ce matin-là, il a promené son chien dans ce même stationnement à 9 h 30. Il est persuadé qu'à cette heure, le corps n'y était pas. Ainsi, on soupçonne que ce dernier a dû y être déposé entre 9 h 35 et 11 h 45.

L'enfant était mort par strangulation. Le *rape kit*, les lacérations du côté gauche de sa tête et les marques sur le reste de son corps indiquent qu'il a été battu puis agressé sexuellement avec un objet. Le petit avait aussi des marques autour de ses chevilles et de ses poignets, signifiant qu'il avait sûrement été attaché. Les policiers ont été surpris de l'état dans lequel le jeune avait été retrouvé. Il semblerait que le tueur ait pris soin de Mark : ses vêtements, qu'il portait le jour de sa disparition, avaient été fraîchement lavés et repassés, ses ongles avaient été manucurés et ses chaussures étaient bien en place. Les policiers ont donc surnommé le tueur : « *The Babysitter* ».

LE COIN DES ENQUÊTEURS

QU'EST-CE QUE LE *RAPE KIT* ?

Le *rape kit*, ou la trousse médico-légale, est une petite boîte en carton qui contient différents objets, notamment des sacs et des draps en papier pour recueillir les preuves, un peigne, des formulaires, des enveloppes, des instructions, du matériel pour prélever des échantillons de sang et d'urine, des cure-dents et des écouvillons (qui ressemblent à de longs coton-tiges).

Cette trousse sert à déterminer si une personne a été victime d'un viol et, si oui, à tenter de préserver des indices pour pouvoir retrouver le suspect et porter des accusations. L'examen peut durer de quatre à six heures ; il est effectué par un professionnel de la santé, qui devra donc être très précis et suivre les étapes dans le bon ordre afin d'être certain d'accumuler le plus de preuves possible contre l'agresseur. Cet examen va différer d'un pays et d'une région à l'autre. Certains hôpitaux préconisent un test plus rapide, en vérifiant uniquement l'essentiel, par exemple procéder à un examen génital complet et faire un prélèvement génital et sanguin. La gravité de l'agression va aussi influencer l'examen. Il est bon de savoir que le processus est différent si la victime est un enfant.

Voici la procédure aux États-Unis pour les personnes toujours en vie qui ont subi une agression. De préférence, l'examen médico-légal doit être effectué moins de 24 heures après celle-ci, afin que l'ADN de l'agresseur puisse être analysé. Toutefois, la victime a jusqu'à cinq jours pour se rendre en clinique. La personne qui réalise cet examen est souvent un médecin spécialisé qui a reçu la formation pour ce type de test. Il est toujours accompagné d'un témoin.

D'abord, on demande à la victime de se déshabiller, debout, sur un grand drap en papier. C'est important de bien faire cette étape : ainsi, il est possible de recueillir des preuves, par exemple des poils, des cheveux ou des fibres de tissus, qui pourraient tomber par terre. Plus tard, les vêtements de la victime et le drap en papier seront analysés en laboratoire.

Ensuite, un membre du personnel infirmier procède à un examen physique afin d'analyser les blessures de la victime. Tout est très bien documenté et compilé pour ne rien oublier. On est à la recherche de sang, de salive, de sperme, d'urine, de cellules cutanées et de cheveux ou de poils. Pour ce faire, on se sert de l'écouvillon sur la peau de la victime, dans ses parties génitales, dans son anus et dans sa bouche. On passe ensuite un cure-dents sous ses ongles pour y prélever de l'ADN. Par exemple, si elle a tenté de se défendre, il est possible qu'elle ait égratigné son agresseur et que l'ADN de celui-ci se retrouve sous les ongles de la victime. Un peigne fin est finalement passé dans ses cheveux.

On procède ensuite aux photos du corps de la victime : coupures, égratignures, morsures et bleus sont des éléments de preuve très importants. Des tests de dépistage d'infections transmissibles sexuellement et par le sang (ITSS) seront aussi effectués.

L'examen peut être extrêmement épuisant et traumatisant pour une personne qui vient de subir une agression sexuelle ; c'est pourquoi, à n'importe quel moment au cours de l'examen, elle peut décider d'arrêter. Or, il est important de mentionner que l'ADN est, à ce jour, l'outil le plus puissant et efficace pour envoyer un violeur derrière les barreaux.

Dès le départ, le corps de Mark a été amené au poste de police de Southfield plutôt qu'à la morgue. Les experts médico-légaux n'ont même pas eu le temps de se rendre sur la scène de crime pour l'analyser. Au poste de police, ses vêtements ont été retirés avant qu'il soit envoyé à la morgue. Ces actions peu habituelles ont eu pour effet de détruire à tout jamais des preuves essentielles à l'enquête.

Un cheveu étranger a été retrouvé sur les vêtements de l'enfant ; c'était possiblement celui du tueur.

Sur les conseils du psychiatre Bruce Danto, affecté à l'enquête, les policiers ont placé un petit mannequin, habillé avec les mêmes vêtements que l'enfant, sur les lieux du crime après avoir évacué le corps. Selon Danto, il était possible que le tueur choisisse de revisiter la scène de crime. C'était encore plus probable qu'il le fasse si, de loin, il voyait la silhouette de sa victime encore sur place. Les funérailles de l'enfant ont d'ailleurs eu lieu à ce même endroit. Ruth, sa mère, affirme avoir serré beaucoup de mains cette journée-là. Encore aujourd'hui, elle se demande si, sans le savoir, elle aurait pu se trouver face au tueur de son fils.

LE COIN DES ENQUÊTEURS

LA CLASSIFICATION DES TUEURS EN SÉRIE

Dans les années 1980, quatre agents du FBI (Ressler, Douglas, Hazelwood et Ault), qui enquêtaient et faisaient des recherches sur le comportement des tueurs en série, ont tenté de catégoriser ces derniers en trois groupes : organisés, désorganisés et mixtes.

Robert K. Ressler explique pourquoi ils ont fait cela : « Ça ne change rien de dire aux policiers, par exemple, que ce qu'ils cherchent est une personnalité psychotique s'ils n'ont aucune formation en psychologie ; on avait besoin de leur parler avec des termes qu'ils pouvaient comprendre et qui pouvaient les aider dans leurs recherches de tueurs, de violeurs et d'autres criminels violents. Au lieu de dire qu'une scène de crime montrait des preuves de personnalité psychotique, on commençait par leur dire que la scène était *organisée* et que le tueur l'était probablement aussi, alors qu'un autre agresseur pourrait être *désorganisé* quand un trouble mental – schizophrénie ou psychose – était présent.

« Les catégories sont pratiques, mais elles ne sont pas rigides. Un tueur désorganisé peut, par exemple, avoir un Q.I. plus élevé que la moyenne alors que, selon la classification, il est censé en avoir un plus bas. »

Le tueur organisé. Selon la classification du FBI, le tueur organisé a un trouble de la personnalité antisociale (de la psychopathie). Les crimes sont planifiés ; les victimes, qu'il ne connaît pas, sont toutefois bien sélectionnées. Par exemple, il va souvent choisir des prostituées comme cibles, car elles ont plus tendance à le suivre et à se mettre dans des situations plus vulnérables. Il contrôle très bien la scène de crime :

chaque trace de pas ou indice laissé derrière est minutieusement effacé. Considéré comme très intelligent, il s'améliore à chaque crime commis. Il devient alors expérimenté, et donc difficile à appréhender. On parle généralement d'un homme blanc âgé de 25 à 45 ans. Il aurait un Q.I. de 98,7 et serait capable de maintenir une vie de famille normale, traditionnelle.

Des exemples de tueurs organisés : Ted Bundy, John Wayne Gacy, Dennis Rader.

Le tueur désorganisé. Le tueur désorganisé est, la plupart du temps, atteint d'un problème de santé mentale. Il ne planifie pas son crime et il n'y a souvent aucune logique derrière celui-ci. Il agit sous le coup de l'impulsion. Il va utiliser des objets trouvés sur la scène de crime et, parfois, va regretter son geste. S'il a des regrets ou a peur de se faire appréhender, il peut retourner sur la scène de crime après le meurtre et même se cacher parmi la foule lorsque le corps est retrouvé : « Un comportement post-offense peut être, par exemple, un changement dans les habitudes de vie (plus de consommation d'alcool) et de la nervosité. Il peut aussi développer un intérêt inapproprié pour le crime, par exemple fréquemment engager la conversation à ce sujet. » Le plus souvent, le tueur désorganisé est un homme blanc, de tout âge, mais on trouve aussi des femmes. Il a un Q.I. plus bas que la moyenne, soit 89,4, et il est considéré comme assez silencieux et solitaire.

Des exemples de tueurs désorganisés : Jeffrey Dahmer, Jack the Ripper, Ed Gein, Aileen Wuornos.

Le tueur mixte. Ce type de tueur présente des caractéristiques des deux groupes précédents. Par exemple, il peut avoir un plan d'attaque bien organisé, mais laisser plusieurs indices sur la scène de crime. Il a normalement un Q.I. de 100,9.

Un exemple de tueur mixte : le tueur du Zodiaque.

À l'époque, nous n'avions pas les connaissances d'aujourd'hui sur le comportement et la personnalité des tueurs en série. Ainsi, lorsque le psychiatre Danto a suggéré que le tueur de Mark Stebbins reviendrait sur les lieux du crime, il devait penser que le coupable était plutôt impulsif, qu'il n'avait pas calculé son meurtre. Pourtant, on sait qu'il a lavé les vêtements de sa victime et lui a coupé les ongles. On croit qu'il a fait cela dans le but d'effacer toute trace d'ADN qui aurait pu se trouver sous les ongles ou sur les vêtements de l'enfant. De plus, le fait qu'il ait amené le corps de Stebbins dans ce stationnement, alors que le meurtre avait été commis ailleurs, prouve qu'il avait un certain contrôle de la situation. Le psychiatre Danto essayait d'entrer dans la tête de l'assassin afin de pouvoir le retrouver rapidement. Or, ce qu'il ne savait pas, c'est que *The Babysitter* allait frapper à nouveau.

Un meurtre à Noël

Le 26 décembre 1976, dans la ville de Troy, au Michigan, un motocycliste en route pour voir sa famille doit s'arrêter à la suite d'une horrible découverte. Sur le bord de l'autoroute Interstate 75, il trouve le cadavre d'une fillette dans la neige. Ironiquement, le commissariat de police de Troy avait une vue directe sur le petit corps sans vie. L'enfant a été atteinte d'une balle en plein visage par un fusil de calibre 12. La petite est décédée à la suite d'une hémorragie provoquée par le coup de feu. Elle n'a pas été agressée sexuellement.

La victime a été identifiée comme Jill Robinson, 12 ans, disparue quatre jours plus tôt, le 22 décembre. Malheureusement, dès le moment où sa famille a signalé sa disparition, les policiers n'ont pas vraiment fait d'enquête, croyant que l'adolescente avait fugué. Effectivement, Jill avait quitté sa maison en colère, car elle s'était disputée avec sa mère. Elle avait même fait une petite valise pour son départ. Or, à 12 ans, aurait-elle vraiment fugué pendant tout ce temps, surtout durant la période de Noël ? Le lendemain de sa disparition, le 23 décembre, sa bicyclette a été retrouvée près d'un commerce

au centre de la ville. Malgré tous ces détails inquiétants, les policiers continuaient d'affirmer que la petite Jill finira par réapparaître.

Ils avaient raison, elle est réapparue... Sans vie.

Comme Mark Stebbins, il semblerait que son tueur ait « pris soin d'elle ». Elle portait des vêtements propres et avait même son petit sac sur le dos. On l'avait nourrie durant les trois jours où elle était portée disparue. Bien que le corps ait été retrouvé dans une ville différente, c'était dans le même comté : Oakland. Encore une fois, les policiers ont raté leur chance de lancer l'enquête du bon pied. Lorsque le corps de Jill a été trouvé, à aucun moment les experts médico-légaux n'ont été appelés sur la scène de crime. Mais, à nouveau, un cheveu étranger a été retrouvé sur la victime.

Prémonition

Quelques mois avant sa fin tragique, Jill avait développé une peur paralysante de mourir fusillée par un homme. Elle avait dit à sa mère : « Je sais que c'est fou, mais je sens que quelqu'un va me tuer. » Sa nouvelle phobie était si intense que sa mère avait dû l'emmener voir un psychologue pour enfants. Il semblerait que sa thérapie n'avait pas encore aidé car, au début du mois de décembre, Jill pleurait ; elle craignait encore de mourir. Sa mère l'avait prise dans ses bras et avait tenté de la réconforter. Elle ne savait pas que le cauchemar de sa fille deviendrait bientôt réalité.

Au départ, les policiers ignoraient si le meurtrier de Jill était le même que celui de Mark à cause de la manière différente dont les enfants avaient été tués. Or, il est possible que la petite Jill ait parlé de sa phobie au tueur qui, pour la terroriser encore plus, aurait décidé de la tuer pour l'achever. Si c'est le cas, on parlerait ici d'un tueur extrêmement sadique...

Une autre victime à Oakland County

Pas moins d'une semaine plus tard, une autre fillette disparaît. Le 2 janvier 1977, dans la ville de Berkley, la petite Kristine Mihelich, 10 ans, est kidnappée alors qu'elle se rend à pied au magasin près de chez elle. Après 30 minutes sans nouvelles de sa fille, sa mère, Deborah, appelle la police. Contrairement aux deux disparitions antérieures, celle-ci a immédiatement été prise au sérieux. On peut croire que les policiers avaient appris du meurtre de Mark et de Jill. De plus, la fillette vivait tout près de la maison de Jill, soit à moins de trois kilomètres. Dès le lendemain, les policiers font du porte-à-porte, à la recherche d'informations pouvant aider à l'enquête. La disparition de Kristine a aussi été beaucoup plus médiatisée que les précédentes. Deborah est allée à la télévision locale pour parler de l'enlèvement de sa fille. Elle a pu récolter 17000 $ à offrir au cas où une demande de rançon serait faite.

Le 21 janvier, 19 jours après la disparition de Kristine, son corps est retrouvé dans la neige, au bout d'un cul-de-sac. Un facteur qui passait par là a aperçu quelque chose au loin. En s'approchant, il a découvert le cadavre. Il a tout de suite alerté la police avant que la scène de crime ne soit contaminée. Le corps de la petite était si congelé que les médecins ont dû attendre une journée entière avant de pratiquer l'autopsie.

L'enquête du coroner a établi que Kristine était morte étouffée : peut-être par un sac ou un oreiller placé sur sa tête. Selon l'examen médico-légal, la jeune fille n'avait pas subi de pénétration forcée, mais on a détecté une présence de sperme sur son corps. Or, lors d'un second test, il n'y en avait plus... Comme dans le cas des deux meurtres précédents, les vêtements de la victime étaient propres et repassés. À ce stade-ci, on commence à faire un lien entre les trois événements, qu'on renomme alors : *The Babysitter murders.*

La police de l'État du Michigan s'active et forme une escouade d'enquête. Plus de 120 policiers provenant de 13 communautés différentes sont chargés de trouver le tueur.

Des enquêteurs se rendent même aux funérailles de la petite Kristine afin de garder un registre de chaque personne y assistant.

Le psychiatre assigné à l'affaire, Bruce L. Danto, avance la théorie que le tueur se serait peut-être donné pour mission de tourmenter les policiers en laissant des indices derrière lui. Il croit que celui-ci souhaite montrer qu'il est toujours un pas en avant des enquêteurs. Par exemple, le corps de Kristine a été retrouvé sur la rue Bruce Lane. L'assassin aurait pu choisir cette rue afin de laisser un message au psychiatre Danto. Ses initiales sont Bruce L.

Avec trois enfants retrouvés assassinés, il va de soi qu'une panique générale s'installe dans l'État du Michigan. Tous les parents deviennent extrêmement inquiets pour leurs jeunes ; ils cessent de les laisser aller seuls à l'école. Un jour, un homme s'est arrêté en voiture pour demander des indications à un enfant. À proximité, un témoin de la scène, croyant que le conducteur voulait kidnapper le petit et qu'il était face au tueur recherché, l'a violemment tabassé. Un climat de paranoïa et de peur s'installe alors à Oakland County, et la police travaille fort pour procéder à une arrestation avant que le tueur ne frappe à nouveau.

Timothy King, le *game changer*

Le 16 mars 1977, dans la ville de Birmingham, à l'extérieur de Détroit, il est 20 h 15 quand le petit Timothy King, 11 ans, quitte la maison en planche à roulettes. Il veut aller s'acheter des bonbons à la pharmacie près de chez lui. Une quinzaine de minutes plus tard, deux témoins l'aperçoivent dans le stationnement sombre du commerce, en présence d'un homme. L'un des témoins, Doug Wilson, est l'une des dernières personnes à avoir vu Timothy avant qu'il ne soit kidnappé : il se souvient de l'avoir vu en train de parler à un jeune homme dans la vingtaine. L'autre témoin a décrit cet individu comme ayant les cheveux longs, foncés, hirsutes, et portant des favoris. Il était debout à côté d'une voiture Gremlin bleue avec des lignes blanches. Cependant, Wilson croit plutôt avoir vu une Pontiac Lemans deux portes, de couleur bleue ou verte, stationnée un peu plus loin. Il se rappelle qu'il y avait un deuxième homme plus vieux dans la voiture : on peut penser que ce dernier utilisait le plus jeune comme complice.

> ***En effet, depuis le début de l'enquête, les policiers croient que le tueur n'agit pas seul.***

Le témoin, Wilson, se rappelle bien cette journée : « Pendant que je marchais vers l'entrée du marché, j'ai regardé l'homme plus vieux qui était assis dans sa voiture. Il l'avait reculée dans la place de stationnement qui était à l'opposé de la mienne, mais plus près de l'immeuble. [...] Il m'a fixé longuement et intensément. Il y avait quelque chose de très déconcertant à propos de cet homme et je me souviens d'avoir pensé qu'il pourrait être un voleur de voiture. Il devait avoir de 55 à 65 ans. Il avait les cheveux totalement gris et semblait être en surpoids de 20 ou 30 livres. Il avait un visage très rond. En m'approchant de lui, j'ai regardé l'arrière de sa voiture pour tenter de mémoriser le numéro de plaque. Les numéros étaient faciles, trois 2 et j'ai inventé rapidement une phrase pour me rappeler les lettres. Malheureusement, encore à ce jour, je ne peux me souvenir de cette phrase. »

Wilson, qui a fait une déclaration au FBI, raconte avoir été pris très au sérieux : « Ils étaient eux aussi excités par le fait qu'il y avait probablement deux personnes d'impliquées. »

Cette fois-ci, les policiers ont agi en vitesse afin de retrouver Tim vivant. Barry King, le père de Timothy, a été rencontré par les médias pour sensibiliser les gens à la disparition de son fils : « Nous t'aimons. Si tu manques les essais de la petite ligue demain, M. Rider pourra te donner une chance la semaine prochaine. » Il a ensuite dit que lorsque Timothy reviendrait à la maison, lui et sa mère lui serviraient son repas préféré : du poulet frit Kentucky (KFC). Un portrait-robot a été tracé selon la description des deux témoins et a été distribué partout au Michigan. Avec la contribution des gens de Détroit qui, eux aussi, voulaient appréhender le tueur le plus vite possible, les coffres de centaines de voitures ont été fouillés au cas où l'enfant y serait caché. Les policiers promettaient aux conducteurs interrogés que si des drogues ou des armes à feu illégales étaient alors découvertes, ils ne seraient pas arrêtés. L'essentiel était de retrouver l'enfant disparu. Tous les propriétaires de Gremlin bleues ont aussi été interrogés, mais sans succès. Toutefois, le frère de Barry King, Chris King, ne croit pas qu'une Gremlin bleue ait servi à l'enlèvement. Il se rappelle avoir vu la même voiture dans le stationnement de la pharmacie pendant plusieurs heures après que Timothy eut disparu. Il a fait part de cette observation aux policiers, mais ils ne l'ont pas pris au sérieux.

Le 22 mars, six jours après l'enlèvement, deux adolescents ont trouvé le corps de Timothy dans un fossé, près de la route Gill. L'enfant portait son chandail en nylon rouge et son pantalon Levi's vert foncé, les deux fraîchement lavés. Ses ongles avaient été manucurés et sa planche à roulettes était soigneusement placée près de lui. Tim avait été étouffé à mort et agressé sexuellement avec un objet. Ses poignets et ses chevilles indiquaient qu'il avait été attaché. Un cheveu qui ne lui appartenait pas a été retrouvé dans son nez ainsi que deux autres dans ses sous-vêtements. Ils avaient le même ADN que celui retrouvé dans l'affaire Mark Stebbins. Tim n'était mort que depuis environ six heures, son corps était encore tiède. Sur place, on a tenté de le réanimer, mais il était trop tard.

L'autopsie a permis de voir que le dernier repas servi à l'enfant était du poulet frit Kentucky.

Le meurtre du petit Timothy a fait des vagues dans tout l'État. Dans un mouvement de haine commune, les gens voulaient absolument capturer le tueur. Dans les journaux de Détroit, on en parlait presque chaque jour. Par exemple, en 1977, dans le *Detroit Free Press* : « La série de meurtres d'enfants dans le comté d'Oakland est devenue le sujet de conversation numéro 1 pour les gens de la région. Durant la pause-café, dans la file du supermarché, au bar du coin et dans leur cour, au-dessus de la clôture, les gens discutent des meurtres et, inévitablement, exposent des théories à propos du ou des tueurs et de la façon dont les enfants ont été attirés vers leur mort. » Un nombre record d'appels a été fait au 911 et plus de 18 000 pistes ont été suivies par la police : le public était à l'affût de tout oncle pervers, de tout voisin suspicieux ou de tout laitier qui s'était absenté récemment. Les gens appelaient et expliquaient leurs théories farfelues élaborées à l'heure du dîner. Ces indices ont quand même permis aux policiers de procéder à une douzaine d'arrestations à propos d'accusations non reliées à cette affaire.

Le meurtre de Timothy est le dernier officiellement attribué à l'*Oakland County Child Killer*. Malheureusement, après avoir dépensé plus de 2 millions de dollars dans l'enquête et n'avoir rien trouvé, l'escouade a été démantelée, faute de pistes et de nouveaux cas.

D'autres victimes possibles

Il est important de parler des autres victimes qui pourraient très bien avoir été tuées par l'*Oakland County Child Killer*. Néanmoins, il est impossible de confirmer ces cas par manque de preuves.

Le vendredi 29 septembre 1972, à 13 h 05, la jeune Donna Serra, 16 ans, quitte l'école pour aller profiter de l'après-midi ensoleillé à la plage. N'ayant pas de moyen de transport pour s'y rendre, elle décide de faire de l'auto-stop (c'était une pratique plutôt commune à l'époque). Ce n'est que le 20 octobre que son corps est retrouvé près d'une route dans sa ville natale, Ray Township. Elle avait été étranglée.

Jane Allan, 13 ans, a été enlevée le 8 août 1976 alors qu'elle faisait aussi de l'auto-stop dans le comté d'Oakland. Son corps, dans un stade de décomposition avancé, a été trouvé trois jours plus tard dans la rivière Great Miami, en Ohio. Ses poignets étaient attachés derrière son dos avec un bout de t-shirt déchiré. Il semblerait qu'elle soit morte à la suite d'un empoisonnement au monoxyde de carbone.

Finalement, Kimberly King, 12 ans, a disparu le 16 septembre 1979 alors qu'elle marchait dans son quartier. Elle n'a jamais été retrouvée.

Étonnamment, tous ces meurtres présentent le même *modus operandi* et profil que ceux des victimes de l'*Oakland County Child Killer*. Lorsqu'on trouvera enfin l'identité du tueur en série, on pourra probablement résoudre ces crimes.

Le profil du suspect

Les policiers ont pu établir un profil du tueur: on parlerait d'un homme blanc avec les cheveux foncés, hirsutes. Il serait âgé de 18 à 40 ans. On croit qu'il serait très intelligent, sophistiqué et éduqué. Il aurait un emploi de col blanc, avec un horaire stable, de 9 à 5, lui donnant l'occasion de se déplacer librement entre les villes et les villages de la région. Ainsi, il aurait une connaissance approfondie des différents secteurs. Son mode de vie lui permettrait de garder des enfants captifs durant une longue période sans que son entourage ou ses voisins s'en rendent compte. Il est possible qu'il soit assez solitaire, avec peu d'amis. Les autorités croient aussi que quelqu'un connaît l'identité du tueur et le protège. Le chef de police de Birmingham, Jerry Tobin, a déclaré: « Il n'y a aucun individu qui aurait pu garder quatre enfants en captivité durant des périodes variées sans que quelqu'un le sache – un membre de la famille, un ami. » Il a ajouté que le protecteur pourrait bien être un avocat, un médecin, son épouse ou sa mère. Ici, on pourrait donc penser au cas de Timothy, où un deuxième homme a été aperçu dans la voiture bleue.

Le suspect ne consommerait probablement pas d'alcool ni de drogues et accorderait beaucoup d'importance à la propreté. Sa maison et sa voiture doivent être très propres. Il pourrait être traité pour des troubles psychiatriques et aurait sûrement des habitudes sexuelles hors-norme. Il semblerait digne de confiance aux yeux des enfants et aurait un visage gentil ou une attitude amicale. Il est possible qu'il se fasse passer pour un policier afin de gagner la confiance de ses victimes. Il pourrait aussi être livreur de magazines dans des pharmacies ou de petits magasins, car trois des quatre enfants assassinés étaient en direction d'un magasin quand ils ont disparu. Chaque fois qu'il tue, il souhaite que ses victimes soient retrouvées.

Quelques pistes, beaucoup d'échecs

Les policiers ont plusieurs suspects en tête, mais il est tout de même difficile de trouver le ou les vrais coupables. Par exemple, quelques semaines après le meurtre de Timothy King, le psychiatre Bruce L. Danto a reçu une lettre par la poste. Plutôt mal écrite, elle aurait été rédigée par un certain « Allen » qui affirmait que le tueur était son colocataire, Frank. À de multiples occasions, le jeune homme a accompagné Frank en voiture, une Gremlin bleue, dans le but de trouver ses prochaines proies. Depuis, Frank se serait débarrassé de sa voiture en Ohio. Dans la lettre, Allen explique que son coloc commettait ces meurtres car, depuis la guerre, il souffrait de TSPT et se sentait coupable d'avoir tué des enfants durant la guerre au Vietnam.

Allen raconte qu'il avait peur de Frank. Selon lui, il était un sadomasochiste et il le traitait en esclave. Or, Allen se sentait si coupable de connaître un aussi gros secret qu'il pensait à s'enlever la vie. Il a donné des instructions précises à Danto afin qu'il publie un code secret dans le journal local du dimanche, ce que ce dernier a fait. Après cela, Allen a appelé le psychiatre au téléphone pour lui demander de venir le rencontrer dans un bar de Détroit, afin de lui fournir des preuves photographiques de la culpabilité de Frank. Le jour du rendez-vous, Allen ne s'est pas présenté et il n'a plus jamais réécrit aux autorités. Pourquoi aurait-il orchestré cette mise en scène ? Pourquoi aurait-il inventé une histoire aussi détaillée ?

Le mystère ne s'arrête pas là. Entre 2005 et 2012, un homme du nom de « Bob » est entré en contact avec la police d'Oakland County et la famille de Kristine Mihelich afin de leur donner de nouvelles informations, de manière anonyme. En 2012, il a réuni plusieurs journalistes de la région de Détroit pour une conférence de presse, au téléphone.

Il a donné des informations assez intéressantes. Par exemple, il a affirmé que le nombre de victimes du tueur était de 16, plutôt que seulement 4. Il a aussi déclaré que les meurtres commis avaient un lien avec le satanisme et que chacun d'eux était effectué à des dates précises correspondant au calendrier lunaire. Les autorités ont déduit que Bob pourrait en fait être Allen, puisqu'il a fourni plusieurs informations confidentielles que ce dernier avait confiées au psychiatre Danto une vingtaine d'années plus tôt.

Sinon, le fameux John Wayne Gacy, le « clown tueur », a aussi été dans la mire des policiers. De 1972 à 1978, il a fait 33 victimes, tous des jeunes hommes qu'il violait avant de tuer. Il a été arrêté en 1978 et condamné à mort en 1980. Le profil de John Wayne Gacy pourrait correspondre à celui du tueur recherché. Apparemment, durant la période des meurtres d'Oakland County, Gacy se rendait souvent dans l'État du Michigan. De plus, Doug Wilson, le dernier témoin à avoir vu Tim King avant l'enlèvement, est sûr que l'homme plus vieux qui était assis dans la voiture ressemblait à John Wayne Gacy. Cependant, si on pense bien au mode opératoire de Gacy et à ses victimes, on réalise rapidement qu'il agit différemment du tueur d'Oakland County. Finalement, en 2013, des tests d'ADN ont été effectués et on a pu conclure que John Wayne Gacy n'était pas le tueur.

Une théorie terrifiante : s'il y avait PLUSIEURS criminels faisant partie d'un groupe ?

Plusieurs autres suspects sont intéressants dans l'affaire, tellement qu'on en vient à se demander : et s'ils étaient tous coupables ? Et s'ils se connaissaient ? En 2006, un certain Theodore Lamborgine et son partenaire Richard Lawson ont été arrêtés. Durant les années 1970-1980, ils étaient à la tête d'un réseau pédophile important dans la ville de Détroit. Les deux hommes ont plaidé coupables aux 15 chefs d'accusation qui pesaient contre eux. Leur méthode était toujours la même : ils attiraient leurs victimes, dont certaines étaient âgées de 13 ans et moins, dans des motels ou des hôtels, en leur donnant des boissons gazeuses, de la nourriture, de la drogue ou de l'argent.

En 2006, Richard Lawson a confié à un journaliste qu'il connaissait l'identité du tueur. Selon lui, c'était un homme du nom de Bobby Moore, un membre du réseau pédophile, désormais décédé. Et en effet, les policiers ne croient pas que Lamborgine et Lawson soient les tueurs, mais ils pensent qu'ils connaissent assurément son identité. Ils ont offert à Lamborgine de se soumettre au test du polygraphe en échange d'une sentence réduite, mais ce dernier a refusé.

En 2007, la famille Stebbins a poursuivi Ted Lamborgine pour l'homicide de leur fils, Mark. Leur preuve : un garçon a affirmé avoir été agressé sexuellement et presque étranglé à mort, comme ce que le petit Mark a vécu. La poursuite a été interrompue en 2008.

Cette affaire m'amène à me demander si le réseau pédophile évoqué ne serait pas responsable de la mort des enfants. Je pense entre autres à un certain Arch Sloan, un pédophile ayant un lourd passé d'agressions sexuelles sur des enfants. En 1985, il a été condamné à la prison à perpétuité pour avoir violé un garçon de 10 ans. En 1976-1977, Sloan était déjà un suspect intéressant aux yeux des policiers. Ils avaient même fouillé sa voiture, une Pontiac 1966, et y avaient trouvé un cheveu étranger. Plus tard, en 2005, quand les policiers ont rouvert l'enquête pour les meurtres d'Oakland County, ils ont découvert que les cheveux retrouvés sur Mark Stebbins et sur Tim King, et celui relevé dans la voiture de Sloan correspondaient. Or, étrangement, les trois cheveux n'appartiennent pas à Arch Sloan, mais à quelqu'un d'autre. C'est à n'y rien comprendre !

Les policiers ont accordé à Sloan une libération conditionnelle ainsi qu'une nouvelle identité pour sa protection en échange d'un test du polygraphe, mais il a refusé catégoriquement de collaborer. Pourrions-nous penser à un complice, ou encore protégerait-il lui-même quelqu'un ?

Attendez, ce n'est pas tout ! Un certain Christopher Busch a aussi été un suspect important dans l'affaire. Un peu avant que le petit Tim ne soit assassiné, Busch, alors âgé de 26 ans, a été arrêté pour possession de pornographie juvénile et pour agressions sexuelles sur des jeunes garçons dans quatre comtés différents. La même année, son ami Gregory Greene a aussi été arrêté pour agression sexuelle sur un enfant. Ce dernier a dit aux policiers que Busch était le responsable du meurtre de Stebbins. Ce qui est étrange, c'est que Greene a été condamné à la prison à vie alors que Busch a obtenu une libération conditionnelle ; pourtant, les accusations étaient les mêmes...

Le 20 novembre 1978, Busch a été retrouvé mort dans sa chambre, à la résidence de ses parents. Il se serait enlevé la vie avec une arme à feu. Néanmoins, certains policiers présents sur les lieux ont trouvé que le suicide avait l'air « orchestré ». Sur son corps bien enroulé dans ses draps, il n'y avait ni résidus de poudre à canon ni éclaboussures de sang dans la pièce. De plus, l'arme à feu était trop longue pour qu'il puisse lui-même se tirer. Est-ce que quelqu'un l'aurait tué et aurait fait passer le meurtre pour un suicide ? Chris est le fils d'un membre haut placé très riche et important de la compagnie General Motors.

Les familles des victimes croient qu'il pourrait y avoir une histoire de* cover-up *dans toute cette enquête.

Dans le placard de Busch, des cordes ensanglantées ont été retrouvées, ainsi qu'un dessin plus que troublant accroché au mur, qui représentait un jeune enfant, ressemblant à Mark Stebbins, qui criait de douleur.

Pour plusieurs raisons, le père de Timothy King est persuadé que Chris Busch est impliqué dans les meurtres. Premièrement, il conduisait une voiture Vega bleue (ressemblant drôlement à la Gremlin bleue). De plus, étrangement, après sa mort en 1978, il n'y a pas eu d'autres disparitions ou meurtres d'enfants dans le comté d'Oakland. En 2012, des tests d'ADN ont été effectués et Busch a automatiquement été éliminé comme suspect.

Finalement, la piste la plus intrigante est la suivante. James Gunnels est l'un des suspects les plus intéressants aux yeux des policiers, car il a un long dossier criminel de *property crimes* (cambriolage,

introduction par effraction, vol, vandalisme, incendie criminel, etc.). Cet individu, qui connaissait Chris Busch, a toujours affirmé n'avoir aucun lien avec les meurtres. Il a même offert de rencontrer les familles afin de leur clamer de vive voix son innocence. Il n'y a que la famille King qui a accepté.

Gunnels s'est soumis au test du polygraphe à deux reprises : la première fois, il a essayé de tricher ; la deuxième fois, il a échoué au test ! De plus, en 2009, l'ADN de Gunnels a été testé et s'est avéré être une correspondance d'ADN mitochondrial avec le cheveu retrouvé sur le corps de la petite Kristine (cela signifie que le cheveu appartenait à Gunnels ou à un membre de sa famille du côté de sa mère). Cette découverte faite dans les laboratoires du FBI fut la plus importante depuis le début de l'enquête, puisqu'il s'agit de la seule preuve matérielle dans l'affaire du tueur d'Oakland County. Gunnels continue d'affirmer qu'il ignore totalement comment son cheveu s'est retrouvé sur l'une des victimes, car il ne la connaissait pas.

À l'époque des meurtres, Gunnels avait 15-16 ans. En effet, il aurait été un peu jeune pour kidnapper et tuer quatre enfants sans se faire appréhender. Il a avoué aux policiers qu'il a été agressé sexuellement par Chris Busch lorsqu'il était enfant. La police a donc élaboré une théorie selon laquelle, à l'époque, Gunnels serait contrôlé par Busch et qu'il ferait partie d'un groupe impliqué dans les meurtres. Les policiers ne croient pas que Gunnels soit le tueur, mais il doit avoir été complice d'une manière ou d'une autre. Cependant, il aurait peut-être été forcé d'aider contre son gré. Peut-être même était-ce lui qui attirait les enfants, les mettant en confiance grâce à son jeune âge.

Malheureusement, la correspondance ADN sur le cheveu retrouvé n'est pas une preuve suffisante pour arrêter le suspect. Ces indices nous permettent tout de même de nous poser cette question : et si tous ces hommes faisaient partie d'un même réseau et s'entraidaient ? Vous n'êtes pas convaincu ? Attendez de voir la suite...

De jeunes garçons agressés au camp de jour (l'affaire North Fox Island)

Francis D. Shelden est un homme d'affaires provenant d'une famille importante de la région. Ses parents sont amis avec de grands politiciens, et lui est diplômé de l'Université Yale. En 1960, le multimillionnaire a acheté l'île North Fox Island, l'île la plus isolée du grand lac Michigan. Reconnu comme très généreux de son argent, Shelden a décidé d'y établir un camp d'été nommé Brother Paul's Nature Camp for Boys, pour que de jeunes garçons défavorisés, âgés de 7 à 16 ans, y passent quelques semaines durant leur été. Le camp a roulé presque pendant une dizaine d'années et des centaines d'enfants y ont séjourné. Les garçons pouvaient nager, faire de la randonnée, en apprendre sur la nature, et ce, gratuitement. Des milliers de parents y ont inscrit leurs enfants : c'était une occasion en or pour eux. Bien sûr, le fait d'être propriétaire de ce camp d'été aidait beaucoup Shelden en raison des exemptions de taxes qui lui étaient accordées. Mais, plus tard, on a aussi découvert que ce lieu servait à autre chose...

En juillet 1976, Shelden a été arrêté pour les viols de deux garçons qui séjournaient sur son île. Cette arrestation n'était, en réalité, que la pointe de l'iceberg. On a découvert que les abus sexuels sur des enfants étaient monnaie courante et que du matériel de pornographie juvénile était fabriqué sur l'île. Un homme du nom de Gerald Richards, qui était aussi magicien et professeur d'éducation physique dans une école catholique, avait la tâche de trouver des jeunes pour le camp. Grâce à lui, plusieurs élèves de l'école où il travaillait ont séjourné sur l'île. D'autres hommes riches ont aussi participé à l'élaboration de ce camp, par exemple le révérend Dyer Grossman, un professeur de sciences. L'établissement était rentable grâce à la contribution de « partenaires » qui, en retour, pouvaient le visiter ou recevoir du matériel pornographique qui y était produit. Près de 300 « commanditaires » faisaient des dons réguliers au camp en échange de pornographie juvénile...

Un rapport de police de l'État du Michigan décrit la déclaration d'un enfant qui a été abusé sexuellement par Shelden à plusieurs reprises durant son séjour en 1976. Après les arrestations des dirigeants, Francis D. Shelden s'est exilé aux Pays-Bas à l'aide de son avion privé ; Gerald Richards, lui, a été condamné à 20 ans de prison ; quant à Dyer Grossman, il n'a jamais pu être localisé.

À la lumière de cet événement épouvantable ayant eu lieu au Michigan, pourrait-on croire que les quatre meurtres à Oakland County soient reliés à ce réseau pédophile ?

Bien qu'ils aient eu lieu après la découverte de North Fox Island, il est possible que les autres membres du réseau, plus d'une centaine d'hommes, aient continué à le garder actif. Si on regarde tous les suspects dans l'affaire des meurtres, on parle d'hommes ayant déjà été accusés de pédophilie, et ils semblent tous avoir un certain lien entre eux. Par exemple, chez Chris Busch, on a trouvé huit rouleaux de film contenant des scènes de pornographie juvénile dont les images provenaient du camp de North Fox Island. Je pense aussi à David Norberg, un homme qui vivait au Michigan. Il était supposément très violent envers sa femme et sa sœur, qu'il avait d'ailleurs agressées sexuellement. L'homme, qui possédait une voiture Opal bleue, a arrêté de la conduire juste après les meurtres d'Oakland County. Il est mort dans un accident d'auto en 1981. Après son décès, sa femme a trouvé dans les affaires de son mari un petit pendentif identifié au nom de Kristine. La tante de celle-ci affirme que, selon la description, le bijou était identique à celui que portait sa nièce. Madame Norberg a aussi trouvé une petite médaille ressemblant énormément à celle que portait Tim King ainsi qu'un petit pin vert, similaire à celui appartenant à Jill Robinson. Malheureusement, après la mort de son mari, elle s'est débarrassée de ces objets, mais la description qu'elle en a donnée est troublante !

Étrangement, malgré toutes ces preuves, l'ADN de son mari ne correspondait pas.

On peut aussi penser à Todd Warzecha, un pédophile déjà soupçonné de deux meurtres au Michigan. Ce dernier s'est pendu en 2005, immédiatement après s'être fait demander de fournir de l'ADN pour l'enquête des meurtres d'Oakland County.

Et puis, si on se rappelle bien, l'histoire d'Arch Sloan et des cheveux retrouvés dans son auto et sur les victimes est quand même douteuse. Sloan prêtait-il sa voiture à un autre pédophile du réseau ? Si les hommes se connaissaient tous et faisaient partie du même réseau, on pourrait croire que l'opération était menée par plusieurs individus. Cela expliquerait sûrement pourquoi les enlèvements étaient si discrets, pourquoi les enfants étaient gardés en captivité durant plusieurs jours et pourquoi les meurtres étaient si bien exécutés.

Parmi tous les suspects dans l'affaire, il y a encore 12 hommes que les policiers n'ont pas été capables d'éliminer.

Je ne peux m'empêcher de croire à la théorie du réseau de pédophiles. Ça donne le vertige ! Après tout, si c'est arrivé dans l'histoire de Johnny Gosch (voir le tome 1 de *Gardez l'œil ouvert*), en Belgique avec l'affaire Dutroux et même au Québec, avec l'affaire Scorpion, ce n'est certainement pas impossible qu'une telle organisation ait existé (ou existe encore) aux États-Unis. Quoi qu'il en soit, cette affaire irrésolue a été extrêmement traumatisante pour les familles des victimes. Barry King, maintenant décédé, a passé sa vie à chercher le coupable du meurtre de son fils et de celui des trois autres enfants ayant connu le même destin tragique. Quant au père de Mark, Michael, il est toujours dans l'attente. Quarante-six ans plus tard, il espère encore voir l'affaire résolue pour qu'enfin son fils repose en paix.

* * *

Écrire un chapitre sur une affaire américaine vieille de plus de 40 ans peut sembler inutile. L'histoire est intrigante et fascinante, certes, mais est-ce que moi, Victoria Charlton, jeune youtubeuse québécoise, je peux changer quelque chose ? J'ose penser que oui : en mettant en lumière cette histoire, vous, mes lecteurs, pouvez aller lire un peu plus sur le sujet, écouter des podcasts ou des documentaires consacrés à cette affaire. Et ces vues, ces clics, ces écoutes contribueront assurément à remettre cette histoire dans l'actualité grâce aux algorithmes. Ensuite, un témoin, un coupable ou un *websleuth* se rappellera peut-être un détail clé qui pourrait, 45 ans plus tard, résoudre l'affaire. C'est pourquoi, dans les histoires de *true crime*, il ne faut jamais perdre espoir !

9. GRANGER TAYLOR – ENLEVÉ PAR DES EXTRATERRESTRES ?

Il semblerait que, au Canada, nous ayons plusieurs histoires d'apparitions d'ovnis célèbres à notre actif. On en observerait environ 1000 par année ! Plusieurs d'entre elles sont toutefois bidon : des avions sont pris pour des navettes spatiales ou des lumières étranges de satellites sont confondues avec des ovnis… Cela dit, parmi ces 1000 signalements, quelques-uns sont, effectivement, très inquiétants.

Par exemple, le 7 novembre 1990, vers 19 h, un ovni aurait été aperçu juste au-dessus de l'hôtel Bonaventure, au centre-ville de Montréal. Pendant trois heures, des lumières étranges de couleur orange ont flotté dans le ciel, sous les yeux de centaines de témoins. Selon l'enquêteur sur place, l'objet volant devait mesurer « environ cinq terrains de football ». Même la GRC (Gendarmerie royale du

Canada) et la NASA ont enquêté sur cette apparition, mais n'ont pas pu l'expliquer.

Il y a également l'événement étrange du 15 mai 2009 : des *men in black* à l'apparence bizarre sont entrés dans l'hôtel Sheraton à Niagara Falls, en Ontario. Une vidéo sur YouTube montre les images de la caméra de surveillance de l'hôtel, qui a réussi à capter les deux hommes en veston-cravate noir sortant d'une Ford Sedan noire pour entrer dans l'établissement. L'employé qui leur a parlé les a décrits comme deux hommes chauves, sans cils ni sourcils ; leur peau était très pâle, comme une poupée, et leurs lèvres, rouge vif. L'année précédente, deux employés du même hôtel avaient été témoins d'un triangle lumineux inexpliqué dans le ciel, juste au-dessus du bâtiment.

On dit aussi que la ville de Vancouver est un *hot spot* en ce qui concerne les apparitions d'ovnis. Le 1er janvier 1970, au Cowichan District Hospital, l'infirmière Doreen Kendall est tombée face à face avec un ovni qui flottait devant la fenêtre de la chambre de son patient. Son patient et elle ont appelé deux autres infirmières pour qu'elles puissent venir voir le phénomène. Dans le vaisseau, deux silhouettes semblaient habillées des pieds à la tête avec un genre de costume moulant.

Tous ces témoignages me semblent assez crédibles ; dans ces circonstances, l'histoire qui suit, celle de Granger Taylor, me rend encore plus perplexe.

* * *

Le 29 novembre 1980, sur la grande île de Vancouver, un soir de tempête s'annonce. Aux nouvelles locales, on parle de « *storm of the century* ». Les habitants de la petite ville de Duncan se réfugient dans leur maison pour y rester bien au chaud et à l'abri de l'orage. À un moment de la soirée, un « boom » très fort se fait entendre près du mont Prevost.

Presque au même moment disparaîtra Granger Taylor, l'homme qui avait donné rendez-vous aux extraterrestres.

Un génie incompris?

Granger Taylor, 32 ans, était passionné par beaucoup de choses, mais la mécanique était ce qu'il préférait. On dit de lui qu'il était un véritable génie dans ce domaine. Il pouvait réparer tout et n'importe quoi, il n'y avait rien à son épreuve. Granger aimait aussi enseigner. Il œuvrait comme mentor avec les jeunes voisins du quartier en leur transmettant sa passion. Par exemple, il a déjà réussi à construire un avion Kitty Hawk fonctionnel à partir d'une pièce qu'il avait trouvée par hasard. Il a par la suite vendu l'engin des milliers de dollars à un collectionneur américain.

Granger était le plus vieux d'une famille recomposée de huit enfants; il était très proche de ses parents et de ses frères et sœurs. On le décrit comme un homme timide, presque antisocial et parfois même incompris. En général, il était assez solitaire et n'avait pas beaucoup d'amis. Granger était toutefois extrêmement intelligent et avait une personnalité plutôt excentrique qui le rendait attachant et unique. Il est important de mentionner qu'un peu avant les événements, il avait commencé à consommer régulièrement des drogues hallucinogènes, comme du LSD. Il fumait aussi quotidiennement du cannabis. Plus les jours avançaient, plus Granger s'isolait et se plongeait dans son propre monde. Un monde que même les plus grands scientifiques ne peuvent expliquer.

Depuis quelque temps, le jeune homme avait développé une nouvelle obsession pour les extraterrestres. Avec l'aide de Robert Keller, son petit voisin de 15 ans, il avait construit une navette spatiale à partir d'objets recyclés, tels que des antennes-satellites et des meubles usagés. L'engin n'avait pas été conçu pour voler, mais plutôt pour servir de cabane dans un arbre; il devenait un refuge lorsque Granger et ses voisins voulaient être seuls.

Granger avait aussi bâti une petite radio qui, selon lui, lui permettait de communiquer avec les extraterrestres. Néanmoins, il avait raconté à ses amis que l'appareil ne lui était pas d'une grande utilité puisque les *aliens* le contactaient grâce à la télépathie. Lorsqu'il était en compagnie de ses amis, Granger parlait constamment de ses conversations avec les extraterrestres. Le petit Keller, plus jeune et facilement impressionnable, était fasciné par les histoires de son voisin. Il croyait tout ce que Granger lui racontait. Toutefois, sa sœur, Grace Anne, était plus sceptique. Elle ne lui parlait presque plus depuis qu'il consommait, ne croyant pas vraiment à ses délires. Cela n'avait pas beaucoup d'importance pour Granger : pour lui, c'était la réalité, *sa* réalité. Selon ses dires, même dans ses rêves, les *aliens* venaient le visiter. Il affirmait aussi que, bientôt, il aurait la chance de partir en voyage intergalactique pour aller les rejoindre.

En octobre 1980, environ un mois avant sa disparition, les communications entre Granger et les extraterrestres étaient, selon lui, plus fréquentes et plus détaillées. Le jeune homme avait même averti son ami Robert Keller que prochainement, ces derniers viendraient le chercher. Il lui avait aussi dit qu'ils arriveraient un soir d'orages violents afin de passer inaperçus aux yeux du public. Granger prétendait être l'heureux élu car il avait une grande écoute et un fort désir de communication. Grâce à ces qualités uniques, les extraterrestres lui avaient confié d'importants secrets de l'Univers, par exemple que les ovnis étaient propulsés par de la force magnétique.

Un voyage intergalactique ou une disparition ?

Le soir du 29 novembre 1980 sévissait une terrible tempête : beaucoup de pluie, de forts vents et des orages violents. C'était même plutôt inhabituel pour Vancouver de faire face à un temps comme celui-là. Vers 17 h 30 ou 18 h, Granger s'est rendu à son restaurant préféré, le Bob's Grill. Il y a fait ses adieux à la serveuse et aux quelques habitués de l'endroit. Des clients affirment que Granger leur a dit qu'il partait définitivement afin de se rendre dans l'espace. Les clients et les employés du restaurant ont ri et n'ont pas vraiment pris Granger au sérieux. Après tout, ils étaient habitués à son excentricité.

Après le souper, Granger est allé rendre visite à ses amis pour une dernière fois. « Ils s'en viennent me chercher », leur a-t-il expliqué. Robert Keller, son petit voisin, a demandé s'il pouvait y aller, lui aussi. Granger lui a répondu que non, qu'il était l'unique élu et que ses amis avaient encore beaucoup à accomplir sur Terre.

C'est juste après avoir quitté ses copains ce soir-là que Granger a disparu, laissant ses proches dans l'ignorance totale de ce qui lui était arrivé.

Quelques heures plus tard, les parents de Granger ont trouvé une note accrochée à la porte de sa chambre. La lettre était accompagnée d'une carte de la montagne Waterloo dessinée à la main.

CHERS PAPA ET MAMAN,

JE SUIS PARTI POUR MONTER À BORD D'UN VAISSEAU SPATIAL EXTRATERRESTRE. MES RÊVES RÉCURRENTS M'ASSURENT UN VOYAGE INTERSTELLAIRE DE 42 MOIS POUR EXPLORER LE VASTE UNIVERS, ET REVENIR ENSUITE.
JE VOUS LAISSE DERRIÈRE TOUTES MES POSSESSIONS CAR ELLES NE ME SERVIRONT PLUS. S'IL VOUS PLAÎT, UTILISEZ LES INSTRUCTIONS DE MON TESTAMENT COMME UN GUIDE POUR VOUS AIDER.
AVEC AMOUR,

GRANGER

Trois jours plus tard, ses parents, toujours sans nouvelles de leur fils, signalent sa disparition – qui semblait bien planifiée – à la police de Duncan. Avant de se volatiliser, Granger avait rédigé son testament à la main ; le mot « funérailles » avait été biffé, et « mort » avait été remplacé par « départ ».

Pendant des mois, on a fouillé la région à la recherche d'indices pour retrouver le jeune homme, sans succès. Même son pick-up Datsun 1966 de couleur rose avait disparu. Mais que s'était-il passé ? Ses proches s'accrochaient tout de même à l'espoir qu'il finirait peut-être par revenir. Après tout, dans sa lettre, Granger avait affirmé qu'il serait de retour après son voyage de 42 mois.

Espérant un miracle intergalactique, sa famille a attendu, laissant la porte arrière ouverte pour son retour.

Malheureusement, la date venue, Granger n'est pas rentré à la maison.

Une roue dans un arbre et des fragments d'os

En mars 1986, six ans après la disparition de Granger, des travailleurs forestiers ont découvert un énorme cratère dans la forêt, près du mont Prevost. C'était un immense trou de plusieurs mètres de superficie, comme après une énorme explosion. Sur le site se trouvaient plusieurs débris provenant d'une voiture. Il y avait même une roue perchée dans un arbre ! Des fouilles importantes ont été effectuées sur place ; on a retrouvé un bout de tissu et deux petits fragments d'os humains.

Lorsque la police locale, la GRC de Duncan, a montré le bout de tissu retrouvé à la famille de Granger, sa mère l'a tout de suite reconnu : c'était bel et bien un morceau du chandail de son fils. Elle en était certaine, car c'est elle-même qui l'avait cousu quelques semaines avant sa disparition. Avec cette information, les policiers ont décidé de fermer le dossier et ont conclu que Granger Taylor était décédé le 29 novembre 1980, le jour de sa disparition. Cette date concordait d'ailleurs parfaitement avec le gros bruit entendu par les gens qui habitaient près du mont Prevost. Et puis, selon des amis de Granger, il possédait un peu de dynamite chez lui. Il aurait très bien pu faire exploser son pick-up. Quant aux fragments d'os retrouvés, à l'époque, la GRC de Duncan n'avait pas encore la technologie pour effectuer des tests d'ADN. Plus tard, lorsque les proches de Granger ont voulu tester les ossements, on leur a répondu que, malheureusement, ces derniers avaient été égarés…

Robert Keller se rappelle que Granger souhaitait se débarrasser de son pick-up avant son *grand départ*. Peut-être qu'effectivement il l'aurait fait avec de la dynamite… Mais qu'en est-il du reste ? Pourrait-on dire que le dossier est clos ? Qu'il est réglé ? Je ne crois pas que ce soit aussi simple que ça. Sa famille continue à se poser des questions. Nous savons à quel point c'est difficile pour des proches de victimes de faire leur deuil. Imaginez quand la cause de la mort est inconnue et le corps, jamais retrouvé. C'est le cas pour Robert Keller : il ne croit toujours pas que Granger soit réellement mort dans l'explosion. Comme il le dit, Granger n'avait pas beaucoup de dynamite, pas assez pour faire exploser un corps humain en entier. Si on y pense bien, il n'a pas tort. Le site de l'explosion a bien été fouillé et, à part un petit bout de tissu et les deux fragments d'os, Granger Taylor n'a pas été retrouvé. Où sont ses bottes ? Le reste de son corps ? Ses autres vêtements ? C'est difficile de croire que tous ces objets se soient volatilisés dans l'explosion.

Les proches se posent également une autre question: pourquoi Granger aurait-il fait cela ? Effectivement, selon toute vraisemblance, le jeune homme ne semblait ni dépressif ni suicidaire. Ainsi, l'hypothèse du suicide est difficilement viable… On peut donc s'interroger sur sa santé mentale au moment de sa disparition. Il consommait beaucoup de cannabis et de LSD. Est-il possible que ces drogues aient un lien avec sa disparition ? Il faut se replacer dans les années 1980, où les problèmes de santé mentale n'étaient pas un sujet très courant. Il y avait un certain manque de connaissances et de compréhension à propos des maladies mentales. C'était encore plus vrai dans des petits villages comme Duncan, où c'était presque tabou d'en parler. Avec du recul, on peut se demander si Granger ne souffrait pas de bipolarité ou de schizophrénie, non diagnostiquée et non traitée ; peut-être avait-il d'étranges hallucinations, ce qui expliquerait qu'il voyait et entendait des extraterrestres.

D'autres pensent que le jeune homme aurait tout mis en scène pour disparaître et recommencer sa vie ailleurs. Après tout, on le décrivait comme un génie ! Il aurait certainement pu orchestrer une mise en scène majestueuse et logique derrière sa disparition, pour ne jamais être retrouvé. Si c'est le cas, c'est assurément réussi !

* * *

De mon côté, j'aimerais beaucoup croire que Granger a quitté la Terre afin d'effectuer un voyage intergalactique avec les extraterrestres. Pourquoi pas ? Notre monde est rempli de mystères et de créatures fascinantes. Plusieurs disparitions étranges n'ont jamais été résolues... Et si celle de Granger Taylor était la clé pour les déchiffrer ?

10. LA FAMILLE GILL – VOLATILISÉE SUR UNE FERME

Le 12 janvier 2022. Nous sommes dans la ville de Nogoyá, en Argentine : une marche est organisée en l'honneur de la famille Gill. La mère de la victime, Adelia Gallego, s'adresse aux médias : « Toute information est importante ; si vous savez quelque chose, allez voir les autorités pour les en informer. » Il y a exactement 20 ans, à pareille date, sa fille, son gendre et ses petits-enfants disparaissaient.

Cette nuit-là, la famille Gill revenait des funérailles d'un ami décédé la veille. Les obsèques avaient lieu à Viale, une ville située à une trentaine de kilomètres de la maison. C'est précisément à ce moment, ou peut-être un peu plus tard (nous ne le saurons vraiment jamais), que cette famille de six personnes a disparu sans laisser de traces (ou presque).

* * *

Cette affaire me fait étrangement penser à la disparition de la famille Méchinaud dans le tome 1 de *Gardez l'œil ouvert*. Plusieurs aspects se ressemblent : un grand terrain vide, une route, la nuit, une assiette remplie de nourriture laissée sur la table, peu d'indices, mais beaucoup de mystère… Quand on y pense bien, je crois que chaque ville, chaque pays a SON histoire mystérieuse, SON affaire inexpliquée dont on discute, génération après génération, près d'un feu de camp. Personnellement, j'avais envie de trouver quelle histoire faisait frissonner les Argentins. J'ai commencé à effectuer quelques recherches, puis je suis tombée sur l'affaire de la famille Gill. On peut dire que j'en ai eu pour mon argent !

Pour bien comprendre cette histoire, il faut d'abord rappeler quelques faits importants. Par exemple, saviez-vous que l'Argentine est un pays où le racisme sévit encore au sein de la communauté ? Daniel Mato, docteur en sciences sociales et spécialisé dans le contexte argentin, a d'ailleurs dit : « La société argentine est tellement raciste qu'elle ne s'en rend même pas compte, c'est naturel chez elle. » Le pays s'est bâti sur un système de suprématie européenne dont les répercussions sont encore bien présentes aujourd'hui. On y observe de grands écarts de richesse et de privilèges entre les Blancs et les personnes racisées, les descendants européens et les *indigenas*.

Malheureusement, vous le constaterez dans cette affaire. Le suspect numéro un, un riche Allemand, Alfonso Goette, est arrivé au pays lors de l'une des nombreuses vagues d'immigration allemandes en Argentine. Toutes les pistes mènent à cet homme mais, grâce à son statut social et à sa position de pouvoir, il s'en est toujours bien tiré. Les disparus, eux, formaient une famille qu'on qualifierait de *humilde*[7]. En fait, dans le documentaire *History Channel* consacré à cette affaire, on dit même qu'ils étaient *mas que humilde*[8]. Le père était employé de ferme. La mère, elle, cuisinait à l'école où ses quatre enfants étudiaient. La famille Gill n'avait, apparemment,

7. Humble, en espagnol.
8. Plus qu'humbles, en espagnol.

pas de problèmes, pas d'ennemis, pas d'histoires. Qui aurait voulu s'en prendre à elle ? Qui aurait voulu la faire disparaître ?

Mais surtout, comment six personnes peuvent-elles disparaître sans laisser de traces ?

Quand on demande à Adelia si, selon elle, Goette s'est fâché pour une raison qui l'aurait poussé à les tuer, elle répond fermement : « Je dirais... quelque chose s'est passé. » Une enquête mal menée, démarrée tardivement, très peu de témoignages recueillis, des questions sans réponses : voilà ce qui explique qu'on ignore encore aujourd'hui où est la famille Gill. Comment résoudre une disparition qui date de 20 ans quand l'enquête stagne, que le suspect principal est mort et qu'on a aucune preuve concrète contre lui ?

Les faits

Rubén Gill a 56 ans ; on le surnomme « El Mencho », ce qui, en Argentine, veut dire « l'homme qui travaille dans les champs ». À La Candelería, un ranch d'environ 500 hectares, il était chargé de nourrir les animaux et d'aider aux tâches quotidiennes. Sa femme, Margarita, avait 26 ans. Rubén et elle s'étaient rencontrés sur la ferme quelques années plus tôt, alors que la jeune femme y faisait le ménage. Elle travaillait désormais comme cuisinière à l'école de la municipalité de Crucesitas Septima. Le couple vivait paisiblement dans une petite maison sur le terrain du ranch avec leurs quatre enfants : María Ofelia, 12 ans, Osvaldo José, 9 ans, Sofía Margarita, 6 ans, et le plus jeune, Carlos Daniel, 4 ans. Rien ne pouvait laisser présager qu'un jour, les six membres de la famille disparaîtraient en un claquement de doigts.

Le propriétaire de la ferme – je l'ai mentionné précédemment –, Alfonso Goette, est d'origine allemande. On croit que Rubén et lui s'entendaient relativement bien ; Alfonso, apparemment, le traitait avec respect. Par exemple, il lui accordait de 10 à 15 jours de vacances par année. Aux yeux des personnes qui les connaissaient, tout semblait bien aller.

Le 12 janvier, les six membres de la famille Gill ont quitté la maison pour la ville de Viale. Ils ont assisté aux funérailles de leur ami, ont discuté avec les invités, les ont salués puis sont repartis. Nous ne savons pas s'ils sont rentrés chez eux ; mais les indices montrent que c'est précisément lors de cette soirée-là qu'ils ont disparu.

Des appels sans réponse et des fêtes manquées

L'enquête n'a débuté que deux mois après cette date. Ainsi, du temps précieux a été perdu sans que les proches des Gill soient mis au courant de leur absence. Par ailleurs, il semble qu'il y ait eu un lien particulier – une relation privilégiée – entre Alfonso Goette, le patron des Gill, et les policiers. Des voisins de La Candelería racontent que, lors des premières fouilles en 2003, Goette aurait abattu une petite vache dans le but de nourrir les policiers et de leur offrir la meilleure viande possible et, par le fait même, les amadouer… On rapporte aussi que, durant les recherches, les chiens ne faisaient rien, n'aidaient pas du tout aux fouilles.

Gardons ces informations en tête et examinons le témoignage d'Alfonso Goette. Selon ses dires, il n'avait pas vu les Gill depuis la soirée du 12 janvier. Il s'était rendu compte de l'absence de son employé quand il avait vu les poules en liberté près de sa maison ; il a alors pensé : « Mais où est El Mencho ? » Nous étions maintenant… en mars. Donc ça faisait deux mois que Rubén était absent du travail sans que son patron s'en soucie ? C'est quand même un peu louche, non ? On peut également se poser la question suivante : si le patron n'a remarqué leur absence que plusieurs semaines plus tard, comment sait-on qu'ils ont disparu précisément cette nuit-là ? Selon la famille de Rubén, ce dernier avait l'habitude d'appeler ses proches tous les jours. Comme ses frères et sœurs habitaient dans un autre village, c'était leur moyen de garder contact. Or, après la nuit du 12 janvier, du jour au lendemain, le père de famille n'appelait plus, ne répondait plus ; son téléphone était actif, mais c'était le silence radio. La famille Gill a même manqué deux des fêtes d'anniversaire de leurs proches. Que se passait-il ?

En mars, alors que ses appels restaient toujours sans réponse, Otto, le frère de Rubén, a commencé à s'inquiéter sérieusement. C'est Luisa, leur sœur, qui s'est rendue au ranch pour voir pourquoi les Gill avaient soudainement décidé de se couper du reste du monde. Sur place, le patron de Rubén semblait ignorer tout autant où était son employé. Il a même demandé à Luisa si son frère était parti en vacances ! Devant les questionnements d'Alfonso, Luisa Gill et sa fille ont réalisé que quelque chose de grave devait être arrivé à leurs proches. Quelques semaines plus tard, au début du mois de mai, la disparition de la famille Gill a été rendue publique.

À sa défense, Goette prétend avoir donné congé à Rubén mais que, selon toute apparence, sa famille et lui n'étaient jamais rentrés de vacances. Il croit que les Gill se seraient rendus dans la province de Santa Fe afin de rendre visite à des proches, et qu'une fois là-bas ils auraient décidé de s'y installer pour y trouver une meilleure vie. Mais je me pose la question : comment la famille Gill aurait-elle pu s'y rendre si elle n'avait pas de voiture ? De plus, à cette époque, sévissait une crise économique en Argentine, ce qui rendait plutôt difficile la tâche de trouver un emploi stable. Pourquoi, du jour au lendemain, le couple aurait-il décidé de tout abandonner et de risquer le bien-être des enfants pour s'établir dans une ville qu'ils connaissaient à peine ? Cette histoire, que je crois inventée de toutes pièces par Goette, n'avait aucun sens, puisque la famille avait laissé tous ses effets personnels à la maison : meubles, vêtements, électroménagers, documents importants, pièces d'identité... même leur dernier repas était encore sur la table ! De plus, Margarita n'était pas allée récupérer son chèque de paie à l'école. Maintenant, en sachant tout cela, on peut penser que si les Gill ont réellement quitté La Candelería, ils ont dû le faire de manière précipitée. Peut-être même contre leur gré.

Une enquête qui n'avance pas

Depuis 2002, les proches des Gill sont assez présents dans les médias. L'opinion publique est de leur côté, grâce au côté énigmatique de la disparition. Les gens s'intéressent à cette affaire comme on suit une bonne série télévisée. L'entourage des Gill en profite pour dénoncer l'enquête bâclée et le manque de savoir-faire des autorités locales. Une famille de six disparaît et vous ne vous bougez pas plus que ça? L'enquête a commencé trop tard; les policiers ont été négligents et illogiques dans leurs recherches. Aucune photo des membres de la famille, aucune affiche de disparition n'ont été publiées au pays! Les proches des Gill ont proposé d'offrir une récompense en échange d'informations permettant de les retrouver. Ils ont demandé de l'aide aux autorités pour amasser des fonds. Mais rien de tout cela ne s'est concrétisé. C'est surprenant car, pour la région, nous avons affaire à la disparition la plus importante quant au nombre de personnes recherchées. C'est également le premier cas de disparition d'une famille entière en Argentine. Le gouvernement aurait dû déployer sa meilleure équipe pour l'investigation mais, malheureusement, les policiers sont restés dans l'inaction.

Alfonso Goette, le seul et unique suspect

Étant le patron de Rubén Gill et l'une des dernières personnes à avoir vu la famille en vie, Alfonso Goette devient rapidement le suspect numéro un dans l'affaire. Plusieurs éléments rendent cette histoire très louche. D'abord, pourquoi le propriétaire de ce ranch n'avait-il pas réalisé que Rubén et sa famille avaient disparu? Se rendre compte de l'absence de son employé après deux mois? C'est pas mal long! L'Allemand a été interrogé par les policiers, qui ont vite obtenu un mandat de perquisition pour fouiller sa résidence. Mais rien de suspect n'y a été découvert. Environ un an et demi après la disparition, les enquêteurs ont enfin procédé à une excavation sur l'immense terrain de Goette. Est-ce que Rubén, Margarita et leurs quatre enfants pourraient y être enterrés ? Malheureusement, encore une fois, ils n'ont rien trouvé.

Ce qui est surtout triste dans cette histoire, c'est que Goette, en position de pouvoir, avait un certain contrôle sur ses employés. Ainsi, plusieurs d'entre eux refusaient de parler de cette affaire. Peut-être par peur de perdre leur emploi… ou pire ? Un employé de la ferme, « le vieux » Comas, a eu le courage de raconter un événement troublant qui s'est passé après la disparition. Son patron lui aurait ordonné de sortir tous les matelas de la maison des Gill et de les brûler, car, selon Goette, ils étaient pourris. Mais Comas se souvient que la moisissure épaisse sur les matelas n'était pas de la terre ou des cafards, mais bien du sang séché.

En 2008, des recherches plus minutieuses ont de nouveau été réalisées sur le site de La Candelería. Pas moins de 14 puits ont été fouillés, le plancher de la maison de Goette a été détruit, et une inspection au luminol a suivi. On a trouvé des cheveux et des traces de sang mais, avec le temps, les preuves s'étaient trop détériorées pour qu'on puisse les relier à la famille Gill. Durant les fouilles, on a aussi découvert que plusieurs mouches volaient au-dessus d'un endroit précis. À l'aide d'une sonde, les policiers ont tenté de découvrir si la terre avait été remuée récemment. Malheureusement, encore une fois, il n'y avait rien d'anormal.

LE COIN DES ENQUÊTEURS

QUAND LES INSECTES AIDENT À RÉSOUDRE DES ENQUÊTES

On appelle l'entomologie criminelle ou judiciaire l'étude des insectes retrouvés sur les cadavres. Elle peut grandement aider à déterminer le jour de la mort d'une personne. En effet, chaque insecte nécrophage (qui se nourrit de cadavres) apparaît à un moment précis du processus de décomposition du corps. La police scientifique peut donc effectuer une analyse en tenant compte du stade de développement de l'insecte et du climat environnant.

Durant les premières heures ou parfois même les premières minutes qui suivent la mort de la personne, des mouches vont apparaître afin de pondre des œufs sur le cadavre. Parfois, elles y déposeront même leurs larves. Ces asticots, qui se nourrissent uniquement de matière organique, deviendront eux-mêmes des mouches au bout de deux semaines.

Après environ un mois, le corps en décomposition dégage une odeur qui attire un autre type de mouches, des diptères *Calliphoridæ* et *Sarcophagidæ*.

Après trois à six mois, les mouches et les coléoptères qui sentent l'odeur de putréfaction prennent la relève.

Exactement au neuvième mois, des papillons et des coléoptères, eux aussi attirés par l'odeur, s'approchent du cadavre pour se nourrir.

De six à douze mois après la mort, des acariens ont la tâche d'assécher le cadavre.

De un an à trois ans après la mort, des papillons et des coléoptères reviennent se nourrir du cadavre maintenant desséché.

Finalement, après trois ans, les coléoptères terminent le boulot en se nourrissant de ce qui reste sur le cadavre maintenant sec.

Ainsi, une centaine d'insectes exercent, tour à tour, leur tâche particulière dans le processus de décomposition du cadavre.

Après les fouilles de 2008, les proches des Gill ont toujours gardé espoir de les retrouver, même morts. En 2013, la mère de Margarita a consulté une voyante qui lui a indiqué où était enterré le corps de Rubén : il s'agissait d'un terrain situé près de La Candelería. Une excavation a été faite à cet endroit précis, mais sans résultats. En 2015, un nouveau juge a été assigné au dossier et a exigé une réouverture de l'enquête. Un drone a été envoyé au-dessus du terrain de Goette afin de le photographier. On a tenté de trouver des images du même terrain datant de 2002 afin de pouvoir les comparer avec les photos du drone mais, malheureusement, de telles images n'existaient pas.

Avoir peur de parler

Le 16 juin 2016, Alfonso Goette a été victime d'un grave accident de voiture et est mort à l'âge de 78 ans. Si c'était bel et bien lui le coupable de la disparition des Gill, le fermier est décédé en emportant le secret dans sa tombe. Cependant, après son décès, il semblerait que quelques langues se soient déliées. Est-ce que ces gens se seraient enfin sentis libres de parler, près de 15 ans plus tard ?

En 2018, Armando Nanni, un employé qui travaillait sur un terrain voisin, s'est enfin confié sur un élément dont il se souvient bien. Vingt jours avant les disparitions, il se rappelle avoir entendu Rubén se plaindre de son travail, raconter à quel point son patron lui demandait constamment d'accomplir des tâches qui ne lui revenaient pas. Par exemple, il devait creuser un puits pour le 14 janvier. Or, il aurait disparu le 12, donc il n'a jamais pu le terminer... Rubén était considéré comme un homme heureux, sociable et bavard ; il n'était jamais triste. Toutefois, des proches affirment que, quelques jours avant sa disparition, il semblait plus silencieux, pensif et préoccupé. À la suite de ce témoignage, le puits en question a été inspecté, mais seuls des ossements d'animaux ont été trouvés à l'intérieur.

Un autre témoin, José Domingo Haller, propriétaire d'un garage, se rappelle avoir vu la famille Gill la soirée de leur disparition. Rubén s'était présenté au garage, car il avait des problèmes de roues sur sa voiture, une Chevrolet Super de couleur bleue. Il lui avait raconté qu'il prévoyait voyager à Corrientes, une autre province du pays. Ce témoignage est plutôt étonnant, car les Gill ne possédaient pas de voiture et n'avaient pas vraiment les moyens d'en acheter une. Était-ce alors vraiment Rubén Gill qu'Haller avait vu ce soir-là ?

De son côté, Villanueva, un voisin du ranch, est sûr d'avoir vu Rubén le 14 janvier, qui circulait à dos de cheval. Est-ce que les Gill auraient disparu deux jours après la date présumée ? C'est impossible de le savoir. Et puis, nous savons que, sans preuve, les dires de témoins oculaires ne sont pas fiables à 100 %.

* * *

Ces nouveaux témoignages me laissent perplexe. Pourquoi parler maintenant ? Des gens ayant côtoyé Goette affirment qu'il avait un caractère difficile et qu'il pouvait être agressif et violent. Est-il possible que Rubén et Goette se soient disputés pour une question d'argent ? Se pourrait-il que la famille Gill ait découvert quelque chose sur leur patron qui, son secret mis au jour, n'aurait pas eu d'autre choix que d'en éliminer tous les membres ? Le frère de Rubén, Osvaldo, ainsi que la mère de Margarita, Adelia, exigent qu'on inspecte le sous-sol de la maison de Goette. Les rumeurs laissent entendre en effet que ce dernier y aurait fait des travaux de construction dans les dernières années.

Les enquêteurs ont bien sûr exploré toutes les pistes qu'on leur a fournies. Ils ont d'abord concentré leurs recherches dans la ville de Santa Fe, l'endroit proposé par Goette. De plus, un autre indice les menait aussi à cet endroit. Le lendemain de la disparition de la famille, un appel aurait été fait depuis le téléphone de Rubén. La personne aurait tenté de joindre une femme habitant dans la ville de Rosario, au sud-est de Santa Fe. Malheureusement, celle-ci n'a jamais été retrouvée. Après avoir abouti dans un autre cul-de-sac, on peut se demander si Goette tentait d'amener les policiers vers une fausse piste, les éloignant le plus possible de son terrain.

Les enquêteurs sont même allés jusqu'au Brésil et au Paraguay pour vérifier des pistes qu'on leur avait données, mais la famille Gill n'y était pas. On a également exigé une autopsie psychologique de Rubén et de Margarita Gill afin de déterminer s'ils auraient pu partir de leur plein gré. Le psychologue a conclu que le couple n'avait aucun motif psychologique ou religieux pour couper les ponts avec ses proches.

En 2010, on a eu espoir de retrouver les Gill encore en vie quand leurs noms sont apparus, comme par magie, sur une liste des bénéficiaires du programme gouvernemental Asignacíon Universal por Hija o Hijo, une aide financière mensuelle destinée aux parents sans emploi, qui occupent des emplois informels ou qui sont des travailleurs domestiques. Or, après vérifications, on a pu confirmer qu'il s'agissait d'une erreur : le système les avait renouvelés automatiquement sur leur liste.

Et si c'était… autre chose ?

Lors de disparitions aussi mystérieuses que celles-ci, il est fréquent pour les familles de se tourner vers le paranormal afin de résoudre l'inexplicable. Bien souvent, lorsque je rencontre des proches de victimes disparues ou assassinées, ils me racontent des expériences paranormales qu'ils ont vécues à la suite du drame. Ils sont attentifs aux signes qui, pour eux, se veulent rassurants et leur permettent, peut-être, de faire leur deuil et de se raccrocher à quelque chose de positif. Mais je me pose la question : dans une disparition comme celle-là, le fait de parler de paranormal sert-il l'enquête ou, au contraire, ne contribue-t-il pas à lui nuire ? Chaque fois que cette affaire est abordée dans un documentaire, il existe une théorie (farfelue) qui revient toujours, et je me dois de la mentionner. À votre tour, vous pourrez vous faire votre propre opinion sur le sujet.

Et si les Gill avaient été victimes d'un enlèvement extraterrestre ?

En 2009, à Crucesitas Tercera, un village situé à 40 kilomètres de La Candelería, cinq vaches ont été retrouvées mortes, terriblement mutilées, sans que personne puisse en trouver la cause. Leur appareil reproducteur et leurs yeux avaient été arrachés. Les autorités locales n'ont jamais pu déterminer la cause de ces phénomènes mystérieux. Par ailleurs, plusieurs personnes provenant de la région de Nogoya affirment avoir vu des lumières étranges dans le ciel. En décembre 2006, un article a été écrit sur les témoignages des habitants de la région. Une lumière immense et ovale a été aperçue dans le ciel et, après 30 secondes, est disparue instantanément. La plus récente « apparition » remonte au mois d'avril 2019. Une vidéo YouTube a été publiée, montrant des lumières inexpliquées dans le ciel de Nogoya.

Tout récemment, en 2022, des douzaines d'animaux de bétail ont été retrouvés morts, mutilés, dans les provinces d'Entre Ríos, de Santa Fe et de Corrientes. J'ai vu des photos de ces bêtes, je n'y comprends rien. Leur peau a été séparée des os, lesquels sont parfaitement propres. Aucune trace de morsure ou de déchirure sauvage : c'est un travail presque chirurgical. Et le plus étrange, c'est qu'il n'y a pas de sang. Les animaux ont perdu leur langue et leur appareil reproducteur. Près des cadavres, pas de traces de pas, de lutte ou de sang qui peut laisser croire qu'un autre animal ou un être humain aurait pu faire ce sale boulot. Ne connaissant pas le prédateur qui s'attaque à ces pauvres bêtes, plusieurs croient que des extraterrestres pourraient être responsables de ces horreurs. Si oui, y aurait-il un lien avec la disparition des Gill ? Ces suppositions ne font-elles que faire beaucoup de bruit pour rien et étouffer la vérité ?

* * *

Ça fait maintenant 20 ans que Rubén, Margarita, Ofelía, Osvaldo, Sofía et Carlos ont disparu dans la nuit. C'est comme s'ils s'étaient tous évaporés dans un monde parallèle ou, en quelques secondes, avaient été aspirés dans un vaisseau spatial. En 2015, un nouveau juge a repris le dossier et a déclaré publiquement que la justice avait échoué, n'ayant pas pu donner une réponse à ce qui était arrivé à Rubén et à sa famille. Si les Gill ont bel et bien été assassinés par Goette, il n'y a aucune preuve, aucun indice, rien qui nous permettrait de les retrouver. En octobre 2022, de nouvelles excavations et fouilles sont prévues dans l'ancienne maison des Gill et sur le ranch. Ces recherches qui se poursuivent, même 20 ans plus tard, donnent une forme d'espoir à la famille et leur démontrent que, malgré toutes ces années qui se sont écoulées, on veut connaître la vérité. Toutefois, je ne peux m'empêcher de me demander : avec toutes les excavations, les fouilles, les analyses d'ADN et les voyages interprovinciaux à la poursuite de pistes floues, si la disparition est bien le fait d'un être humain, peut-on affirmer qu'il s'agit du crime parfait ?

11. DES FLEURS ET DU SANG – L'ASSASSINAT D'INGRID CAECKAERT

C'était une belle blonde de 26 ans aux yeux bleus perçants qui faisait tourner les têtes lorsqu'elle marchait dans la rue. On pourrait presque dire qu'Ingrid Caeckaert avait tout pour elle. La jeune femme vivait dans un immeuble résidentiel près de la plage à Knokke-Heist, une station balnéaire fréquentée par les gens aisés. Elle travaillait aussi dans ce secteur comme agente immobilière pour sa propre compagnie, Atlanta. Son entreprise commençait même à réaliser de bons profits. Ingrid avait beaucoup de succès et était très appréciée de ses clients. Elle était comme un personnage de l'émission *Selling Sunset*, mais dans les années 1990, en Belgique. Malheureusement, contrairement au *drama* de la célèbre téléréalité, la vie de la jeune femme a pris une *vraie* tournure dramatique…

***

Le meurtre d'Ingrid Caeckaert est l'une des plus importantes affaires irrésolues de la Belgique. Néanmoins, comme elle a eu lieu en Flandre occidentale, nous en avons moins entendu parler du côté francophone. J'ai même fait un petit sondage Instagram parmi mes abonnés belges pour savoir s'ils connaissaient cette histoire : étant tous francophones passionnés de *true crime*, ils devaient connaître cette affaire ! Les résultats ont été révélateurs : 97 % n'avaient jamais entendu ce nom. On semble moins touché par les drames lorsqu'ils ont lieu dans un pays autre que francophone ou anglophone. Je crois qu'en lisant ce chapitre, vous verrez les choses autrement.

Cette histoire est à faire frissonner. Avez-vous déjà eu l'impression d'être épié ? Suivi ? Si oui, c'est exactement ce qu'a vécu Ingrid avant de mourir.

Des fleurs lourdes de secrets

C'est le jour de la Saint-Valentin de 1991 ; Ingrid reçoit à son bureau une belle carte pour l'occasion. Mais après l'avoir lue, elle surprend les gens autour d'elle en la déchirant en mille morceaux. La jeune femme explique que ce petit mot provient d'un homme marié : elle n'est pas intéressée.

Quelques semaines plus tard, en mars, Ingrid reçoit maintenant un bouquet de fleurs à son travail. Aucune carte n'y est jointe ; elle ignore de qui il peut provenir. Sûrement pas d'un client, il aurait signé son nom ! Si c'était encore cet homme marié, Ingrid l'aurait mentionné. Et si c'était son conjoint, elle aurait été heureuse. Mais ce n'était rien de tout ça. Le côté anonyme de la chose rendait ce cadeau bien sinistre. Le bouquet contenait plusieurs œillets violets. La personne qui l'avait fait livrer connaissait bien mal la jeune femme, elle qui déteste cette couleur et encore plus les œillets ! Ingrid en a parlé à sa mère, qui a déclaré plus tard : « Elle trouvait que c'était le genre de bouquet qu'on donnait aux morts. »

Ironiquement, Ingrid allait mourir quelques jours plus tard.

S'agissait-il d'une mauvaise blague ? D'un message ? Depuis quelque temps, Ingrid semblait troublée. Elle avait raconté à ses parents, Georges et Marie-Josephe, qu'elle se sentait constamment suivie. Par qui ? Elle ne le leur avait pas dit ; il est probable qu'elle ne le savait tout simplement pas. Pour donner un exemple qui corrobore son mauvais pressentiment, un peu avant de recevoir le bouquet, la jeune femme s'était fait réveiller en pleine nuit par quelqu'un qui sonnait à sa porte. Effrayée, elle ne s'était pas levée pour aller répondre.

Peu avant sa mort, Ingrid s'était confiée à son père. Elle lui avait raconté que, lors d'un souper d'affaires, on l'avait informée d'une énorme fraude qui avait été commise dans le milieu immobilier de Knokke. Apparemment, des terrains inexistants avaient été vendus. Ingrid ne savait pas quoi faire de cette information. Est-ce que le fait de connaître cette transaction la mettait automatiquement en danger ?

« Ce n'était pas un jour pour mourir »

C'est le 16 mars 1991 que la vie de la famille Caeckaert a basculé. Ce samedi-là, il fait exceptionnellement beau. C'est l'une de ces journées (presque) printanières où tous les gens sont heureux. Comme la bonne amie d'Ingrid l'a dit : « Ce n'était pas un jour pour mourir. » Il est environ midi quand Ingrid Caeckaert quitte son bureau pour récupérer quelques vêtements à la boutique de cette amie. Celle-ci se rappelle que la jeune femme semblait pleine d'énergie. Comme pour tout le monde, le beau temps influait sur son humeur. Grâce au témoignage de sa copine, nous savons que, ce jour-là, Ingrid quitte précisément la boutique à 12 h 45.

Normalement, la jeune femme avait l'habitude de prendre la route pendant 25 minutes pour aller manger chez ses parents en Flandre orientale, dans sa ville natale, à Maldegem. Mais exceptionnellement, ce midi-là, elle avait trop de travail. Elle décide donc de s'acheter un sandwich et de rentrer chez elle pour manger.

La jeune femme arrive à son domicile les bras chargés de ses robes et de son sandwich. Selon les témoins qui l'ont aperçue devant l'immeuble, Ingrid est souriante comme à l'habitude. Elle prend la peine de saluer quelques voisines au passage et prend l'ascenseur qui la mène à son appartement du septième étage. Ici, il faut noter que quelques minutes à peine séparent le moment où elle entre dans l'ascenseur, au rez-de-chaussée, et celui où sa voisine y entre, puis en sort au septième étage. Cette dernière était allée manger avec ses enfants à l'extérieur et revenait chez elle. C'est là qu'elle aperçoit Ingrid, couchée dans les marches entre le sixième et le septième étage dans une mare de sang. Traumatisée, la femme retourne vers l'ascenseur et appuie sur le bouton à plusieurs reprises. Elle redescend au rez-de-chaussée et court dans la rue, prise de panique. Sous le choc, elle se rend directement à la cabine téléphonique située à l'extérieur pour appeler son mari.

Ingrid a été poignardée à 62 reprises.

Il y avait du sang partout, même jusqu'au huitième étage, ce qui est particulièrement troublant... Sur place, les policiers constatent immédiatement que la jeune femme a tenté de se défendre « comme une lionne », car elle a de graves blessures aux mains et aux bras. Le sac à main intact près de son corps prouve que la cause du meurtre n'est pas le vol. Après l'autopsie, on apprend aussi qu'Ingrid n'a pas été violée. Ainsi, quel serait le motif du crime?

Plusieurs indices, mais aucun coupable

À côté de la porte d'entrée de l'immeuble où habitait Ingrid, un guichet automatique est installé, toujours très fréquenté. Cette journée-là ne faisait pas exception, une file de clients attendait pour retirer de l'argent. Un homme, qui s'en est servi à exactement 12 h 59, a remarqué des traces de sang sur le trottoir. Cette information est cruciale, car elle nous apprend que le meurtre d'Ingrid a eu lieu dans une fenêtre de temps de 14 minutes maximum, soit entre le moment où elle a quitté le magasin de son amie et celui où l'homme a remarqué la tache de sang.

Les enquêteurs croient que, lorsque la jeune femme a été trouvée par sa voisine, l'assassin se trouvait encore dans l'édifice, peut-être même était-il caché au huitième étage. Au moment où la femme est sortie pour appeler son mari, le tueur a dû en profiter pour sortir en catimini. Sur la porte extérieure en vitre subsistait une trace de main ensanglantée : celle du coupable, probablement blessé. Cet indice est précieux pour la suite de l'enquête. Une longue traînée de sang de 170 mètres a aussi été laissée sur le trottoir de l'immeuble. Les policiers ont ainsi l'ADN du coupable ; malheureusement, à cette époque, ils ne possèdent pas encore la technologie pour s'en servir ! La seule information qu'on réussit à en tirer vient confirmer ce que tout le monde pensait dès le départ : le tueur est un homme.

Les témoins et la voisine qui étaient devant l'immeuble durant les 14 minutes ne se souviennent pas d'avoir vu le tueur, en sang, sortir de l'édifice. Ils se rappellent toutefois avoir aperçu une petite voiture rouge, possiblement un modèle japonais, stationnée devant l'immeuble. Plusieurs l'avaient remarquée, car elle était mal garée et ce détail avait attiré leur attention. Les enquêteurs soupçonnent qu'il s'agissait bel et bien du véhicule de l'assassin, car la traînée de sang menait à l'endroit où il avait été stationné. Les policiers ont d'ailleurs interrogé l'un des témoins sous hypnose pour pouvoir lui soutirer plus d'informations et celui-ci a pu confirmer que l'automobile était une Honda Civic rouge.

LE COIN DES ENQUÊTEURS

L'UTILISATION DE L'HYPNOSE DURANT LES ENQUÊTES CRIMINELLES

Vous ne le savez peut-être pas, mais les policiers utilisent l'hypnose plus souvent qu'on le croit pour faire avancer leurs enquêtes. On se sert normalement de cette technique pour aider des témoins à se souvenir de détails clés lors d'événements importants, mais jamais lors d'interrogatoires de suspects. Elle peut toutefois faire la différence dans certaines situations. Par exemple, lorsque des témoins sont effrayés à l'idée de parler, ils ont plus tendance à se laisser aller lors de l'hypnothérapie car, ainsi, ils ne sont théoriquement pas responsables de leurs actes. Cette technique permet également aux personnes interrogées de se relaxer et de débloquer certains souvenirs refoulés ; elle favorise aussi leur concentration pendant une longue période sans qu'elles soient trop fatiguées.

Les hypnothérapeutes peuvent remonter très loin dans la mémoire du sujet, lui permettant de se rappeler certains événements de son enfance. Il aura moins d'inhibition et donnera donc plus de détails sous hypnose. De plus, cette méthode aide à déceler la personnalité d'un témoin clé dans une affaire en observant son niveau de maturité, sa stabilité émotionnelle ou ses préjugés.

L'hypnose a été utilisée pour faciliter la résolution d'affaires très célèbres comme l'assassinat de Robert Kennedy, ou l'arrestation de Ted Bundy et du *Boston Strangler*.

À cause de la violence du crime – 62 coups reçus – la police a déterminé qu'Ingrid connaissait probablement son tueur. La personne qui attendait la jeune femme à son appartement devait savoir que, exceptionnellement, elle rentrait manger chez elle cette journée-là. Pour cette raison, son copain devient le suspect principal. En plus de cela, des témoins l'ont vu entrer dans l'appartement une heure plus tôt. Toutefois – et heureusement –, il est éliminé de la liste des suspects : au moment précis du meurtre, il participait à un congrès. D'autres témoins ont effectivement confirmé sa présence.

Les enquêteurs joignent ensuite l'homme marié, l'auteur de la carte de Saint-Valentin qu'Ingrid avait déchirée. Il est éliminé comme suspect. On interroge ensuite tous les proches de la jeune femme pour continuer à fermer des portes dans l'enquête.

Les policiers font également le tour de tous les fleuristes de la région afin de savoir qui avait envoyé le mystérieux bouquet d'œillets : cette recherche n'a malheureusement rien donné. Ils ont contrôlé tous les propriétaires de Honda Civic rouges en Flandre occidentale : rien non plus. Au cours de leur enquête, ils ont même reçu une lettre anonyme au poste avec la confession suivante : « Je l'ai tuée par amour. » Hélas, ils n'ont pas pu faire grand-chose avec le peu d'informations qu'ils avaient.

Bref, dans toutes ces années, plus de 2000 suspects ont été interrogés et des centaines de pistes explorées mais, malheureusement, l'affaire est toujours irrésolue aujourd'hui.

Indices post-mortem

Ingrid Caeckaert a été enterrée dans sa ville natale, près de la maison de ses parents. Dans le deuil et la colère, ils ont consacré le reste de leur vie à chercher l'assassin de leur enfant. En 1993, un inconnu a déposé des fleurs sur la tombe d'Ingrid : deux roses et un œillet. En 1999, encore les mêmes fleurs. C'était comme pour faire un clin d'œil à la famille Caeckaert et leur rappeler que le coupable court toujours.

Grâce aux avancées technologiques récentes, l'ADN du tueur, qui avait précieusement été conservé depuis 1991, a pu être comparé avec celui de nombreux suspects. En 2010, les experts ont tenté d'associer l'ADN d'autres criminels connus de la Belgique : négatif. L'ancien copain d'Ingrid a aussi été contrôlé : négatif. La salive provenant de l'enveloppe de la lettre anonyme reçue par les policiers a été analysée: négatif.

* * *

Ronald Janssen, le tueur flamand

Le 21 octobre 2011, le tueur Ronald Janssen, 40 ans, a été condamné à la prison à vie pour les meurtres de trois personnes : Shana Appeltans (18 ans), Kevin Paulus (22 ans), assassinés en 2010, et Annick Van Uytsel (18 ans), tuée en 2007. Il aurait aussi avoué avoir commis cinq vols dans la ville de Louvain, en Belgique, mais on soupçonne qu'il en aurait perpétré beaucoup plus, au moins une vingtaine. Lorsqu'il a été arrêté, on a immédiatement comparé son ADN avec celui trouvé sur la scène de crime d'Ingrid Caeckaert : négatif.

Le 16 mars 2021, c'était le trentième anniversaire de l'assassinat d'Ingrid. Pour la sombre occasion, ses parents ont décidé de lancer un nouvel appel à témoins. Résultat : cinq nouvelles pistes, mais nous ne savons toujours pas si elles seront utiles.

Ingrid était-elle vraiment suivie ? Ou son imagination lui jouait-elle des tours ? Avait-elle un « admirateur secret » – ou, devrait-on dire, un *stalker* ? Le plus troublant, est de savoir que la jeune femme devait certainement connaître celui qui l'a poignardée à 62 reprises.

Saviez-vous que, dans les affaires de féminicides, la victime est tuée par un étranger dans seulement 9 % des cas ?

Ainsi, dans 91 % des cas, elle est assassinée par quelqu'un qu'elle connaît et qui est, la plupart du temps, un homme. Le coupable peut être un ex-copain jaloux, un collègue insistant, un voisin *creepy*, un parent, un ami secrètement amoureux ou, trop souvent, un amoureux. Qui a tué Ingrid ? Pour le moment, personne ne peut répondre à cette question. Mais ce que je sais de façon certaine, c'est que, mobile ou pas, il n'y avait aucune raison pour que cette jeune femme meure de cette façon.

12. DES NOYADES D'ÉTUDIANTS EN SÉRIE – LA VIE EST-ELLE VRAIMENT UN LONG FLEUVE TRANQUILLE?

Bordeaux, France – le 4 mars 2012, 3 h 15 du matin.

Lauriane, la copine de Vincent Zecca, 19 ans, l'appelle sur son téléphone portable afin de savoir s'il rentrera bientôt. Une femme inconnue répond à la place de son petit ami. Elle indique qu'elle et Vincent se trouvent dans une petite rue sombre, près de la place Fernand-Lafargue, et que le jeune homme est couché par terre, ivre mort. Lauriane demande à la femme au bout du fil d'appeler un taxi pour son copain; impossible, il est trop saoul. Ainsi, l'inconnue propose de ramener le garçon chez lui. Lauriane accepte et lui donne son adresse. Tout cela est tout de même étrange: quelques heures plus tôt, Vincent, complètement à jeun, avait dit à sa copine qu'il allait accompagner ses collègues à leur voiture, garée dans le stationnement sous-terrain, et qu'il la rejoindrait à la maison une trentaine de minutes plus tard.

Laurianne attend, mais ni l'inconnue ni Vincent ne se rendent chez elle.

Le lendemain matin, le blouson de Vincent est retrouvé, taché de vomi, accroché sur la rambarde du quai de la Garonne. Son téléphone portable se trouve dans sa poche. On note que sa carte de crédit, qui a été volée, a été utilisée à plusieurs reprises au cours de la nuit.

Le 27 mars, le corps de Vincent est repêché dans le fleuve de la Garonne.

* * *

Cela paraît très louche, n'est-ce pas ? Malheureusement, cette histoire n'est pas une surprise pour les policiers de la ville, car Vincent Zecca est loin d'être le premier étudiant à disparaître à Bordeaux. Un mois plus tôt, Maxime Le Bot, un jeune étudiant de 24 ans, s'est lui aussi volatilisé à la sortie d'une boîte de nuit. Il avait laissé son manteau au bar malgré le froid glacial et son état d'ébriété. Son corps a finalement été retrouvé le 27 avril, également dans le fleuve de la Garonne.

Les deux exemples présentés dans les lignes précédentes ne sont que des cas isolés. *A priori*, rien de si alarmant... Des jeunes hommes ivres qui ont un accident à la sortie d'un bar, c'est assez commun, non ? Or, en observant bien les faits, on constate que les choses ne sont pas si simples. En fait, c'est complètement fou ! Ainsi, on remarque un bassin important de noyades dans un rayon très restreint. Dans les 10 dernières années, à Bordeaux, huit jeunes hommes ont perdu la vie sensiblement de la même façon. À Lille, on fait état de sept morts semblables. Et de l'autre côté de l'Atlantique, aux États-Unis, spécialement dans de grosses villes comme Boston, Chicago et New York, mais aussi dans de petites villes comme Eau Claire et La Crosse, on rapporte plus d'une centaine de morts irrésolues ! Mais qu'est-ce qui se passe dans ces villes ? J'ai épluché les journaux et je constate que les médias français semblent mettre la faute sur les beuveries express (le *binge drinking*), les drogues dures, le manque de sécurité et de caméras de surveillance dans la ville. Aux États-Unis, on dit sensiblement la même chose. Personnellement, je doute que l'explication soit aussi simple. Je m'interroge beaucoup sur les causes réelles de toutes ces morts.

Bien sûr, on pourrait décider de ne pas trop se creuser la tête et de se dire qu'elles sont accidentelles, ce qui est la théorie la plus rationnelle. Après tout, la noyade est au 21e rang des causes de mort les plus fréquentes dans le monde. Peut-être que, effectivement, lorsque nous sommes ivres, nous risquons davantage de mourir ainsi. Selon les statistiques, les hommes boivent plus que les femmes, et le groupe d'âge le plus représenté étant les 18-34 ans. Ce serait alors plutôt normal que la majorité des victimes soient de jeunes étudiants. Toutefois, même avec ces chiffres et ces faits indéniables, j'ai l'impression que quelque chose cloche. Quelque chose de plus qui pourrait expliquer ces noyades incompréhensibles. Si on se penche attentivement sur chacune de ces disparitions, on constate qu'il y a toujours un fait étrange, inexplicable, qui vient semer le doute : *ça ne peut pas être un simple accident !* C'est ce que je vais vous démontrer dans ces pages : il y a trop d'aspects mystérieux derrière ces morts pour qu'on ne se pose pas de questions !

Je vous en ai déjà glissé un mot au chapitre 1, consacré à la mort de Joey LaBute, mais j'avais envie d'y revenir encore une fois. Ce sujet, qui m'a toujours semblé fascinant, mérite un chapitre complet ! Mes abonnés de Bordeaux m'avaient parlé des disparus de la Garonne. Les disparus de la Deûle était également un sujet abordé souvent dans mes conversations avec les gens de Lille. On m'avait informée des nombreuses disparitions/morts irrésolues d'étudiants aux États-Unis et c'est là que j'ai vu un *pattern* se dessiner dans plusieurs grosses villes du monde. J'ai fait plusieurs tableaux, des listes, des catégories et beaucoup de recherches pour vous livrer mes constats. Ensemble, nous décortiquerons chacune des disparitions (ou presque) et tenterons d'élaborer des théories sur celles-ci.

Ce qui suit est étourdissant, vertigineux, dramatique et mystérieux, soyez prêt à plonger avec moi ! Ah, et désolée pour ce mauvais jeu de mots.

Bordeaux, huit victimes : *les noyés de la Garonne*

Commençons par la première victime de notre liste. Thinabié Hie est un jeune étudiant en musique de 20 ans qui a disparu le 27 juillet 2011 après une soirée alcoolisée. Il est 2 h du matin quand il décide d'enjamber les barrières devant la Garonne pour uriner. Par inadvertance, il glisse et tombe dans l'eau. Devant les regards effrayés de ses deux copains, son corps est emporté par le courant et Thinabié disparaît. La même nuit, des patrouilleurs passent au peigne fin le fleuve pendant deux heures, en vain. Trois jours plus tard, on repêche le corps dans la commune de Cambres.

La même année, le soir du 3 décembre 2011, Valentin Bernabeu, un jeune étudiant de 20 ans, disparaît. Il est tellement ivre qu'il n'est pas admis dans le bar et son ami lui conseille de rentrer chez lui. Malheureusement, comme il ne vient pas de Bordeaux, Valentin part dans la direction opposée et se perd en chemin. Son corps est lui aussi rendu par la Garonne deux jours plus tard.

Observons le portrait global de nos quatre victimes. Thianibié, Valentin, Maxime et Vincent : quatre jeunes étudiants dans la vingtaine qui disparaissent à la sortie d'un bar. Ils sont en état d'ébriété et leur corps est finalement retrouvé dans la Garonne. De plus, la thèse de la mort accidentelle est fortement privilégiée par les policiers, ce qui est effectivement logique dans le cas de Thianibié, qui a été vu par ses amis en train de tomber dans le fleuve. Mais qu'en est-il des autres ? Tous des accidents ? Les jeunes hommes disparaissent en route vers chez eux et, quelques heures plus tard, on les retrouve en train de flotter dans l'eau ! Allons... Il y a sûrement une autre explication !

L'année suivante, le 28 avril 2012, Julien Teyssier, un étudiant de 25 ans, disparaît à son tour. Son ami le salue vers 3 h 30 du matin, à la fin d'une soirée alcoolisée, devant les allées de Bristol, là où est stationnée sa Voiture. Il est à environ 200 mètres de la Garonne. Ainsi, *a priori*, Julien était censé rentrer chez lui ce soir-là, sain et sauf. Son corps est retrouvé le 9 mai dans le fleuve... et l'affaire est classée comme un accident.

Je continue... Le 1er juin 2012, le corps du jeune étudiant Cédric Bryant, 23 ans, est aussi retrouvé dans la Garonne deux semaines après sa disparition, soit le 19 mai. Lui non plus n'avait pas été revu après une soirée arrosée, où il s'était éloigné de ses copains pour parler avec des inconnus. Les médecins légistes confirment que Cédric est mort noyé. Il avait une blessure au-dessus de l'œil droit, possiblement provoquée par une chute sur une surface plane comme du goudron ou du ciment. Peut-être s'est-il cogné en tombant dans l'eau ?

Plus récemment, en 2019 et en 2021, deux autres histoires semblables se produisent. Le 23 mars 2019, le corps d'un jeune étudiant en médecine de 24 ans, Martin Pennica, est repêché dans la Garonne après deux mois sans nouvelles. Ses amis ont mentionné aux enquêteurs que, le soir de la disparition, ils ont tous pris de la MDMA (ecstasy). Comme les autres victimes précédentes, Martin a été retrouvé habillé. Il est mort noyé et n'avait aucune blessure sur son corps.

Pensez-vous toujours qu'il s'agit, chaque fois, d'une simple coïncidence ? Attendez... je n'ai pas terminé. Le 19 novembre 2021 disparaît le jeune Guillaume Moallic, 19 ans. Il venait de se faire expulser du bar Le Theatro. Vers 2 h 45, il écrit à son ami – qui est à l'intérieur – pour lui dire qu'il s'est fait virer du bar et qu'il veut ravoir son manteau. Ils se donnent donc rendez-vous devant l'établissement. Quelques minutes plus tard, aucune trace de Guillaume. Je me rappelle très bien cette histoire ; quelques-uns de ses amis m'avaient demandé de parler de sa disparition sur les réseaux sociaux. Lorsque les enquêteurs interrogent les amis de Guillaume, ces derniers affirment l'avoir trouvé bizarre durant la soirée ; il n'était pas comme d'habitude.

Remarquez que cet élément revient souvent dans ce type de morts irrésolues : le comportement erratique du jeune homme avant sa disparition. Nous y reviendrons plus tard.

Grâce aux caméras de surveillance, on sait que, vers 2 h 30 du matin, Guillaume est sur le quai de Bacalan, près de l'arrêt de tramway. On le voit aussi traverser le pont Chaban-Delmas vers la Cité du Vin. Derrière le siège social de la compagnie Cdiscount, d'autres caméras de surveillance captent des images de Guillaume en train de courir. Son téléphone a arrêté d'émettre un signal à 3 h du matin. Son corps est repêché dans le fleuve le 4 janvier. Des témoins racontent l'avoir vu tomber dans l'eau.

Ouf, c'est quand même inquiétant de constater autant de noyades dans un seul et unique fleuve. Que se passe-t-il à Bordeaux pour qu'autant d'étudiants s'y noient ?

De la théorie du serial killer *à celle du suicide*

Faisons donc un résumé. Entre 2011 et 2021, huit jeunes ont trouvé la mort dans le fleuve. Ce qui est troublant, c'est qu'ils semblent tous appartenir au même « type » : des étudiants dans la vingtaine, disparus après une soirée *très* alcoolisée. Je pense entre autres à Vincent Zecca, qui a été vu pour la dernière fois couché, ivre mort, au milieu de la rue. Mais le plus étrange dans cette histoire, c'est que ce jeune garçon ne buvait pas ! Pensons également à Guillaume, qui s'est fait expulser d'un bar. Valentin, lui, était tellement ivre qu'il n'a même pas été admis dans le bar. Je sais, il n'y a sûrement pas que des hommes dans la vingtaine qui boivent excessivement et sortent dans les bars à Bordeaux. Des hommes plus vieux, des plus jeunes, des femmes fréquentent aussi ces établissements... Pourquoi est-ce que ce sont toujours les mêmes qui disparaissent ?

Quelques mots sur d'autres noyades

Bien sûr, il n'y a pas que des jeunes hommes qui se noient à Bordeaux. Des hommes plus âgés, des femmes et des enfants font aussi partie des victimes. Or, ces noyades sont plus «saisonnières» et relèvent moins du mystère. Elles font suite à des expéditions de planche à pagaie, à des baignades en rivière et à des accidents en piscine... Par exemple, en avril 2022, un garçon de trois ans s'est noyé dans une piscine privée. C'est extrêmement triste, mais ce type d'événement est malheureusement fréquent, et ce, partout dans le monde.

On remarque aussi que, lorsque les corps sont retrouvés, ils sont toujours habillés, ne semblent comporter aucune blessure, et les coroners déterminent qu'il s'agit d'une mort par noyade, à la suite d'une chute accidentelle. On sait que la première victime, Thinabié, a effectivement glissé en tentant de se soulager dans le fleuve. La noyade accidentelle est donc claire et confirmée. Mais qu'en est-il des autres?

Il est vrai que le fleuve a un fort courant et plusieurs remous. Lorsqu'on y plonge, il est difficile d'en sortir vivant. Mais pourquoi autant de jeunes y tombent-ils?

Manifestement, la théorie du suicide n'est pas valide. Aucune de ces victimes ne souffrait de dépression ou de problèmes de santé mentale. Dans le journal *Le Parisien*, la sœur de Julien Teyssier le décrit comme quelqu'un d'épanoui, qui avait des projets devant lui. Il était loin d'avoir des tendances suicidaires! Selon leurs proches, c'était la même chose pour les autres jeunes hommes. Plutôt beaux garçons, assez populaires, entourés d'amis, ils se dirigeaient tous vers de belles carrières: médecine, droit, architecture, etc.

Pour donner suite à ces questionnements, la théorie du « *serial* pousseur » a vu le jour. En effet, certains ont élaboré la thèse voulant qu'un individu serait à la source de toutes ces chutes en série : il pousserait les jeunes hommes dans l'eau. Cette hypothèse n'est pas si invraisemblable... Pensons aux dates où les victimes disparaissent : quelques mois d'intervalle entre 2011 et 2013. Nous avons affaire à des noyades en série ! Valentin le 3 décembre ; Maxime Le Bot le 5 février ; Vincent Zecca le 4 mars ; et Julien Teyssier le 28 avril. Seulement un mois d'intervalle (environ) entre toutes ces noyades ! Le mode opératoire des tueurs en série est assez similaire : ils commettent plusieurs meurtres dans une brève période. De plus, dans bien des cas, ils choisissent leurs victimes selon un profil bien précis. Toutefois, le directeur départemental de la Sécurité publique de Bordeaux, Pierre-Marie Bourniquel, remet les pendules à l'heure en niant la thèse du pousseur : « Selon lui, la disparition du jeune homme après une soirée arrosée le week-end dernier n'est pas liée à l'intervention d'une tierce personne. » (Europe 1)

Un couple mystérieux

Revenons à l'histoire de Vincent Zecca. Un élément essentiel, que j'ai retenu jusqu'ici : un couple a été aperçu en sa compagnie alors que le jeune garçon était complètement ivre, couché dans la rue. Pourrait-on considérer ce couple comme suspect ? L'homme et la femme ont été retrouvés, puis interrogés par les policiers. Ils ne semblent toutefois pas avoir de lien avec la mort de Vincent. Néanmoins, d'autres jeunes de Bordeaux ont, eux aussi, fait la rencontre d'un couple qui leur a semblé suspicieux. Un jeune homme de 32 ans a confié au journal *Sud-Ouest* qu'il pensait avoir vu ce même couple à la sortie d'une soirée entre amis, en septembre 2012. Il se rappelle avoir fumé un joint avec l'homme et la femme et les décrit comme assez sympathiques. Dans l'article, ce qui m'a semblé assez incroyable, c'est qu'ils ont réussi à soutirer des informations confidentielles au jeune homme, par exemple son NIP et sa carte bancaire. Comment ont-ils fait pour le manipuler à ce point ? L'article ne le mentionne malheureusement pas, mais le lendemain, le jeune homme s'est rendu compte qu'ils avaient vidé son compte de banque.

Jean, 35 ans, a vécu la même chose en août 2012. À la sortie du bar, alors qu'il était ivre, il a fait la rencontre d'un couple, avec qui il a fumé un joint. Plus tard dans la soirée, lorsqu'il est parti, il s'est rendu compte qu'il était suivi par ces deux personnes. Il réussit toutefois à les semer en rentrant dans un autre bar. Ce couple étrange semble être un élément clé important pour l'enquête. Pourquoi n'a-t-il jamais été mis en cause ?

Malheureusement, les dossiers de ces histoires ont été classés puisque, selon la police, il s'agit de morts par noyade. Les enquêteurs font fi de toutes les étrangetés derrière ces disparitions. Maintenant, vous pensez peut-être que ce phénomène ne se produit que dans Bordeaux... Ce qui est le plus intrigant dans tout cela, c'est que cette ville n'est pas le seul endroit en France où plusieurs jeunes hommes se noient mystérieusement dans le fleuve.

Lille, sept morts : *les noyés de la Deûle*

Entre 2009 et 2011, le même phénomène se produit dans le canal de la Deûle, à Lille. Sept hommes y perdent la vie. On le surnomme d'ailleurs « le canal maudit ». Les policiers affirment que les individus qui y ont perdu la vie étaient ivres et, voulant uriner dans le canal, ils ont perdu pied et sont tombés. Mais est-ce vraiment aussi simple que ça ? Deux livres sont d'ailleurs consacrés à cette affaire : *Les morts de la Deûle*, de Tomas Statius, ainsi que *Noyés de la Deûle : la contre-enquête*, de Gilles Durand.

La première d'une série de morts semblables a eu lieu le 21 février 2009. Guillaume Mittre, un jeune étudiant de 19 ans originaire du Chili, est retrouvé grièvement blessé dans la Deûle. Ici, c'est plutôt clair, on confirme qu'il a été victime de pousseurs qui ont même été jugés en cour. Les coupables ? Trois jeunes qui voulaient « lui faire une mauvaise blague ». Cependant, l'histoire d'horreur continue. La même année, le 1er septembre 2009, Charles Quemin, aussi âgé de 19 ans, disparaît après une soirée festive qui finit mal. Vers 3 h du matin, alors qu'il célébrait la rentrée universitaire, Charles, entouré de ses amis, avait pété les plombs et s'était enfui en disant qu'il avait besoin d'être seul. Le 31 décembre, son corps a été repêché dans la Deûle. Au départ, à cause des circonstances précédant sa disparition, certains soupçonnent qu'il s'agirait d'un suicide. Or, en voyant la ressemblance entre toutes ces morts, d'autres théories se forment.

Le scénario se reproduit un an plus tard, le 7 octobre 2010. John Ani, 33 ans (un peu plus âgé que les autres victimes), disparaît à 5 h du matin après un party dans un appartement. Son corps est retrouvé cinq jours plus tard dans la Deûle. On remarque que le jeune homme a quelques griffures au visage et une plaie à la lèvre. Dans son sang : des traces de cannabis et 2 g d'alcool. Les policiers affirment qu'il aurait pu se blesser en tombant, et sa mort est ainsi déclarée comme une noyade à la suite d'une chute accidentelle.

Mais le mystère s'épaissit davantage quand l'année suivante, le 5 février 2011, c'est au tour de Thomas Ducroo, 26 ans, de disparaître. Son corps est retrouvé quelques semaines plus tard, le 23 février. Lui aussi a des traces importantes d'alcool dans son sang, ainsi qu'une grande quantité de stupéfiants. Il s'agirait d'une chute accidentelle, aucune marque de violence n'étant observée par les enquêteurs. Comme les victimes précédentes, Thomas est sorti du bar à 3 h du matin ; il a beaucoup bu, tellement que ses amis l'ont empêché de retourner dormir chez lui car il habitait trop loin. Un copain lui a donné les clés de son appartement, plus près du bar, pour qu'il aille y passer la nuit. Il ne s'y est jamais rendu.

Trois jours avant la découverte du corps de Thomas, un *autre* jeune homme disparaît ! Jean-Mériadec Le Tarnec, âgé de 22 ans et étudiant en droit, rentre chez lui à 6 h 30 du matin après une soirée chez des amis. Son appartement n'est situé qu'à 650 mètres de là ! Pourquoi ne s'y est-il jamais rendu ? Un témoin se souvient de l'avoir vu marcher près des berges. Le 25 février, deux jours après avoir trouvé Thomas, on découvre le corps de Jean-Mériadec dans la Deûle, à moins de 150 mètres de l'endroit où celui de Thomas a été retrouvé. Dans les cas de John, de Thomas et de Jean-Mériadec, on ne peut s'empêcher de se demander pourquoi ces hommes ont décidé de marcher près du canal, alors qu'il est assez éloigné de leur domicile.

C'est maintenant au tour de Lloyd Andieu, un jeune étudiant de 19 ans, de disparaître le 23 septembre 2011. D'ailleurs, ce garçon étudiait à la même école que Jean-Mériadec, à l'Université Catholique de Lille. Vers 2 h du matin, une connaissance de Lloyd reçoit un appel provenant du téléphone portable de ce dernier. On lui indique que le jeune homme « n'est pas bien » et qu'il « a besoin de secours ». L'inconnu au bout du fil ne précise pas où se trouve le jeune homme. La personne qui reçoit l'appel est le premier nom dans la liste de contacts du téléphone, mais elle ne le connaît pas beaucoup. L'inconnu ne sera jamais identifié et le téléphone jamais retrouvé. D'autres témoins contactent la police, car ils se rappellent avoir aperçu Lloyd près du canal. Il titubait et tenait sa tête entre ses mains. Son corps est repêché quatre jours plus tard. Le rapport d'autopsie révèle que le jeune homme avait 1,8 g d'alcool dans le sang.

Pour toutes ces victimes, le constat est le même : chute accidentelle. Comme Antonio Fischetti le dit dans le *Charlie Hebdo* :

> ***« Des hommes bourrés qui tombent à l'eau, cela arrive partout, à Lille comme ailleurs. Mais là, cela fait quand même beaucoup, dans un cadre spatio-temporel très restreint (une année et dans un rayon de 4 kilomètres). »***

Toujours la même année, Hervé Rybarczyk, 42 ans, disparaît le 12 novembre 2011. Le profil de cette victime est différent des autres. Toutefois, il est important de l'inclure dans la liste, puisque sa mort pourrait éclairer celles des autres. Hervé est musicien, il est à Lille pour un spectacle avec son groupe Ashtones. Vers 2 h du matin, Hervé décide de rentrer chez lui à pied. On ne le reverra jamais plus. Son corps est retrouvé le 23 novembre au port fluvial, qui est un peu plus éloigné que l'endroit où on a découvert les autres victimes.

Or, voici pourquoi le profil d'Hervé Rybarczyk est aussi différent des autres. En mars 2015, alors qu'il est sous écoute durant un appel fait depuis sa cellule, le chef du clan néonazi White Wolves Klan, Jérémy Mourain, affirme avoir tué un homme à Lille. Toujours sans savoir qu'il est enregistré, il déclare: « Pourvu que le juge n'aille pas trop chercher dans ma période lilloise. » Après cette bombe, un ex-membre du groupe d'ultradroite appuie les propos de Mourain en disant : « C'était un soir, à Lille [...]. On lui a demandé d'agresser un homme. Il lui a porté des coups, il était inconscient, et il l'a jeté à l'eau. [...] c'est un meurtre. » Ces faits, rapportés par *La Voix de l'Ouest*, viennent relancer l'enquête sur les noyés de la Deûle. Les policiers découvrent donc que le skinhead parlait d'Hervé Rybarczyk. Tomas Statius, l'auteur du livre *Les morts de la Deûle*, découvre que ce même groupe se rendait souvent au jardin Vauban à Lille, un lieu de rencontre pour les homosexuels, pour y casser des gueules. Mourain torturait ses victimes de plusieurs façons : « L'une d'elles consistait à contraindre ces hommes à se jeter à l'eau tout habillés, souvent la nuit, comme pour simuler leur noyade. » Examinons le profil de chacune des victimes. John Ani était homosexuel. Thomas Ducroo, qui était hétéro, avait passé la soirée dans un bar gai dans le Vieux-Lille. Jean-Mériadec, lui aussi hétéro, était allé reconduire son ami au jardin Vauban avant de disparaître. Est-ce que ce groupe de néonazis serait responsable de certaines des autres disparitions ? Si oui, voici une explication à toute cette affaire : il ne s'agit pas de chutes accidentelles, mais bien de meurtres. Mais alors, comment expliquerait-on *les quatre autres* noyades ? Et si toutes ces affaires n'étaient pas reliées ? Si chacune des victimes avait bien été poussée à l'eau, mais pour des raisons qu'on ignore ? Il faudrait se demander si ces jeunes hommes avaient des ennemis, des gens qui voulaient leur faire du mal... Peut-être que, finalement, pousser un jeune homme en état d'ébriété dans le fleuve est la solution simple pour s'en débarrasser ! Par ailleurs, je me dis qu'il est difficile d'être sûr que le jeune homme en question se noiera. S'il réussit à survivre à la chute, il pourrait très bien dénoncer son agresseur ! Et puis, comment explique-t-on toutes les noyades suivantes ?

D'autres noyades en France

Je sais bien que Bordeaux et Lille ne sont pas les seules villes où il y a autant de disparitions de jeunes étudiants. En effectuant mes recherches, j'ai découvert que c'était un phénomène assez répandu en France.

Caen (3) :

- Étudiant anonyme, 19 ans, disparu en juillet 2010.
- Étudiant anonyme, 19 ans, disparu en septembre 2010.
- Joackim Le Breton, 22 ans, disparu le 27 février 2011, retrouvé le 23 mars 2011.

Vannes (2) :

- Julien Berger, 23 ans, disparu le 31 octobre 2009, retrouvé le 4 novembre 2009.
- Mathieu Gaillot, 18 ans, disparu le 14 avril 2011, retrouvé le 16 avril.

Nantes (3) :

- Rémy Calmejane, 19 ans, disparu le 3 décembre 2011, retrouvé le 21 février 2011.
- Grégoire Rigault, 19 ans, disparu le 4 décembre 2011 (le lendemain de la disparition de Rémy !), retrouvé le 2 mai 2011.
- Steve Maia Caniço, 24 ans, disparu le 21 juin 2019, retrouvé le 29 juillet 2019 (histoire de brutalité policière).

Toulouse (2) :

- Bertrand Liria, 25 ans, disparu le 14 mai 2011, retrouvé le 21 mai 2011.
- Baran Kaya, 18 ans, disparu le 4 mai 2022, jamais retrouvé.

Bavans (1):

- Anthony Carteron, 21 ans, disparu le 9 décembre 2010, retrouvé le 30 janvier 2011.

Montigny-les-Metz (1) :

- Antoine Brahy, 31 ans, disparu le 1er janvier 2011, retrouvé le 7 février 2011.

Strasbourg (1) :

- Samy Haikel, 18 ans, disparu le 7 janvier 2011, retrouvé le 13 février 2011.

Lattes (1) :

- Kada el Fani, 21 ans, disparu le 8 décembre 2011, retrouvé le 23 décembre 2011.

Ivry-sur-Seine (1) :

- François Thillman, 28 ans, disparu le 11 décembre 2010, jamais retrouvé.

Je ne peux m'empêcher de remarquer que les dates sont sensiblement les mêmes dans les noyades de Bordeaux, de Lille et celles-ci : 2011, 2012. Et puis, pourquoi les noyades surviennent-elles toujours durant les mois froids ? Avez-vous remarqué qu'il n'y en a aucune en été ? Pourtant, ça devrait être le contraire, non ? Pendant la saison chaude, on est plus tenté de se lancer dans les canaux, les fleuves... Il y a également plus de tourisme, donc plus de gens dans les villes. Pourquoi n'y a-t-il pas alors plus de noyades ? C'est à n'y rien comprendre !

États-Unis : 200 morts et plus

Lorsqu'un jeune étudiant populaire disparaît à Boston, les gens de la région font toujours cette mauvaise blague : « On va le retrouver dans la rivière Charles dans quelques jours. » C'est ce qui arrive effectivement. De 2009 à 2017, on compte plus de 40 jeunes hommes repêchés des cours d'eau entourant la ville de Boston (rivières, marinas, fleuves, etc.)! Vous vous dites sûrement que ces chiffres sont normaux... Prenons un autre exemple pour faire une comparaison, deux villes dans lesquelles j'ai habité : Québec et Montréal. En 2022, une jeune étudiante de 22 ans de l'Université Laval s'est noyée dans le fleuve Saint-Laurent. La situation est différente : elle faisait la fête avec des amies, elle a glissé et est tombée dans l'eau. Son copain de 28 ans a plongé pour tenter de la sauver mais, tragiquement, il s'est noyé également. Et voilà. C'est tout ce que j'ai trouvé ! Pourtant, si on regarde les caractéristiques de ces villes, elles sont très proches de celles où de jeunes hommes disparaissent... À Québec, on compte quatre cégeps et une université. Les bars les plus populaires sont situés au centre-ville, à quelques mètres seulement du fleuve. Croyez-moi, des jeunes hommes ivres à la sortie des bars, il y en a ! Pourquoi alors aucune noyade ? Prenons l'exemple d'une plus grosse ville, Montréal. On y compte 12 cégeps et 4 universités. Ça fait beaucoup d'étudiants. Mais attendez, encore pire, Montréal est une île. Elle est entourée d'eau ! En 2020, deux étudiants, 19 ans et 22 ans, se sont noyés dans un lac alors qu'ils conduisaient leur voiture. Selon des témoins, ils ont fait une mauvaise manœuvre : au lieu de reculer, ils ont avancé, s'enfonçant alors dans le lac. Encore là, c'est une situation très différente... et c'est tout ce que j'ai trouvé ! Pourquoi, à Montréal, ne recensons-nous pas autant de noyades ? Si on compare, on y compte près de 2 millions de personnes, tandis qu'à Bordeaux, par exemple, la population n'est que d'environ 250 000 personnes. Les statistiques ne mentent pas...

Vous n'êtes pas convaincu ? Faisons le test avec une dernière grande ville étudiante : Paris ! La Seine traverse la ville et est facilement accessible ; de plus, de nombreux bars sont situés très près. En

2022, deux noyades seulement dans le canal de l'Ourcq : un jeune homme de 20 ans qui a sauté dans l'eau à partir d'un pont, et un autre de 17 ans qui s'est noyé près du parc de la Villette. La même année, un étudiant de 31 ans est mort. Si on remonte plus loin, en 2013, un jeune homme dans la trentaine est mort noyé dans la Seine après que son amie, en pensant faire une blague, l'a poussé dans l'eau. Finalement, en 2004, un jeune étudiant antillais a perdu la vie dans la Seine après une bagarre violente. Encore là, non seulement y a-t-il une énorme différence dans les chiffres, mais toutes ces noyades sont documentées : on en connaît exactement la raison.

Mystérieux, n'est-ce pas ? Mais vous verrez dans cette partie du chapitre que c'est assurément aux États-Unis que le phénomène prend de l'ampleur. Comment pouvons-nous expliquer que, tout comme dans certaines régions de la France, il y ait autant de noyades d'étudiants ?

J'aimerais vous faire ressentir le vertige que j'ai eu en voyant toutes ces morts étranges. Je vous avais même préparé une liste qui faisait… six pages ! Et j'aurais pu continuer encore… Mais je vais garder ça court et vous proposer seulement certains des noms : imaginez le même encadré, mais sur des pages et des pages… Vous êtes prêt ? Voici !

1990 :

12 mars 1994 : Morgan Michael Laurence White, 19, East Lansing, MI : retrouvé dans la rivière Red Cedar
4 novembre 1994 : Dustin D. Klingbergs, 21, Chardon, OH : retrouvé dans la rivière Cascadilla Creek Gorge
3 juin 1995 : Blair Grandstorm, 20, Bellingham, WA : retrouvé dans le lac Georgia-Pacific West Lagoon
16 février 1997 : Patrick McNeil, 21, New York City, NY : retrouvé dans le East River
10 octobre 1997 : Anthony Skifton, 19, La Crosse, WI : retrouvé dans le fleuve Mississippi
31 décembre 1997 : Ryan Getz, 21, East Lansing, MI : retrouvé dans la rivière Red Cedar
1er janvier 1998 : Larry Andrews, 22, New York City, NY : retrouvé dans le East River
22 février 1998 : Nathan Kapfer, 19, La Crosse, WI : retrouvé dans le fleuve Mississippi
7 mars 1998 : Trevor Hoheisel, 27, Chicago, IL : retrouvé dans la rivière Chicago

12 mai 1998 : Joshua Bender, 19, New York City, NY : retrouvé dans le fleuve Hudson
13 avril 1999 : Jeffrey Geesy, 21, La Crosse, WI : retrouvé dans le fleuve Mississippi

2000 :

1er janvier 2000 : Brian Welzien, 21, Chicago, IL : retrouvé dans le Lac Michigan
1er mars 2001 : Patrick Runningen, 23, La Crosse, WI : retrouvé dans la rivière Black
20 octobre 2001 : Eric Blair, 17, East Lansing, MI : retrouvé dans la rivière Red Cedar
7 novembre 2001 : Chris Nordby, 27, Minneapolis, MN : retrouvé dans le fleuve Mississippi
3 mars 2002 : Brendan McNelis, 20, Binghamton, NY : retrouvé dans la rivière Susquehanna
11 mars 2002 : James Rowe, 31, Chicago, IL : toujours disparu
29 septembre 2002 : Craig Burrows, 23, Eau Claire, WI : retrouvé dans le lac Half Moon
31 octobre 2002 : Chris Jenkins, 21, Minneapolis, MN : retrouvé dans le fleuve Mississippi
6 novembre 2002 : Michael Noll, 22, Eau Claire, WI : retrouvé dans le lac Half Moon
9 novembre 2002 : Josh Guimond, 20, Collegeville, MN : toujours disparu
8 février 2003 : Glen Leadley, 23, Chicago, IL : retrouvé dans le lac Michigan
1er mars 2003 : Jeremy Houk, 18, New Orleans, LA : retrouvé dans le fleuve Mississippi
5 décembre 2003 : David Mun, 20, Boston, MA : retrouvé dans la rivière Charles
10 avril 2004 : Jared Dion, 21, La Crosse, WI : retrouvé dans le fleuve Mississippi
17 avril 2004 : Marlon Blue, 21, Dekalb, IL : retrouvé dans un bassin de rétention
12 septembre 2004 : Jesse Miller, 21, Eau Claire, WI : retrouvé dans la rivière Chippewa
12 janvier 2005 : Chris Thiem, 19, Vincennes, IN : retrouvé sur le terrain d'une ferme
15 avril 2005 : Patrick Welsh, 22, New York City, NY : retrouvé dans le fleuve Hudson
12 juin 2005 : Josh Snell, 22, Eau Claire, WI : retrouvé dans la rivière Chippewa
15 juin 2005 : Todd Geib, 22, Casnovia, MI : retrouvé dans un étang
23 septembre 2005 : Patrick Kycia, 19, Moorhead, MN : retrouvé dans la rivière rouge
5 décembre 2005 : Matthew Soumakis, 31, Chicago, IL : retrouvé dans la rivière Chicago
23 décembre 2005 : Matt Kruziki, 24, East Dubuque, IL : retrouvé dans le fleuve Mississippi
2 février 2006 : Scott Radel, 21, St-Cloud, MN : retrouvé dans le fleuve Mississippi
26 juillet 2006 : Max Walker, 26, Milwaukee, WI : retrouvé dans la rivière Milwaukee

30 septembre 2006: Luke Homan, 21, La Crosse, WI: retrouvé dans le fleuve Mississippi
21 novembre 2006: Jesse Ross, 20, Chicago, IL: toujours disparu
16 mars 2007: Dustin Willis, 26, Boston, MA: retrouvé dans le Boston Harbor
2 juin 2007: John Pike, 23, Fairhaven, MA: retrouvé dans la baie de Buzzards
12 octobre 2007: Charles Allen Jr., 22 ans, Dartmouth, MA: ossements retrouvés sur la plage de Dartmouth
9 novembre 2007: Kyle Fleishmann, 24, Charlotte, NC: toujours disparu
23 décembre 2007: Josh Szostack, 21, Albany, NY: retrouvé dans le fleuve Hudson
19 janvier 2008: Tommy Booth, 24, Woodlyn, PA: retrouvé dans un ruisseau
27 avril 2008: William Jacobson, 19, Ithaca, NY: trouvé dans un bassin de rétention
14 mai 2008: Brandon Swanson, 19, Taunton, MN: toujours disparu
12 octobre 2008: Eric Volp, 28, Iron Mountain, MI: retrouvé dans le K.C. Creek
5 novembre 2008: Trevor Boehm, 20, Evanston, IL: retrouvé dans le lac Michigan
5 avril 2009: Dan Zamlen, 18, St-Paul, MN: retrouvé dans le fleuve Mississippi
3 juillet 2009: Bryan Barker, 21, Milwaukee, WI: retrouvé dans la rivière Milwaukee
8 octobre 2009: William Hurley, 24, Boston, MA: retrouvé dans la rivière Charles
9 octobre 2009: Hyeong Kim, 23, Manhattan, NY: retrouvé dans le fleuve Hudson

2010:

31 janvier 2010: Brandon Graves, 24, Sumter, SC: toujours disparu
14 février 2010: Craig Meyers, 21, La Crosse, WI: retrouvé dans le fleuve Mississippi
20 février 2010: Eugene Losik, 25, Boston, MA: retrouvé dans le Boston Harbor
15 juillet 2010: James Cooley, 22, Ottumwa, IA: retrouvé dans la rivière Des Moines
5 mars 2011: Alexander Grant, 19, Saratoga Springs, NY: retrouvé dans la forêt
31 août 2011: Ricky Gonzales, 22, Eau Claire, WI: retrouvé dans la rivière Chippewa
6 décembre 2011: Jeremy Gillis, 22, New Richmond, WI: retrouvé dans la rivière Willow
17 décembre 2011: Christopher Martin, 24, New Bedford, MA: retrouvé dans la rivière Charles
30 décembre 2011: Ian Burnet, 22, New York City, NY: toujours disparu
3 mars 2012: Eric Duffey, 21, Stevens Point, WI: retrouvé dans la rivière Wisconsin
3 mars 2012: Philip Patnaude, 28, Chicago, IL: retrouvé dans le Belmont Harbor
10 mars 2012: Tom Hecht, 28, Milwaukee, WI: retrouvé dans la rivière Milwaukee
2 octobre 2012: Jonathan Dailey, 23, Boston, MA: retrouvé dans la rivière Charles

Le recensement de tous ces cas provient du blogue Footprints at The River's Edge. Vous remarquerez que la liste s'arrête à 2012... non pas parce qu'il n'y a pas d'autres cas (au contraire !), mais seulement parce que le site Web a cessé d'en compiler les statistiques (et qu'après tous ces noms, je crois que vous commencez à comprendre le principe !). Imaginez le nombre de victimes si on avait noté les données jusqu'à maintenant ? Wow !

Observons la liste ensemble (d'où l'utilité de l'avoir retranscrite !). Tout d'abord, nous pouvons remarquer que, comme en France, les victimes ont toutes entre 18 et 30 ans. S'il n'y a pas de noms de femmes, d'enfants ou d'hommes plus âgés, c'est que ce sont majoritairement des jeunes hommes qui sont victimes du même phénomène : celui de disparaître et d'être retrouvés dans des cours d'eau quelques jours plus tard.

Remarquons les points en commun de toutes ces victimes : la majorité d'entre elles sont des étudiants à l'université ou suivent un cours particulier. Prenons trois noms au hasard pour prouver mon point : Blair Gradstorm, 20 ans, a disparu du campus de Western Washington University après un party. Alexander Grant, 19 ans, était un étudiant de deuxième année du Boston College. Nathan Kapfer, aussi âgé de 19 ans, étudiait au Viterbo College dans la ville de La Crosse. De plus, les victimes sont décrites presque toujours de la même façon :

Des jeunes hommes ambitieux, premiers de classe, sportifs, populaires et beaux !

Par exemple, Jeremy Houk, 18 ans, est décrit comme un grand blond très beau qui était un champion de l'équipe de débat à l'école secondaire et qui voulait devenir président des États-Unis. John Pike, lui, a obtenu son diplôme « avec grande distinction » de l'Université Syracuse. Brian Welzien, 21 ans, faisait partie des meilleurs étudiants de son école ; il ne buvait pas et ne fumait pas. Bref, de jeunes hommes exemplaires qui réussissaient bien dans la vie.

Si on analyse les dates de disparition, c'est souvent durant les mois plus froids de l'année : janvier, février, mars. De plus, les États d'où viennent les victimes sont situés au nord du pays ou dans le Midwest. Ceux qui recensent le plus de victimes: New York, Michigan, Minnesota, Illinois, Wisconsin et Massachusetts. Pourtant, en Californie, au Texas, en Utah, il y a aussi des cours d'eau : pourquoi alors n'y a-t-il presque pas de victimes ? Certaines villes reviennent souvent : Chicago, New York et Boston. Évidemment, comme elles sont très peuplées, c'est normal qu'il y ait plus de victimes, non ? Mais pourquoi y en a-t-il presque autant dans les villes de La Crosse (sept victimes) – 50 000 habitants – et d'Eau Claire (cinq victimes) – 68 000 habitants ? Si on compare à New York (six victimes) qui a plus de 8 millions d'habitants, le nombre de victimes ne devrait pas être semblable ! Pourquoi, dans certaines régions en particulier, observe-t-on l'ampleur du phénomène ? Sinon, le *pattern* est clair : les jeunes sortent d'un bar dans des températures glaciales et ne portent pas de manteau. Il y a sûrement une différence de température importante entre le bar et l'extérieur, ce qui crée probablement un choc thermique. On peut aussi observer que les corps sont souvent repêchés dans des rivières comme le fleuve Mississippi, la rivière Chicago et la rivière Chippewa. Ce qui est étrange, c'est que les hommes ne sont pas seulement retrouvés dans des fleuves et des rivières, mais aussi dans n'importe quel cours d'eau. Par exemple, deux victimes ont été découvertes dans des bassins de rétention (une zone de stockage où l'eau de pluie s'accumule).

Je pense entre autres à l'histoire de Marlon Blue, 21 ans, qui avait prévu rejoindre des amis à leur appartement. Avant d'y entrer, il a dit à ses amis qu'il devait aller aux toilettes et qu'il reviendrait. Le lendemain, son corps a été retrouvé dans un bassin de rétention. Il était à un coin de rue de chez ses amis. Cause de sa mort : noyade accidentelle.

Il y a également l'affaire de Todd Geib, qui est extrêmement mystérieuse : je dois absolument vous donner tous les détails. Le jeune homme de 22 ans a été aperçu pour la dernière fois dans la nuit du 11 au 12 juin 2005, lors d'une fête autour d'un feu de camp, qui avait lieu dans un

champ de pommiers. Une centaine de personnes étaient présentes. En fin de soirée, le jeune homme est parti à pied pour se rendre à l'appartement de son cousin et y dormir. À 12 h 47, il a appelé un ami pour lui confier qu'il « en avait assez ». Quatre minutes plus tard, il l'a rappelé pour lui mentionner qu'il était « dans un champ », puis la ligne s'est coupée. L'ami a rappelé, mais il n'y avait personne au bout du fil. Il ne faisait qu'entendre ce qu'il croit être quelqu'un qui respirait fort, ou le son du vent. Après ça, le téléphone n'a plus jamais été utilisé.

Trois semaines plus tard, le corps de Todd a été retrouvé dans un petit étang non loin de la fête. Le couple qui a trouvé le jeune homme l'avait aperçu de loin car il était debout, avec ses épaules et sa tête qui sortaient de l'eau. C'est étrange, car plus de 1500 volontaires avaient déjà participé aux recherches et ce secteur avait été fouillé trois fois. Todd n'y était assurément pas. Il avait 0,12 g d'alcool dans le sang. Cause de la mort : noyade. Toutefois, la famille du jeune homme ne croit pas du tout à cette conclusion. Elle a une bonne raison d'en douter car Todd n'avait pas d'eau dans ses poumons !

Des comportements étranges

Ce qui est très intrigant lorsqu'on lit ces histoires, c'est qu'on dirait que ces disparus sont aveuglément attirés par les cours d'eau. C'est comme si le comportement des victimes avant d'être retrouvées n'avait aucun sens ! Prenons, par exemple, l'histoire de Morgan White, 19 ans, disparu dans la nuit du 12 mars 1994. Lui et ses amis ont été expulsés du Dooley's Restaurant parce qu'ils étaient trop ivres. Effectivement, durant la soirée, Morgan a été malade et a perdu ses amis de vue. Quatre jours plus tard, son corps a été repêché dans la rivière Red Cedar. La nuit de sa disparition, alors qu'il faisait 2 degrés Celsius, un couple avait appelé la police pour mentionner qu'il avait vu un jeune homme portant un t-shirt blanc en train de nager dans la rivière glaciale. Pourtant, Morgan White ne savait pas nager et avait peur de l'eau. Jamais il n'aurait pris de son plein gré cette décision, en plein milieu de la nuit, alors qu'il faisait si froid dehors. Qu'est-ce qui l'aurait donc poussé à plonger ?

Une autre histoire semblable est celle de Jesse Miller, 21 ans, qui a disparu le 12 septembre 2004 dans la ville d'Eau Claire, WI. Il a été vu pour la dernière fois à 3 h 25 du matin, sur le bord de la rivière Chippewa. Des témoins, qui trouvaient son attitude étrange, ont demandé à des policiers d'aller vérifier si le jeune homme allait bien. Jesse a ignoré les policiers et est entré dans l'eau jusqu'à se trouver hors de vue. Avant de disparaître, il leur aurait dit: « Vous n'avez aucune idée de ce qu'il se passe. » Son corps a été retrouvé le lendemain avec un taux d'alcool dans le sang de 0,22 %. La limite permise pour conduire est de 0,08 % : le jeune homme dépassait largement ce taux ! Là encore, qu'est-ce qui l'aurait poussé à entrer dans l'eau jusqu'à ce qu'il se noie ?

Cette histoire me fait aussi penser à celle de Zachary Marr, 22 ans, disparu le 13 février 2016 à Boston, MA. Le portier du bar ne l'ayant pas laissé entrer, le jeune garçon a texté sa cousine pour lui demander de venir le rejoindre à l'extérieur afin qu'ils aillent ailleurs. Mais il ne l'a pas attendue : il s'est dirigé vers le marché public de Boston. Selon le rapport de police, à 1 h 44, les caméras de surveillance montrent Zachary qui « entre dans l'eau ». Les images ne sont pas disponibles, mais c'est littéralement ce qui est écrit dans le rapport de police. C'est tellement étrange ! Qu'est-ce que veut dire « entrer dans l'eau » ? Pourquoi aurait-il fait cela, alors que quelques minutes avant, il cherchait sa cousine ? Zachary a été retrouvé dans la rivière Charles ; cause de sa mort : accident.

Voici, pour terminer, deux dernières histoires semblables. D'abord, celle d'un étudiant de Cornell de 21 ans, Dustin D. Klingbergs. Le 4 novembre 1994, à 4 h du matin, il revient d'une fête. Lui et son ami de l'université marchent sur un chemin parallèle à un grand ravin, rempli d'eau. Sur la route, Dustin devient soudain désorienté et semble vouloir se diriger tout droit vers le ravin.

Son ami tente de l'en empêcher en agrippant ses vêtements, sans y réussir. Dustin se jette en bas.

Son corps est retrouvé environ trois heures plus tard.

Puis, un second cas. Joseph A. Gage, 31 ans, a été vu pour la dernière fois le 1er janvier 2013 en train de marcher sur le pont de Harvard, à Boston. Son ami et lui ont appelé un taxi ; au moment de monter, Joseph s'est retourné et s'est lancé en bas du pont, tout droit dans la rivière Charles.

Ces deux affaires m'intéressent particulièrement parce qu'elles nous donnent quelques indices sur l'*avant*-noyade et, honnêtement, ça donne des frissons ! On peut ainsi se poser la question : qu'arrive-t-il dans les autres affaires où l'attitude de la victime nous est inconnue ? Est-ce que, chaque fois, l'étudiant a un comportement étrange avant de disparaître ?

Dans la plupart de ces affaires, le rapport d'autopsie nous en dit très peu sur la mort des jeunes hommes. Nous savons que lorsque leur corps est retrouvé, on constate toujours que leur taux d'alcool dans le sang est assez élevé. Or, comme je l'ai mentionné au chapitre 1, ces taux peuvent varier pendant le processus de décomposition d'un corps, et encore plus lors d'une noyade. Je vais lancer une hypothèse... Supposons qu'en France et aux États-Unis, les jeunes étudiants boivent plus qu'ailleurs dans le monde : est-ce qu'ils auraient tous le réflexe de tomber ou de se jeter dans l'eau ? Il me semble que lorsqu'on prend bien le temps d'en lire un peu plus sur chacune de ces histoires, elles sont plus complexes que cela ! La cause de la mort est presque toujours la noyade accidentelle même quand, parfois, il n'y a pas d'eau dans les poumons de la victime. Lorsqu'on retrouve les jeunes hommes, ils sont normalement tous habillés et n'ont aucune blessure sur le corps. Dans tous les cas listés précédemment, il est évident que quelques-uns doivent être des suicides, mais qu'en est-il des autres ? Comme je l'ai déjà mentionné, la plupart des hommes mènent une bonne vie, n'ont pas d'historique de dépression ou autre… et disparaissent en un claquement de doigts!

Bien sûr, tous ceux qui analysent ces noyades se posent l'éternelle question: s'il s'agissait de meurtres? À Bordeaux et à Lille, on parle de *noyades en série*… Ne pourrions-nous alors faire face à un *tueur en série*? Ça me surprendrait beaucoup, ces noyades ayant parfois lieu la même journée, mais dans des États différents! De plus, dans tous les récits de disparitions, à aucun moment des témoins n'affirment avoir vu dans les parages une tierce personne qui semblait dangereuse. Par ailleurs, les victimes sont presque toutes assez athlétiques, donc capables de se défendre! Pourtant, dans quelques-unes de ces affaires, il semblerait que les jeunes hommes soient effrayés, voire menacés, avant de disparaître. Par exemple, je pense à Larry Andrews, disparu dans la nuit du 31 décembre 1998, à New York. Pendant la soirée, il a perdu de vue ses amis et a décidé de rentrer chez lui en train. Or, des témoins affirment l'avoir vu s'enfuir de la gare en courant, alors qu'il ne portait qu'un t-shirt. Son corps a été retrouvé, flottant dans la rivière East; cause de sa mort: noyade. Il y a aussi Chris Thiem, 19 ans, qui marchait et a fait signe à des voitures de patrouille de s'arrêter. Lorsque les policiers se sont approchés de lui, le jeune garçon s'est enfui en courant. Il a ensuite sauté par-dessus une clôture, frappé à la porte d'une résidence, puis a continué à courir. Son corps a été retrouvé quatre mois plus tard dans un champ, près de la rivière Wabash. Cause de sa mort: noyade. Enfin, Dan Zamlen, âgé de 18 ans, a crié « *Oh my God, help!* » alors qu'il parlait à sa copine au téléphone à 2 h 30 du matin; l'appel s'est ensuite terminé brusquement. On l'a retrouvé dans la rivière Mississippi un mois plus tard. S'il y a bel et bien un tueur, on peut alors se demander: est-ce que *ce tueur* serait en fait *des tueurs*, qui agiraient en groupe?

Le Smiley Face Killer

Cette idée m'amène à vous parler d'une théorie incontournable: celle du *Smiley Face Killer*. Plusieurs y croient, d'autres pas du tout, mais je vais tout de même vous l'expliquer pour que vous puissiez vous faire votre propre idée sur le sujet. Deux enquêteurs retraités de New York, Gannon et Duarte, se sont réellement interrogés sur la cause de la mort des victimes : s'agit-il vraiment de noyades ? Selon eux, les jeunes étudiants seraient plutôt victimes d'un ou de plusieurs tueurs en série faisant partie d'un même groupe. Leur théorie est assez polarisante dans le monde des faits divers. Plusieurs la trouvent complètement ridicule, d'autres pensent que cette hypothèse pourrait être plausible. Ils en sont venus à cette conclusion lorsqu'ils ont réalisé que, près des corps d'une douzaine de victimes retrouvées, un graffiti de bonhomme sourire était dessiné. Par exemple, Tommy Booth, 24 ans, qui a disparu d'un bar. Il a été retrouvé à plat ventre dans un petit ruisseau derrière l'établissement. Assez étrange, quand même, car cet endroit avait préalablement été fouillé de fond en comble ! Sur un quai, toujours situé derrière le bar, il y avait un graffiti de petit bonhomme sourire. Todd Geib, dont j'ai parlé plus tôt : sur un arbre, près du corps, il y avait aussi un tel dessin. Même que, plus tard, un autocollant de bonhomme sourire a été collé sur sa pierre tombale.

Les enquêteurs croient que la première victime de cette série serait le jeune Patrick McNeill, 21 ans, disparu le 17 février 1997 à New York. Il avait passé la soirée dans un bar avec ses amis mais, quelques heures plus tard, il n'allait vraiment pas bien. Il a donc décidé de prendre le métro jusqu'à son campus. Des témoins l'ont vu tituber vers la 2e Avenue et ont également remarqué qu'il était suivi par une camionnette blanche. Lorsqu'il s'arrêtait ou changeait de rue, le véhicule faisait de même. C'est après ce moment que le jeune homme a disparu. Son corps a été retrouvé un mois plus tard dans l'East River, il flottait près du Brooklyn Pier. La victime ne portait que ses jeans et ses chaussettes. Cause de sa mort : « indéterminée ». Taux d'alcool dans son sang : 0,16 %. Les policiers ont jugé qu'il était sûrement tombé du quai et qu'il s'était noyé.

Or, pour les enquêteurs Duarte et Gannon, ce n'est pas aussi simple. Le corps de Patrick montrait des traces de violence et des marques au poignet et au cou qui laissaient penser qu'il aurait été attaché. Ce cas est assez particulier, car c'est le seul où on peut clairement voir des traces de violence. Mais ce qui est intéressant ici, c'est l'enquête des policiers et leur conclusion hâtive affirmant que Patrick serait mort à la suite d'une chute accidentelle. Alors que, manifestement, il y a matière à investiguer ! Les enquêteurs en sont-ils aussi venus à une conclusion trop rapide dans d'autres affaires similaires ? Selon moi, Duarte et Gannon ont raison de vouloir creuser davantage... En effet, ils croient que Patrick aurait été jeté dans l'eau après sa mort, par un ou des tueurs. Lorsque les enquêteurs ont brossé un portrait des autres victimes qui ont suivi, ils étaient certains de leur théorie. Gannon l'explique ainsi :

« Ce que nous avons déterminé, c'est qu'il existe un gang bien structuré et organisé avec des cellules dans les grandes villes aux États-Unis, qui droguent, abusent et séquestrent leurs victimes pendant un certain temps avant de les tuer et de les jeter dans l'eau. »

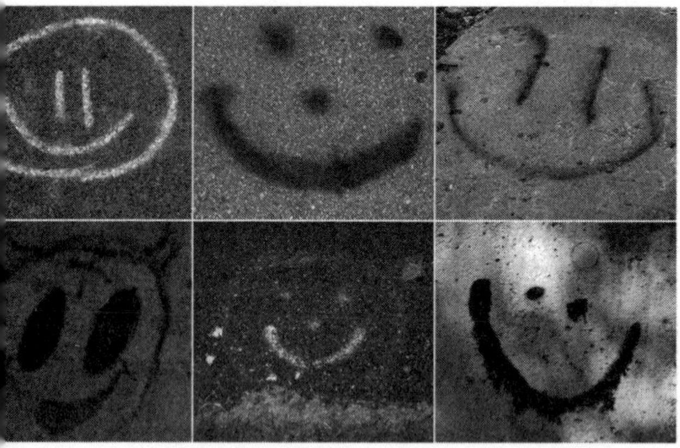

Toujours selon Duarte et Gannon, les tueurs, tous connectés, communiqueraient via le Dark Web sans jamais se faire attraper. Leur signature : ils dessinent un bonhomme sourire sur la scène de crime après leur meurtre.

Cette théorie est plutôt intéressante ; si on regarde la liste et qu'on attribue la majorité des cas au *Smiley Face Killer*, puis une douzaine d'autres au suicide pour finalement déterminer que les victimes restantes se sont, effectivement, noyées par accident, tout ça a beaucoup plus de sens. Et selon moi, la drogue est un élément primordial à considérer. Dans plusieurs des cas, les étudiants se rendent dans un bar pour prendre quelques bières et en ressortent complètement ivres, au point de vomir ! Parfois, le rapport d'autopsie détecte du GHB (voir le chapitre 1, la mort de Joey LaBute). Est-ce que ces jeunes étudiants seraient d'abord drogués, puis tués ? Toutefois, il y a quand même un aspect de la théorie de Duarte et de Gannon qui fait beaucoup de sceptiques… L'idée des graffitis est intéressante, mais les victimes sont toutes décédées à la fin des années 1990 et au début des années 2000. Le bonhomme sourire, ou *smiley face*, était vraiment à la mode à cette époque, on en trouvait partout ! Sans oublier que c'est l'un des graffitis les plus faciles à faire. Même sur le mur de ma douche embuée, je dessine toujours des bonshommes sourire ou des cœurs ! Faites le test : si vous habitez dans une grosse ville, allez vous balader. Je vous promets que vous verrez un bonhomme sourire dessiné sur un mur. Et puis, question technique, il faudrait aussi se demander pourquoi les tueurs ne se font jamais appréhender. Ni grâce à des témoins, ni à l'aide des caméras de surveillance, ni même par le recours à l'ADN. C'est difficile d'être un tueur en série si prolifique depuis 1990 et de n'avoir commis aucune erreur au cours de toutes ces années ! Maintenant, imaginez s'ils sont plusieurs tueurs dans un même groupe secret. Impossible que chacun d'entre eux soit aussi expérimenté dans les « meurtres parfaits » !

La théorie du *Smiley Face Killer* me fascine, certes, mais attendez de voir celle qui suit.

Qu'en est-il du paranormal ?

Certains internautes, aussi fascinés que moi par ce mystère, croient que les jeunes hommes sont hypnotisés par quelqu'un ou quelque chose dans l'eau. Le mot « sirène » a été mentionné dans quelques forums… Pensez-y bien, le même phénomène se produit dans différentes parties du monde, mais seulement dans certains pays et villes en particulier. Des exemples : Bordeaux et Lille en France; le nord et le Midwest des États-Unis ; même à Manchester, en Angleterre, où on parle du pousseur de Manchester. Dans les dernières années, plus de 85 hommes ont été retrouvés dans le canal de Manchester. On a également recensé plusieurs noyades de jeunes hommes en Colombie-Britannique, au Canada. Il n'y a certainement pas des tueurs en série, ou plutôt des pousseurs en série, dans chacune de ces villes, n'est-ce pas ? Donc, si on adhère à l'hypothèse du paranormal – oui oui, vous avez remarqué que parfois j'aime aller dans cette direction –, est-ce qu'il y aurait un genre de son que seulement les hommes d'un certain âge ou d'un certain profil pourraient entendre ? Ce son, qui serait produit dans les fleuves et les rivières de certains endroits du monde, serait tellement puissant et hypnotisant qu'il attirerait les victimes dans l'eau. Ce n'est pas si fou ! On sait que plusieurs fréquences sont inaudibles pour les humains. Par exemple, avant une avalanche, un infrason est émis. Or, les humains ne l'entendent pas. Il y a aussi des sons que, passé un certain âge, on ne peut plus entendre. Certains, même si nous ne les entendons pas, peuvent provoquer fatigue, nausées ou même vomissements. Est-ce qu'un son semblable pourrait expliquer ces morts étranges ?

* * *

Je pensais que, à la fin de ce chapitre, après toutes ces heures de recherches, j'aurais moi-même une meilleure idée de ce qu'il se passe dans ces régions du monde, que je pourrais privilégier une théorie plus qu'une autre. Malheureusement, ce n'est pas du tout le cas. Je suis encore plus impressionnée par ce phénomène que je l'étais auparavant. (Mes proches n'ont pas fini d'entendre parler de cette affaire…) J'ai l'impression que les possibilités sont infinies, pas vous ? Heureusement, je vous ai donné presque tous les outils pour vous permettre, vous aussi, de plonger dans ce mystère. À votre tour maintenant de vous y pencher. Saurez-vous le résoudre ?

13. L'EL DORADO JANE DOE – QUAND UNE CRIMINELLE MEURT, EST-CE QU'ON LA PLEURE AUSSI?

Roy Charles Menon sort de sa chambre de motel pour rendre des cassettes à son voisin, James. On est le 10 juillet 1991, dans la ville d'El Dorado, en Arkansas. Le motel est reconnu pour être un lieu de trafic de drogues et de prostitution, ce qu'on appelle « un motel de passe ». Or, James est en train de se disputer avec sa petite amie – une belle femme blonde, que Roy estime être dans la mi-vingtaine. Au milieu du stationnement, devant la chambre 121, le couple se lance des injures. La jeune femme tente de quitter les lieux, mais James, plus fort qu'elle, la frappe et lui ordonne : « Retourne dans la chambre, *bitch* ! » Il l'attrape par les cheveux et la fait entrer de force dans la pièce sinistre. Roy, habitué à voir ce genre de scène au motel Whitehall, retourne se réfugier dans la sienne. Il ne veut pas de problèmes. Il connaît bien le quartier ; mieux vaut ne pas se mêler d'histoires de la sorte. Soudain, un coup de feu retentit à travers les murs. Roy ne peut s'empêcher de regarder par la fenêtre de sa petite habitation. Il voit son voisin, James « Ice » McAlphin, monter dans sa voiture et s'enfuir. Roy ne le sait pas encore, mais James laisse derrière lui la belle femme blonde, sans vie.

* * *

Les meurtres irrésolus font partie du quotidien des policiers. En arrivant sur une scène de crime, ils doivent tenter de répondre à plusieurs questions : « Que s'est-il passé ? À quelle heure ? Quelle est l'arme du crime ? Qu'avons-nous comme éléments de preuve ? » Au fil de l'enquête, ils obtiennent quelques réponses. Mais ce qui reste le plus important pour eux, c'est LA question : « Qui est l'assassin ? »

LE COIN DES ENQUÊTEURS

LA SCÈNE DE CRIME VUE PAR UN ENQUÊTEUR DE LA SÛRETÉ DU QUÉBEC

Roger Ferland, enquêteur retraité de la SQ, m'a raconté un peu comment se passe l'arrivée des policiers sur une scène de crime. Selon lui, trois choses sont essentielles à faire en premier lieu : sentir, regarder et écouter. « Dès les premières minutes, tu dois te laisser imprégner par la scène de crime, par ce qu'elle représente. Elle parle, mais il faut la laisser parler et l'écouter, l'apprivoiser, la sentir… et surtout ne pas la contaminer. D'où l'importance d'observer sans toucher à rien et de faire passer avant nous le moins de monde possible. Les premiers qui devraient s'y rendre sont nos policiers techniciens en scène de crime. Ce sont eux qui vont prélever les traces et les indices qui deviendront éventuellement des *exhibits* ou des pièces à conviction pour la cour. » Des traces et des indices prélevés sur la scène de crime ne sont jamais révélés aux familles ou au grand public. Ces éléments secrets sont très précieux pour pouvoir repérer le ou les coupables.

Ensuite, il faut se poser les 3QCOP (Qui ?, Quoi ?, Quand ?, Comment ?, Où ? et Pourquoi ?). En anglais, on appellerait ça les 5WH (*Who, What, Where, When, Why* et *How*). Il est important de préciser que, parfois, il y a plusieurs *qui* et plusieurs *où*. Dans les premiers instants, le *comment* et le *pourquoi* sont inconnus. Malheureusement, ils peuvent le rester à tout jamais.

Roger Ferland m'explique aussi qu'un bon enquêteur doit être à la fois rationnel et émotif : « Si tu n'es pas émotif, seulement rationnel, tu peux passer à côté d'éléments importants. » On demande un minimum de cinq années d'expérience aux policiers avant qu'ils puissent devenir enquêteurs. Ils en ont besoin pour pouvoir réaliser une bonne enquête : « L'expérience, c'est la somme des erreurs non répétées », me confie Ferland.

Qu'est-ce qui arrive lorsqu'on connaît l'identité du meurtrier, mais pas celle de la victime ?

Femme sans vie retrouvée dans la chambre 121

Dans notre cas, la victime avait bel et bien un nom, des amies, un conjoint… Alors pourquoi est-ce que je vous raconte tout ça ? Un peu de patience… Une des amies de la belle femme blonde s'appelait Andrea Cooksey. C'est elle qui l'a trouvée dans sa chambre ; elle était devant le motel Whitehall lorsqu'elle a entendu le coup de feu. Elle connaissait

James, donc elle s'est immédiatement dit : « Ah non ! Il a pas fait ça ! » C'est lorsqu'elle a vu l'homme s'enfuir du motel qu'elle a compris que quelque chose de grave était arrivé. Elle s'est précipitée vers la porte 121 pour finalement découvrir l'horreur : son amie, dans une mare de sang, morte, au milieu d'une minuscule chambre de motel *cheap*.

Des policiers se rendent rapidement sur place pour évaluer la situation. La victime : femme blanche âgée de 18 à 30 ans ; yeux bleus et cheveux bruns, teints en blond ; 1 m 80, entre 68 et 72 kg ; taches de rousseur et cicatrice (ou tache de naissance) sous son sein gauche ; cinq perçages : deux dans l'oreille gauche et trois dans la droite. Elle a été tuée par balle à la tête quelques instants avant que l'on ne découvre son corps. Le rapport d'autopsie indique qu'elle avait aussi le cou cassé. Son assassin présumé est James McAlphin, un homme afro-américain de grande taille, arrêté quelques heures après le meurtre.

Andrea Cooksey parle de son amie aux enquêteurs. Ça ne fait pas très longtemps qu'elles se connaissent, mais elle peut livrer quelques détails sur elle. D'abord, la jeune femme s'appelle Cheryl Ann Wick ; elle travaillait comme strip-teaseuse avant de la rencontrer. Cheryl avait confié à son amie qu'elle avait deux enfants, mais que c'était sa mère qui s'en occupait. Andrea décrit aussi aux policiers la relation, plutôt toxique, de Cheryl et James. Ils s'étaient rencontrés à Dallas la même année, en 1991. Pour Andrea, Cheryl était quelqu'un de timide, gentil et au grand cœur. Or, elle sentait que son amie avait peur de James ; selon elle, la jeune femme restait avec lui car il possédait des informations sur elle. Andrea avait aussi l'intuition que son amie fuyait quelque chose. Cheryl lui avait confié que James était un homme violent. Elle avait dû se rendre à l'urgence à quelques reprises en raison de ses blessures. En juin, elle avait finalement pris la décision de rompre avec lui pour aller vivre chez Andrea. Mais même alors, James continuait à la harceler et à lui faire des menaces. Le 10 juillet, ils avaient rendez-vous à cette chambre 121 : James lui avait promis de lui donner de l'argent. Elle avait accepté ; elle voulait se servir de cet argent pour envoyer des cadeaux à ses enfants. Malheureusement, c'est au détriment de sa propre vie que Cheryl a fait confiance à James.

La violence conjugale

Même si ce n'est pas sous cet angle que j'aborderai cette affaire criminelle, je ne peux m'empêcher de penser à la violence qu'a subie Jane Doe. La pauvre jeune femme craignait son ex-copain. Il la harcelait, la menaçait et la battait tellement qu'elle a dû se rendre à l'hôpital. Quand, finalement, Jane réussira à mettre un terme à cette relation, James la tuera.

Lorsqu'une femme est en situation de violence conjugale, le fait de terminer la relation ne la délivrera pas de la peur et de l'emprise de son conjoint. Bien au contraire. Après une rupture, la femme et ses enfants sont souvent *davantage* en danger. Malheureusement, de nombreuses histoires de violence conjugale se terminent de façon dramatique lorsque la conjointe trouve le courage de quitter son bourreau.

Je pense, entre autres, à Sheryl Sheppard, de l'Ontario, qui a disparu en 1997 après une dispute avec son conjoint Michael Lavoie. Ou à Nathalie Champigny, dont j'ai parlé dans le tome 1 de mon livre (*Gardez l'œil ouvert*), qui a disparu de Cowansville en 1992 après avoir rompu avec son copain, Kelly Whittier. Ou encore à Delphine Jubillar, une Française portée disparue depuis 2020, après avoir consulté une avocate pour entamer des procédures de divorce. Malheureusement, je ne peux pas nommer toutes les victimes de féminicides, il y en a beaucoup trop. Au Canada, une femme par semaine est tuée par son conjoint. Aux États-Unis, trois femmes sont assassinées chaque jour, dont une sur trois par son partenaire. Une façon de faire baisser ces chiffres catastrophiques serait bien sûr de faire plus de prévention au sujet de la violence conjugale. Il faudrait que, dès l'école primaire, les jeunes soient conscientisés. Ce serait aussi important que les forces de l'ordre soient davantage formées sur la façon d'intervenir lors de situations de détresse et de crise.

Casse-tête de mille pièces (d'identité)

Le Service de police d'El Dorado prend en charge l'affaire. La lieutenante-détective Cathy Philipps plonge dans l'enquête. Avec ses collègues, elle inspecte les effets personnels de Cheryl et découvre quelques objets lui appartenant : une bible, un journal intime, des prospectus de lieux divers, et une pièce d'identité à son nom, Cheryl Ann Wick, de l'Arkansas. Maintenant qu'ils peuvent l'identifier, les enquêteurs doivent procéder à une tâche qu'ils redoutent toujours : communiquer avec les parents de la victime pour leur annoncer son décès. « Votre fille Cheryl a été assassinée. » Le couple reçoit la nouvelle avec énormément de tristesse, une tragédie vient de s'abattre sur leur famille. Les Wick téléphonent ensuite à leur autre fille pour lui annoncer l'horrible nouvelle. Après des pleurs incessants, celle-ci décide d'appeler chez sa sœur. Or, sa surprise est de taille lorsque c'est Cheryl elle-même qui répond au téléphone !

— Hein, t'es pas morte ?

— Bah non, je vais bien !

Les enquêteurs ne comprennent pas la situation à laquelle ils font face. Pourquoi leur victime possédait-elle la carte d'identité d'une autre femme ? Ont-ils affaire à une histoire de vol d'identité ? Ils interrogent la vraie Cheryl Ann Wick ; elle leur raconte qu'elle croit s'être fait voler son identité alors qu'elle travaillait comme strip-teaseuse pour la compagnie Party Time, à Minneapolis. Sur place, la lieutenante-détective interroge les propriétaires et les employés : « Connaissez-vous la femme sur la photo ? » Négatif. Cathy Philipps, qui est elle aussi maman, est animée par un fort désir de retrouver l'identité de la victime. Malgré les difficultés, elle poursuit donc ses recherches en espérant pouvoir trouver un dénouement : « Je veux conclure cette enquête et donner un sentiment de paix à sa famille », affirme-t-elle.

Les détectives inspectent minutieusement la bible trouvée sur place. Est-ce qu'une photo, un numéro de téléphone, des notes manuscrites pourraient les éclairer sur le passé de Jane Doe ? Justement, à l'intérieur de l'ouvrage, plusieurs noms sont inscrits, tous portant le même patronyme : Stroud. Qui sont ces gens-là et pourquoi cette Jane Doe avait-elle cette bible avec elle ? Philipps suit cette piste et découvre qu'il s'agit d'une famille d'Afro-Américains vivant dans la ville d'Irving, au Texas. Il suffira d'un appel téléphonique et de quelques questions pour obtenir des réponses. Les Stroud expliquent que cette femme a vécu chez eux pendant quelque temps, mais qu'il n'existait aucun lien familial entre eux. La victime leur avait aussi affirmé s'appeler Cheryl et venir de la Louisiane. Elle avait raconté s'être enfuie de la maison quand elle était plus jeune.

Et le journal intime de Jane Doe ? Pouvait-il apprendre quelque chose aux enquêteurs ? En fait, ce qui y figurait n'était pas très révélateur, mais deux noms revenaient à plusieurs reprises : Tyrone et Gail, un homme et une femme dont on ignore également l'identité.

17 août 1990.
Je croyais qu'on partirait ce matin, mais on n'a pas eu cette chance. Gail est rentrée à la maison aujourd'hui, elle ne semblait pas trop contente de voir que nous étions toujours là. Tyrone lui a donné 100 $. Il n'arrive pas à faire fonctionner sa stupide VW, il ne sait pas quoi faire. Je veux juste aller au Texas et commencer à travailler. Gail part demain pour Fiesno, sa grand-mère a fait une crise cardiaque. Bon, je vais dormir. Bonne nuit.

Toujours dans son journal, le 16 août 1990, la victime parle de son petit ami :

Oh, merci mon Dieu ! Il m'a enfin parlé ce matin. Je ne peux pas y croire. Il a dit qu'il était désolé et qu'il était allé trop loin dans ses propos. Je suis tellement amoureuse de lui. Je suis heureuse qu'on tente d'arranger les choses. On a passé du bon temps ce matin… Hi… Hi… Hi…

Toutefois, on ne sait pas si elle faisait allusion à James McAlphin ou à un autre copain.

Que dire maintenant des prospectus ? En les feuilletant, les enquêteurs découvrent qu'ils viennent de divers endroits au pays. Il y a notamment un petit livret du studio d'enregistrement Boyd à Wylie, au Texas, et d'autres publicités de restaurants de la ville de Norfolk, en Virginie : Phillips Waterside, The Raven et Worrell Brothers. Ainsi, Philipps et son équipe savent maintenant que leur Jane Doe a beaucoup voyagé, mais ils ne connaissent toujours pas son identité. Il leur faut donc se tourner vers la seule personne qui a peut-être des informations sur cette femme : son ex petit ami, James.

Au poste de police, lors de l'interrogatoire, James prétend d'abord ne pas avoir tué sa copine. Il dit qu'elle s'est suicidée, qu'il n'est pas responsable de sa mort. Malgré tout, il est inculpé pour le meurtre au second degré de Jane Doe. Grâce à un plaidoyer de culpabilité, il est finalement condamné à 15 ans de prison. Durant le processus d'enquête, lorsque Cathy Philipps l'interroge, James affirme qu'il possède toutes les informations permettant d'identifier la victime. Mais il demande 4000 $ en échange. Doutant de la véracité de ses propos, les policiers refusent et décident de poursuivre leur propre investigation.

Jane Doe : une criminelle en cavale

Le motel Whitehall où Jane Doe a été retrouvée était un lieu de rencontre pour les travailleuses du sexe. Les patrouilleurs allaient régulièrement y faire leur tour. Si Jane Doe se tenait à cet endroit, est-ce qu'elle aussi trempait dans le milieu de la prostitution ? Eh bien, leur intuition a porté ses fruits : en fouillant bien dans les dossiers et les archives, les enquêteurs font une heureuse et étonnante découverte. Jane Doe, ou plutôt Cheryl Ann Wick, a été arrêtée à El Dorado en mai 1991, deux mois avant sa mort, pour falsification de chèques. Avec ce dossier criminel sous la main, les enquêteurs ont ensuite contacté les services de police des villes déjà visitées par leur victime. Puisque James et la victime se sont rencontrés à Dallas, les enquêteurs s'y rendent dans l'espoir d'en apprendre plus. Cathy Philipps montre alors la photo *post mortem* de la victime ainsi que sa photo d'identité judiciaire. Est-ce que les policiers locaux la connaissent ? Après vérification, ils ont pu confirmer que cette dernière avait bel et bien été arrêtée pour prostitution à Dallas le 31 décembre 1990, au motel La Casita, un autre lieu de prostitution connu de la police. Jane Doe a de nouveau été arrêtée le 26 janvier 1991, puis le 8 février 1991 dans un motel à Garland, au Texas,

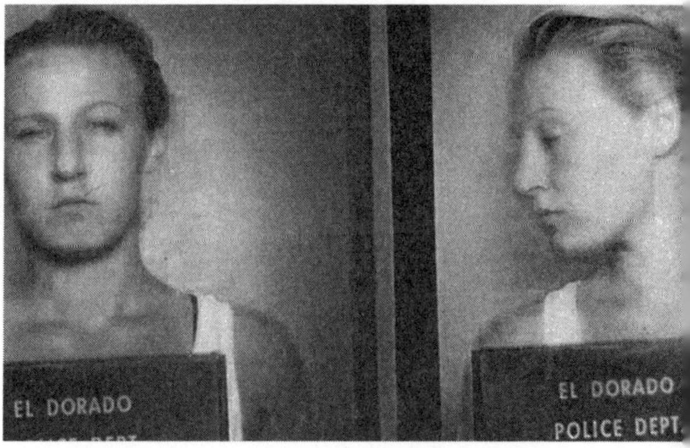

pour outrage public à la pudeur. Dans le rapport d'arrestation, les détectives font une découverte choquante. La personne arrêtée ne s'appelait pas Cheryl Ann Wick… elle portait un autre nom ! Ainsi, lorsqu'elle vivait à Dallas, Jane Doe était connue sous l'identité de Kelly Lee Carr.

En fait, plus l'enquête avance, plus les policiers découvrent de nouveaux noms utilisés par Jane Doe tout au long de sa vie : Cheryl Ann Wick, Kelly Carr, Kelly Karr, Sharon Wiley, Shannon Wiley, Cheryl Kaufman et Mercedes. Pour chacun d'eux, elle inventait une nouvelle histoire, un nouveau passé, qu'elle modulait et transformait au fil des années.

La lieutenante-détective tente ensuite de retrouver des personnes qui auraient déjà croisé Jane Doe, qui lui auraient parlé. Justement, un employé de l'Armée du Salut d'El Dorado se souvient d'elle. Celle-ci, qui fréquentait parfois son commerce, s'était confiée à l'un des employés : elle avait une fille dont on lui avait retiré la garde. Elle ne pouvait plus la récupérer car elle utilisait un autre nom. Pourtant, si on se rappelle, Jane Doe avait dit à son amie Andrea qu'elle avait deux enfants, et non juste un. Lorsque l'employé de l'Armée du Salut a demandé à Jane Doe d'inscrire son adresse dans le registre, elle a écrit le 1100 rue Cadiz, à Dallas. Les enquêteurs ont découvert qu'il s'agissait de l'adresse d'un refuge de sans-abri. Malheureusement, il a été impossible de vérifier si elle était déjà restée à cet endroit, les registres du refuge ayant été détruits. Par ailleurs, Philipps découvre que, selon ses dires, Jane Doe aurait vécu dans les villes de Dallas, au Texas, de Shreveport, en Louisiane, et de Little Rock, en Arkansas, pour finalement arriver à El Dorado. Elle a raconté avoir grandi en Floride, mais avoir quitté le pays lorsqu'elle avait 16 ans. Là encore, on peut observer une contradiction dans ses propos. En effet, Jane Doe avait affirmé à la famille Stroud qu'elle avait fugué de la Louisiane et non de la Floride. Ainsi, au fil de l'enquête, les policiers se rendent compte que la tâche d'identifier Jane Doe est de plus en plus ardue. Parmi toutes les informations recueillies, laquelle est la bonne ? Comment distinguer la vérité du mensonge ? Par exemple, Jane Doe a aussi affirmé à certaines personnes qu'elle était dans le Programme de protection des témoins à cause de son père, un membre haut placé de la mafia. Cette histoire est intéressante, car elle expliquerait bien ses différentes identités et ses voyages précipités. Or, elle a aussi avoué à d'autres personnes qu'elle était recherchée par la police à la suite d'un cambriolage de banque sur la côte est du pays. Toutes ces hypothèses, aussi rocambolesques les unes que les autres, ont été examinées par Cathy Philipps, qui n'a jamais pu en confirmer une. L'enquête a montré que Jane Doe aurait aussi occupé différents emplois dans toutes ces villes. À Dallas, elle aurait travaillé comme prostituée, ainsi que dans un restaurant de la chaîne KFC. À Little Rock, elle était strip-teaseuse. Elle aurait fait ici et là de petits braquages aux États-Unis ; accompagnée d'un homme, elle se rendait dans des aires de repos sur le bord des autoroutes et attirait les camionneurs pour les cambrioler. Elle a même dit avoir tué un homme lors d'un de ces vols. Si ce qu'elle a affirmé est vrai, la police suspecte Jane d'être impliquée dans le meurtre irrésolu du camionneur Dwayne McCorkendale, tué le 12 novembre 1988 en Oklahoma. Les policiers croient à cette histoire car, selon les témoins, une femme blanche accompagnée d'un homme noir avaient été aperçus près de la scène de crime.

Revenons à James McAlphin. Ce dernier a tout de même donné quelques indices aux policiers. Par exemple, il affirme que Jane Doe était plus vieille que lui et qu'elle utilisait des alias car elle avait honte de son passé. Il raconte aussi qu'elle vivait dans la rue depuis l'âge de 16 ans. C'est également dans ces années-là qu'elle aurait rencontré un homme de qui elle est tombée profondément amoureuse. Celui-ci l'aurait forcée à se prostituer dans la région de Dallas. Jane Doe serait aussi sortie avec un homme nommé Jeffrey JJ Davis, qu'elle aurait laissé pour son proxénète, Tyrone. Or, malgré toutes ces informations, les policiers sentent que le témoignage de James n'est pas 100 % fiable. C'est probablement pour cette raison qu'ils ont refusé de débourser la somme de 4000 $ en échange d'autres informations.

Fort Worth Three

Selon James, connaître l'identité de Jane Doe pourrait permettre aux enquêteurs de résoudre d'autres affaires. Par exemple, il affirme que son ex-copine aurait été très amie avec les jeunes filles de l'affaire Fort Worth Three, qu'elles étaient comme des sœurs. Fort Worth Three fait référence à une affaire de disparitions très célèbre aux États-Unis. Le 23 décembre 1974, Mary Rachel Trlica, 17 ans, son amie Lisa Renee Wilson, 14 ans, et la petite Julie Ann Moseley, 9 ans, ont disparu alors qu'elles faisaient leurs emplettes des fêtes dans la ville de Fort Worth, au Texas. L'affaire n'a jamais été résolue, mais on soupçonne que les trois filles ont été kidnappées. Selon James McAlphin, Jane Doe aurait grandi avec elles, en captivité, dans la région de Dallas/Fort Worth. Il prétend aussi que, à l'âge adulte, elles auraient toutes choisi le travail du sexe, mais que la plus jeune, Julie Ann Moseley, serait décédée lors d'un accouchement. Personnellement, la disparition des trois filles de Fort Worth m'a longtemps fascinée. En effet, j'ai toujours pensé que le copain de Mary Rachel était impliqué dans l'enlèvement et qu'il l'aurait obligée, sans doute avec les deux autres, à se joindre à un réseau de prostitution. Or, s'il l'a fait avec elles, il aurait très bien pu le faire avec d'autres encore. Pourquoi pas une jeune fugueuse comme Jane Doe? Ainsi, le lien entre l'affaire de Fort Worth Three et l'El Dorado Jane Doe n'est pas totalement tiré par les cheveux, car les dates et les lieux concordent. Mais pour les policiers, malheureusement, aucun moyen de le prouver...

Qui est donc El Dorado Jane Doe?

Le temps passant, Internet s'est emparé de cette affaire et de nombreuses théories ont été élaborées. Certains disent que Jane Doe travaillait dans le milieu de la prostitution afin d'envoyer de l'argent à ses enfants. D'autres affirment qu'elle est née d'une mère monoparentale et d'un père inconnu, ce qui explique pourquoi il est si difficile de l'identifier aujourd'hui. Selon les calculs des détectives, elle serait née entre 1960 et 1973. Avec ces informations, on peut cibler quelques jeunes femmes portées disparues depuis les années 1980 qui, en vieillissant, pourraient ressembler à Jane Doe. Chacune d'entre elles a les cheveux bruns et les yeux bleus. Voici la liste.

Amy Sue Pagnac a disparu au Minnesota en 1989, à l'âge de 13 ans. Elle s'est volatilisée dans une station-service alors que son père s'était arrêté pour aller aux toilettes. Elle a une petite cicatrice de forme circulaire sur son genou gauche, tout comme Jane Doe.

Terri Lynn Fregia serait aussi une bonne candidate. Elle a disparu au Texas en 1989 à l'âge de 23 ans.

Judy Gail Jurgens a disparu au Minnesota en 1982, à l'âge de 18 ans. Elle a dit à ses parents qu'elle partait pour le Texas avec un ami. Celui-ci est revenu, mais elle, non.

Kristy Lynn Booth, 19 ans, a disparu en 1980 au Texas alors qu'elle se trouvait dans une discothèque avec des amies. Cependant, ici, selon moi, l'histoire ne concorderait pas avec celle de Jane Doe car Booth aurait été victime de meurtre, même si on n'a jamais pu le confirmer.

Mary Michelle Sprague est aussi une candidate intéressante. Elle a disparu en Floride en 1979, à l'âge de 19 ans. Elle était strip-teaseuse et avait un fils.

Eva Marie Ridall, de Floride, a fugué en 1977 à l'âge de 15 ans. Tout comme Jane Doe, la jeune fille avait l'habitude d'utiliser des noms différents comme Aubrey, Natasha ou Victoria. Elle aimait aussi teindre ses cheveux bruns en blond.

Dorothy Scofield, 12 ans, a disparu en Floride en 1976. Les autorités croient qu'elle aurait été kidnappée en sortant du centre commercial. Enfant, Dorothy ressemblait beaucoup à Jane Doe.

Lillian Annette Anderson, 11 ans, a disparu de la Floride en 1974 en compagnie de sa sœur, Mylette. Tout comme Dorothy, elle ressemblait également beaucoup à Jane Doe.

En 2019, une femme vivant en Alabama a été contactée : le profil d'ADN de Jane Doe, publié sur GEDmatch.com, un site Web de généalogie, correspondait au sien ; c'était sa petite-cousine. Cette dernière ne connaît pas Jane Doe, mais en regardant des photos d'elle, elle peut voir les ressemblances avec ses proches.

Voici un message qu'elle a écrit sur Facebook en 2019, en lien avec l'affaire : « Bonjour tout le monde. Pour commencer, j'aimerais dire merci à toutes les personnes ici qui ont collaboré à l'affaire El Dorado Jane Doe (EDJD). Je sais que quelques-uns d'entre vous ont vu la publication de ma mère, Tina, sur son Facebook personnel et que vous avez des questions. Malheureusement, nous n'avons pas beaucoup de réponses. La semaine dernière, nous avons été contactés par la détective Cathy Philipps ; selon elle, notre ADN correspondrait à l'EDJD. C'est très probable qu'elle soit ma petite-cousine. Nous tentons de convaincre des membres de notre famille éloignée de faire les tests d'ADN afin qu'on puisse découvrir qui elle est. Il semblerait qu'elle soit la fille illégitime d'un homme de notre famille. Nous faisons tout en notre pouvoir pour collaborer avec la détective Cathy et son équipe pour identifier l'EDJD et nous espérons plus que tout pouvoir lui redonner son nom très bientôt. Pour le moment, ma famille et moi l'appelons avec amour « Memory ». Je vous demande, s'il vous plaît, de respecter notre vie privée. C'est une semaine difficile et épuisante pour ma famille entière. Je promets que lorsque j'en saurai plus, je vous tiendrai au courant. »

LE COIN DES ENQUÊTEURS

LES SITES D'ARBRES GÉNÉALOGIQUES

Les sites comme GEDmatch.com, Ancestry.com ou 23andme.com, pour ne nommer que ceux-là, sont de plus en plus utilisés par la police. Ils aident aussi grandement dans l'identification des John/Jane Doe, parce qu'ils permettent de trouver des correspondances avec des membres de leur famille. GEDmatch.com a été rendu célèbre en 2018 grâce à sa base de données généalogiques qui a facilité l'identification du *Golden State Killer*, le fameux tueur en série qui a terrorisé la Californie de 1970 à 1980. Les policiers, qui avaient déjà son profil d'ADN, l'ont publié sur le site et ont trouvé une correspondance avec un autre membre de sa famille qui, lui aussi, avait publié le sien. Ainsi, le *Golden State Killer*, un ancien policier nommé Joseph James Angelo, a été capturé, 40 ans plus tard, après ses meurtres, à l'âge de 72 ans.

Bien que ces sites aident à la résolution de *cold cases*, on peut toutefois se poser des questions sur l'éthique et l'atteinte à la vie privée derrière cette pratique. Malheureusement, aucune loi n'interdit aux policiers de se servir de cette technologie, car la plupart des entreprises qui offrent ce service sont privées et ont leurs propres règles. Par exemple, à la suite de l'identification du *Golden State Killer*, le site GEDmatch.com s'est énormément fait critiquer quant à ses règles en matière d'éthique. Comment peut-on donner aux policiers l'accès à l'ADN d'un individu, l'information la plus sensible et la plus secrète ? Les dirigeants ont donc finalement décidé de changer leur politique et d'en restreindre l'accès aux forces de l'ordre.

* * *

L'El Dorado Jane Doe est une femme dont le mystère ne cesse de troubler non seulement les policiers de l'Arkansas, mais aussi tous les *websleuths*. Qui était-elle et pourquoi n'est-elle toujours pas identifiée ? Nous avons son profil d'ADN, ses empreintes digitales et même plusieurs photos d'elle. Tout ce qu'il nous manque, c'est... son nom. Pourquoi, depuis plus de 30 ans, ne savons-nous toujours pas qui elle est ? Serait-ce parce qu'elle était une travailleuse du sexe ? Son métier ferait-il d'elle une criminelle plutôt qu'une victime ? Serait-ce la raison pour laquelle les gens sont moins portés à lui donner un nom ?

Ce que nous savons, c'est qu'elle avait de beaux yeux bleus et qu'elle aimait sourire à pleines dents sur ses photos. Elle s'était fait plusieurs amis partout au pays et chacun d'eux disait qu'elle avait un grand cœur. Nous savons aussi que, comme plusieurs femmes, Jane Doe pratiquait un emploi risqué qui l'a menée à sa mort de façon terriblement injuste. Qu'elle soit Mercedes, Jane ou Cheryl, cette femme mérite qu'on lui redonne son nom, pour qu'elle repose enfin en paix.

14. LA MAFIA RUSSE, UN *STALKER* ET DES VAMPIRES – COMMENT SUSAN WALSH S'EST VOLATILISÉE DANS NEW YORK

Dans une ville comme New York, qui compte plus de huit millions d'habitants, il y a des histoires fascinantes à tous les coins de rue. Chaque New-Yorkais relate sa propre anecdote dans un taxi jaune, devant le comptoir d'une pizzéria, assis dans un parc public ou devant un pub de quartier. En se promenant dans les rues animées de la ville, il est facile de se laisser distraire par une femme qui raconte son dernier rendez-vous galant à ses trois amies ou par un homme qui se souvient du jour où il a survécu au 11 septembre.

* * *

Susan Walsh, elle aussi, avait un million d'histoires à raconter : par exemple, la fois où elle a enquêté sur une secte de vampires buveurs de sang, ou bien celle où elle s'est fait menacer de mort par la mafia russe. Elle pourrait en dire long sur sa carrière de strip-teaseuse, sur les nombreux hommes qui la *stalkent*, sur son divorce houleux ou même sur ses changements d'humeur résultant de sa bipolarité. Susan Walsh avait beaucoup de choses à dire, elle en avait même fait sa profession. Malheureusement, on ne lui a pas donné le temps de tout révéler… Ce chapitre racontera l'histoire de cette brillante journaliste, avalée par New York.

Susan Walsh : de strip-teaseuse à journaliste

Avant d'aborder sa disparition – Susan Walsh (née Young) a 36 ans au moment où elle se volatilise –, essayons d'en apprendre un peu plus sur cette femme. Née le 18 février 1960, elle rêve, depuis qu'elle est enfant, d'être poète. Elle a toujours été une femme fonceuse. Elle a donc suivi ses rêves et a étudié l'écriture à l'Université William Patterson, où elle travaillait aussi pour le journal étudiant. En 1984, elle s'est mariée avec Mark Walsh, le frère du célèbre guitariste et chanteur Joe Walsh du groupe rock Eagles. L'année suivante, Mark et Susan ont donné naissance à un garçon, David. Elle a finalement reçu son diplôme en 1988 et a commencé sa carrière de journaliste indépendante, un milieu très compétitif, surtout dans la grande métropole de New York.

Pour payer ses études, Susan travaillait comme strip-teaseuse à temps partiel. Elle aimait bien le style de vie et l'argent facile qui venaient avec le métier. Néanmoins, le fait de danser comportait quelques côtés négatifs. Elle avait développé des problèmes de consommation d'alcool et de drogues, substances qui l'aidaient à supporter son travail… Lorsqu'elle a obtenu son diplôme universitaire, elle a décidé d'abandonner sa carrière de danse pour se consacrer au journalisme à temps plein.

Au moment de sa disparition, elle avait cessé de consommer depuis presque 11 ans. Divorcée de Mark depuis les années 1990, Susan vivait avec son fils de 12 ans dans une petite maison à Nutley, au New Jersey. Son ex-mari partageait la maison avec elle ; il vivait à l'étage du bas et Susan, celui du haut. L'ancien couple avait conclu un marché : elle pouvait emprunter le téléphone de Mark, et lui pouvait se servir de la cuisine en haut.

Après son divorce, la jeune femme avait dû recommencer à danser à temps partiel dans les bars. Comme sa carrière de journaliste était trop instable pour suffire à ses besoins et à ceux de son fils, la danse l'aidait à arrondir ses fins de mois. Or, maintenant rendue mère, elle n'y trouvait plus aucun plaisir. Elle était désenchantée de ce travail et de l'industrie du sexe. Elle en avait marre de ses patrons et était dégoûtée des clients qui venaient la voir, soir après soir. Elle avait déjà écrit : « Couchée sur les bancs de la salle d'essayage, je passe en boucle des images dans ma tête, moi qui tranche un pénis enflé avec une lame, le découpant en morceaux comme un concombre pour une salade. » Selon ses proches, la jeune femme n'était pas là où elle voulait être dans la vie. À leurs yeux, elle semblait désabusée. Serait-ce l'une des raisons qui l'auraient incitée à disparaître ?

Mais la vérité, c'est que les choses ne sont jamais aussi simples. La disparition de Susan Walsh est très énigmatique. La journaliste avait une vie vraiment fascinante, mais plutôt mouvementée et très complexe. De plus, elle éprouvait des problèmes de santé mentale, avait des ennemis en raison de ses enquêtes journalistiques poussées et avait développé des problèmes de dépendance. Laquelle de toutes ces pistes est la bonne ? C'est ce que nous allons essayer de découvrir ensemble.

La journée des événements (Mark Walsh *versus* Susan Walsh)

Commençons par la dernière journée où Susan a été vue. Voilà la version des faits officielle : l'avant-midi du 16 juillet 1996, Susan a demandé à son mari de s'occuper de leur fils pendant une trentaine de minutes, maximum. Elle avait quelques appels à faire à partir de la cabine téléphonique qui se trouvait de l'autre côté de la rue. La journaliste a laissé tous ses effets personnels derrière elle : son portefeuille, ses clés, son téléavertisseur et sa médication pour la bipolarité. Tout semble indiquer qu'elle pensait, en effet, rentrer très vite à la maison.

Mais elle n'est jamais revenue.

Le lieutenant-détective du Service de police de Nutley, Steven Rogers, qui est affecté à l'affaire, se pose des questions sur ce qui est réellement arrivé : « Personne ne l'a vue sortir de sa maison. Personne ne l'a vue dans la cabine téléphonique. » Voilà d'intéressants commentaires. Les policiers ont bien vérifié : l'avant-midi du 16 juillet, il n'y a eu aucun appel sortant de la cabine téléphonique en question. Or, un employé de la pizzéria d'en face affirme qu'il a vu Susan rentrer chez elle après son appel. Cela voudrait-il dire qu'elle aurait disparu juste après ? À l'intérieur de sa propre maison ? Mais attention : comme je l'ai mentionné au chapitre 7, on ne peut pas toujours se fier aux témoins oculaires, dont les souvenirs peuvent être altérés. Ici, dès les premiers instants de l'enquête, les policiers font face à d'importantes contradictions des témoins.

Mark Walsh, l'ex-mari, a été interrogé et a vite été éliminé comme suspect. Lorsque la maison de Susan a été fouillée, un indice a attiré l'attention des enquêteurs. Sur le calendrier, la page du mois de juillet avait été arrachée. Sachant que seulement le fils de Susan et Mark avaient accès à ce contenu, pourquoi la jeune femme aurait-elle voulu cacher ses rendez-vous du mois de sa disparition ? Est-ce que quelqu'un d'autre aurait arraché la page ? Plusieurs internautes et amies de Susan croient que son ex-mari pourrait être impliqué dans sa disparition, voire son meurtre...

Examinons cette piste. En effet, même s'ils vivaient pratiquement sous le même toit, Susan et Mark se disputaient fréquemment. Avant de disparaître, elle avait menacé son ex-mari qu'elle déménagerait en Floride avec leur fils. Selon son amie Melissa, la jeune mère avait tout planifié : elle avait un nouvel emploi qui l'attendait et souhaitait recommencer sa vie. Pour Mark, il n'était pas question qu'on amène son fils aussi loin. Tous ces changements à venir pourraient certainement servir de mobile pour un meurtre. Melissa se souvient également que le jour de la disparition de Susan, elle était allée lui rendre visite en après-midi. David et Mark venaient tout juste de rentrer du magasin Staples. Ce qui lui avait paru étrange, c'est qu'en cette journée très chaude de juillet, les portes et les fenêtres étaient toutes fermées alors qu'habituellement Susan aimait les laisser ouvertes. Melissa croit qu'il s'est passé quelque chose dans cette maison. En effet, on peut légitimement s'interroger puisque, même si la résidence de Susan a été inspectée, Mark a refusé que les enquêteurs fouillent la partie où il vivait, soit l'étage du bas. D'ailleurs, si, dans les premiers jours de l'enquête, il acceptait de collaborer avec la police, il a bien vite cessé de répondre à leurs questions et a engagé un avocat.

Des rumeurs troublantes

Comme ce cas date de 1996, il n'y a malheureusement pas beaucoup de nouvelles récentes sur le dossier. L'émission *Unsolved Mysteries* avait consacré un épisode complet à cette affaire. À la suite de la diffusion, les spectateurs pouvaient émettre des commentaires sur le site Web de l'émission en proposant leurs théories ou, le cas échéant, de nouveaux indices. Une explication très intéressante a été laissée par un certain Sam Frank.

«J'ai suivi cette affaire durant des années. Je suis né et j'ai vécu toute ma vie à Nutley. Je n'ai jamais connu Susan Walsh, mais je me souviens quand c'est arrivé. Le frère de son ex-mari Mark m'a raconté une histoire bien intéressante sur cette affaire. Plusieurs années après sa disparition, j'ai rencontré le frère de Mark lorsqu'il a commencé à travailler dans la même compagnie que moi. Une amitié a débuté, et elle a duré des années, jusqu'à ce qu'on perde contact après notre démission respective. Un jour, je lui ai demandé ce que, selon lui, il était arrivé à Susan. Voici sa version.

«Le couple s'était séparé; Susan vivait avec son fils, David, dans l'appartement du haut pendant que Mark habitait dans une chambre au sous-sol. Tout ce qu'il avait était un lit, une commode, un téléphone et quelques effets personnels. Susan descendait souvent dans sa chambre pour utiliser son téléphone, mais il ne lui donnait pas la permission d'appeler ses copains ou ses vendeurs de drogue. En échange, elle l'autorisait à monter et à utiliser la cuisine pour préparer ses repas. Le jour de sa disparition, Susan s'est disputée avec son ex à propos de l'utilisation du téléphone, raison pour laquelle elle est sortie pour se rendre à la cabine téléphonique. Lorsqu'elle est revenue, elle n'est pas allée chez elle mais à l'étage du bas où Mark et elle ont continué de se disputer. Dans un élan de rage, il s'est emparé d'un poêlon et l'a frappée à la tête, ce qui l'a tuée. Ce n'était pas intentionnel, mais c'était tout de même un meurtre. Il a caché son corps dans le sous-sol et [...] a emmené David au Staples. Plus tard cette nuit-là ou tôt le matin, Mark a transporté le cadavre dans un parc où il avait l'habitude de faire de la randonnée et s'en est débarrassé. Il est retourné chez lui puis, plus tard dans la journée, a signalé sa disparition.

«Il m'a aussi dit que Mark n'avait pas beaucoup d'argent et que lorsqu'il a visité son frère, environ une semaine avant la disparition, Mark lui avait montré un nouveau poêlon qu'il venait d'acheter et lui avait dit à quel point il était cher. Quand mon ami est allé visiter son frère après la disparition de Susan, il a remarqué que le poêlon avait disparu. Lorsqu'il a posé des questions à Mark, celui-ci a répondu qu'il l'avait seulement égaré. Il m'a aussi dit que Mark avait enlevé la page du calendrier car il y avait quelque chose d'écrit qu'il ne voulait pas que les policiers voient. Je ne savais pas quoi faire de cette histoire, mais je lui ai suggéré d'aller à la police s'il était si sûr que Mark avait commis ce meurtre. Il m'a répondu qu'il y était allé et qu'il avait tout révélé à un détective. Une enquête serait ouverte, et ils resteraient en contact. [...]

Il m'a dit que son frère était devenu distant et isolé du reste de la famille et qu'il se concentrait sur l'éducation de son fils.

«Je ne sais pas si c'est vrai, je n'accuse pas Mark ou qui que ce soit. Cette histoire est celle que son frère m'a racontée et il semble y croire. [...]»

Bien sûr, je ne sais pas si ces rumeurs sont fondées ou non. Toutefois, je me mets dans la peau d'un possible meurtrier. Si j'avais commis un meurtre comme celui-là et que je me sentais coupable, à qui est-ce que je me confierais en premier (outre la police)? À un proche, probablement: un frère ou une sœur, un ami, un collègue. De plus, cette histoire me semble si précise, tant dans les détails que dans son récit, que je ne pourrais m'imaginer que quelqu'un prenne la peine d'écrire un aussi long commentaire juste pour *troller*.

Malgré toutes les pistes, l'enquête s'est terminée après six semaines; on n'a pas enquêté davantage sur l'ex-mari de Susan.

Est-ce que Susan allait bien? (Susan Walsh *versus* ses propres démons)

D'accord, la piste de Mark semble très intéressante... mais elle n'est pas la seule. Ainsi, tout porte à croire qu'avant sa disparition, Susan était plutôt instable sur le plan psychologique. Ses proches avaient remarqué quelques détails qui les inquiétaient au plus haut point. Par exemple, son demi-frère, Arthur, se rappelle lui avoir parlé au téléphone quelques semaines avant qu'elle disparaisse; leur conversation lui avait paru très étrange. Susan, qui semblait distraite, lui avait raconté qu'elle prévoyait aller à Las Vegas, chose qu'elle n'avait jamais mentionnée avant. Elle lui avait aussi dit qu'elle aidait des agences gouvernementales comme le FBI, la CIA et le département de la Justice pour une affaire classée. Elle avait terminé l'appel en précisant qu'elle le rappellerait après. Une demi-heure plus tard, ils s'étaient parlé de nouveau: les propos de Susan étaient tout aussi décousus. La conversation s'était terminée abruptement quand la jeune femme avait dit à son demi-frère qu'elle le rappellerait encore. Ils ne se sont jamais reparlé. Arthur était plutôt préoccupé, puisque Susan avait récemment reçu un diagnostic de trouble bipolaire et il lui arrivait souvent de ne pas prendre sa médication. De plus, on lui avait également prescrit du Xanax pour traiter son anxiété. Ce médicament, mélangé à de l'alcool et de la drogue, pouvait avoir des effets destructeurs. Car malheureusement, après 11 ans de sobriété, Susan avait recommencé à consommer de l'alcool.

Le nouveau patron de Susan, James Ridgeway, qui l'avait récemment embauchée pour écrire des articles dans son journal, se souvient d'avoir croisé la jeune femme dans une fête d'écrivains en juin 1996, soit un mois avant sa disparition. Elle avait les poignets bandés afin de cacher des blessures. Ridgeway a pensé au pire : avait-elle tenté de s'enlever la vie ? Inquiet, il avait questionné Susan sur sa santé, mais aussi sur sa consommation d'alcool et de drogues. Elle lui avait répondu qu'elle allait bien, et qu'elle chercherait de l'aide si elle en avait besoin.

Une théorie simple et sombre

À la lumière de ces témoignages, une théorie intéressante sur la disparition de Susan peut être élaborée. Et si, ce jour-là, le 16 juillet, la jeune femme avait traversé la rue pour appeler son vendeur de drogue habituel? Celui qu'elle appelait avant de devenir sobre… La connaissant bien, il se serait déplacé pour lui donner son dû, puis, dans la voiture, Susan aurait pris la drogue. Est-ce possible que ce petit *hit* rapide ait mal tourné et qu'elle ait été victime d'une surdose fatale? Ne pouvant prendre le risque d'avertir son ex-mari ou qui que ce soit, son vendeur se serait débarrassé de son corps… Je sais, cette théorie est peut-être quelque peu exagérée, mais elle est tout de même plausible.

Deux jours avant la disparition de Susan, son amie Jill Morley l'avait rencontrée et était restée surprise de son état de santé, qui semblait s'être beaucoup détérioré. La pauvre Susan souffrait d'emphysème, elle avait une bronchite et un ulcère à l'estomac causé par le stress. La même semaine, elle avait dû se rendre à l'hôpital à deux reprises. Jill, qui était bien inquiète, trouvait que son amie avait l'air déprimée. Susan lui avait même dit : « *I'm holding on to live.* »

Ces informations viennent s'ajouter au mystère de cette affaire. Et si la jeune femme n'allait réellement pas bien, au point de vouloir disparaître volontairement ou même de s'enlever la vie ? C'est assurément une hypothèse à considérer... Toutefois, il en reste encore beaucoup d'autres ! Explorons les différentes sphères de la vie de Susan, qui sont réellement dignes d'un roman de suspense.

La mafia russe *versus* Susan Walsh

En 1996, Susan Walsh avait réussi à obtenir un stage au *Village Voice*, un journal new-yorkais traitant d'actualité et de culture. L'éditeur du journal, James Ridgeway, croyait que le travail de la jeune femme dans l'industrie du sexe pourrait lui servir. Ainsi, pour son premier article, Susan avait décidé d'utiliser ses contacts pour enquêter sur un sujet qui l'intriguait depuis quelque temps : des mafieux russes qui forçaient de jeunes immigrantes à travailler comme esclaves dans les *strip clubs*. Les grandes lignes de l'article disaient: « *A new group of dancers are moving into the New Jersey strip club scene. They're aloof and determined. And they're Russian*[9]. »

Susan, profondément investie dans ses recherches, rencontrait les femmes des clubs lors de rendez-vous secrets pour les interviewer. Elle avait visité plusieurs bars de danseuses du New Jersey afin de recueillir le plus de témoignages possible et se faire une idée de l'ampleur du problème. Son collègue et patron, James Ridgeway, admirait son travail : « Susan était une fantastique recherchiste. Elle

---

9. « Un nouveau groupe de danseuses entre dans la scène des strip clubs du New Jersey. Elles sont réservées et déterminées. Et elles sont russes. »

s'investissait beaucoup. Elle travaillait pendant des heures, jour après jour. Et puis, elle s'est mise dans une situation où certaines personnes étaient supposément impliquées dans le crime organisé. Les gérants de ces clubs ont commencé à prendre le parti des femmes russes contre les grands patrons. Donc, c'était comme si les deux mafias se rencontraient. Et Susan, bien sûr, aimait ça, mais elle s'est retrouvée au milieu de tout ça. »

Effectivement, la journaliste avait dévoilé une situation plus qu'inquiétante sur l'exploitation des femmes et le crime organisé. Ces jeunes femmes russes, qui vivaient dans une situation précaire, étaient recrutées dans les pays de l'ex-Union soviétique. En arrivant aux États-Unis, elles étaient forcées de travailler comme strip-teaseuses ou escortes afin de payer leur dette d'immigration. Cet article, fortement acclamé, a permis à Susan de se faire un nom dans le monde du journalisme. On la considérait comme une étoile montante à surveiller. Des journalistes étaient venus de l'Allemagne pour l'interviewer sur le sujet, et même la chaîne de télévision BBC prévoyait faire un reportage. Susan avait aussi contribué aux recherches pour la rédaction du livre *Red Light : Inside the Sex Industry*, écrit par James Ridgeway et Sylvia Plachy.

Malheureusement, les multiples publications de Susan Walsh dénonçant l'industrie du sexe avaient un prix : son sentiment de sécurité et de liberté. La jeune femme a ainsi été rencontrée par des gens qui l'ont menacée de graves conséquences si elle continuait à dénoncer la situation des jeunes femmes. La jeune journaliste se souvient d'un gérant de club nommé « Marty » qui lui avait dit : « Quelques-unes de ces filles, tu ne les vois plus parce qu'elles ont découvert quelque chose, ou on leur a dit quelque chose qu'elles ne devaient pas savoir, ou peut-être qu'elles ont entendu une conversation à propos de quelque chose qui se tramait. Et puis, si elles veulent s'en sortir, on se débarrasse d'elles ou quelque chose comme ça... » Manifestement, Susan Walsh avait mis les pieds dans une histoire pas propre qui, en réalité, n'était que la pointe de l'iceberg.

Le trafic humain et l'industrie du sexe

Le trafic humain est au troisième rang des entreprises les plus rentables dans le monde, après les armes illégales et les drogues. Dans les années 1990, on parlait d'une industrie de 12 milliards de dollars par année. Or, avec l'arrivée d'Internet, ce chiffre a triplé. Selon les données, entre 800 000 et 900 000 personnes sont recrutées à l'international chaque année. Nous croyons que le nombre réel s'élèverait même à plus de 2 millions de personnes.

Le Canada et les États-Unis sont des pays très lucratifs pour la traite de femmes de l'Europe de l'Est. Dans des villes comme New York, Miami, Chicago, Los Angeles, Montréal et Toronto, on peut souvent voir des affiches comme: «*Full-Service nude massages by Russian beauties*», services offerts à environ 60 $/heure. Ces salons de massage, ces agences d'escortes et même ces clubs de danseuses mettent en scène des femmes «russes» – mais elles peuvent aussi bien être russes, ukrainiennes, lettonnes ou lithuaniennes. Pas moyen de savoir non plus si elles sont là parce qu'elles le veulent bien ou si on les y oblige.

Le *stalker versus* Susan Walsh

Difficile de savoir si c'était dû à son état mental ou non, mais Susan ne cessait de dire à ses proches qu'elle était la victime d'un *stalker*. Peut-être qu'en effet, la paranoïa dont elle souffrait avait un lien avec sa bipolarité. Or, il est aussi possible, vu les menaces qu'elle avait reçues, qu'elle était réellement suivie par quelqu'un.

À ce stade-ci, on peut aussi se demander combien de personnes voulaient la peau de Susan.

Son père, Floyd Merchant, a déclaré : « C'était réellement devenu une menace pour elle. Susan croyait qu'il y avait deux contrats qui avaient été signés pour son meurtre, à la suite de son article dans *The Voice Village.* » Il ajoute que c'est parce que sa fille craignait tellement pour sa vie qu'elle avait recommencé à boire après 11 ans de sobriété. C'est possible qu'à cause de son article exclusif sur le trafic des femmes russes, la jeune femme se soit mise dans le pétrin. Son amie Melissa a confirmé aux journalistes que Susan était réellement suivie. Elle se rappelle qu'à une occasion, alors que les deux femmes étaient en voiture, elle avait remarqué qu'un véhicule les suivait, ce qui lui avait fait peur. Susan avait même confié à son amie qu'elle ne pensait pas se rendre à l'année suivante, qu'elle serait tuée avant.

Elle parlait souvent de son *stalker*. Le 14 juillet, deux jours avant sa disparition, lorsqu'elle avait vu son amie Jill Morley, son téléavertisseur avait sonné. Susan y avait jeté un coup d'œil puis avait déclaré en rigolant que c'était sûrement son *stalker* qui tentait de la contacter. Mais qui était-il ? Excellente question ; Susan avait déjà dit à son patron que son ex-copain dans la CIA la *stalkait*. Un autre *stalker* ou le même ?

Susan disait également que son ex, Billy Walker, la harcelait. Celui-ci consommait beaucoup de drogue et avait plusieurs contacts chez les motards. Il s'était déjà vanté auprès de Susan qu'il avait dû découper des corps en morceaux pour la mafia. Les quelques semaines avant que Susan disparaisse, Billy l'appelait à répétition. Christian Pepo, le nouveau conjoint de Susan à cette époque, avait même fourni aux enquêteurs un enregistrement audio où on pouvait entendre Billy Walker menacer Susan de mort. Selon les dires de ses proches, la jeune femme avait élaboré un plan pour se débarrasser de Walker. Comme elle dansait dans des bars de Newark, elle avait plusieurs contacts chez les mafieux. Apparemment, elle voulait exposer Billy comme étant un « rat » pour qu'on se débarrasse de lui. Pepo avait dit à Susan de ne pas faire cela, que ça se retournerait contre elle. Elle pourrait peut-être réussir à faire disparaître Billy Walker, mais on l'éliminerait elle aussi par la suite.

Des amies de Susan ont aussi décidé d'interviewer des collègues qui travaillaient dans les mêmes clubs qu'elle pour essayer d'en apprendre plus sur sa disparition. Ces entrevues ont été diffusées en 1997 dans une émission de radio qui couvrait la disparition. Une femme interviewée, qui parlait à voix basse, craintive, a conseillé aux amies de Susan de ne pas poser trop de questions sur ce qu'il lui était arrivé. Un autre collègue, lui, a déclaré qu'il savait ce qui s'était passé mais qu'il parlerait seulement si on gardait son anonymat et si on changeait sa voix. Cet homme croit que Susan a été assassinée dans le cadre d'une « attraction fatale[10] » : il se rappelle que la jeune femme parlait souvent à un homme qui la contactait constamment sur son téléavertisseur.

Toujours selon les rumeurs, quelques semaines avant de disparaître, Susan avait porté plainte contre un homme qui semblait obsédé par elle. Elle avait même demandé une ordonnance restrictive pour que ce dernier ne l'approche pas. Mais alors, je me pose plusieurs questions : qui était cet homme ? Si les dires de Susan sont véridiques, ont-ils été vérifiés par la police ?

Les vampires *versus* Susan Walsh

Je sais, vous lisez ce titre et vous vous dites : des vampires, maintenant ? Je vous avais prévenu, la vie de Susan était pleine de rebondissements ! Mais de quoi s'agit-il ? Suivons cette piste.

Après son article à succès sur les *strip clubs*, Susan a tout de suite trouvé le sujet de sa publication suivante. Selon ses sources, des hôpitaux de New York souffraient d'un manque important de sang humain. Non pas que les gens cessaient de faire des dons, mais plutôt parce que le sang disparaissait et que personne ne pouvait l'expliquer ! Susan, intriguée, y voyait un potentiel journalistique énorme. Elle a donc décidé d'enquêter sur l'affaire : pourquoi le sang disparaissait-il ?

---

10. Cette expression fait référence au film *Fatal Attraction* où le personnage de Michael Douglas est *stalké* par sa maîtresse, interprétée par Glenn Close.

Elle n'était réellement pas prête à découvrir ce qui suit.

À l'hiver 1995-1996, pendant des semaines, la journaliste a fait différentes rencontres. Elle a interviewé des gens, a vérifié de nombreuses pistes par téléphone, pour enfin trouver une réponse à fournir à son patron.

> ***Les responsables des disparitions de dons de sang n'étaient nuls autres que... des vampires.***

Dans ses recherches, Susan avait découvert qu'il existait une culture du vampirisme à New York. Oui, oui, vous avez bien lu. Selon son enquête, un groupe de vampires new-yorkais, comptant environ 5000 membres, se réunissait hebdomadairement, la nuit, à des endroits secrets et délabrés de la ville pour s'abreuver du sang de chacun. Mais comme le sang des membres ne suffisait plus, les « vampires » ont commencé à en voler dans les hôpitaux. Le patron de Susan, James Ridgeway, n'était pas impressionné par ces informations. Il croyait qu'il faisait face à un délire psychotique de son employée. Il se demandait également si la jeune femme n'avait pas recommencé à consommer. Mais la journaliste avait confiance, elle tenait quelque chose de gros, un autre article à succès. Sans s'en rendre compte, Susan s'est complètement immergée dans la sous-culture du vampirisme, au risque de compromettre sa propre sécurité.

Ses collègues et d'autres gens du milieu l'avaient bien mise en garde : le monde du vampirisme n'a pas seulement l'air dangereux, il l'est réellement. Selon les recherches de Susan, la secte de vampires comptait parmi ses membres des hauts dirigeants d'entreprise, des avocats, un prêtre catholique, des pasteurs et même des politiciens républicains. La communauté tenait des rencontres dans d'autres grandes villes du pays : Los Angeles, Philadelphie, Boston, San Diego et San Francisco. Étonnamment, une certaine hiérarchie était établie au sein du groupe. Les leaders s'assuraient de la confidentialité de la secte tandis que les autres étaient responsables de l'organisation des événements ou, plutôt, des festins. Le groupe se divisait aussi en deux catégories : ceux qui acceptaient de se faire « boire » et ceux qui prenaient plaisir à boire. De plus, tous les membres devaient régulièrement se soumettre à un test de dépistage du VIH afin que les échanges restent sécuritaires. Les lieux de rencontre différaient d'une semaine à l'autre : parfois dans le restaurant appartenant à l'un des membres, d'autres fois dans des lieux plus privés, ou encore dans des tunnels souterrains de la grande ville.

Les membres de la secte étaient si puissants qu'ils avaient des contacts un peu partout au pays. Par exemple, différents hôpitaux s'occupaient de voler des poches de sang, de les tester pour des maladies, pour finalement les transmettre au groupe, en échange de beaucoup d'argent. Un homme que Susan avait rencontré lui avait raconté qu'une fois, lors d'un festin, une jeune femme inconsciente avait été déposée au centre d'une table pour que les vampires s'en nourrissent.

À ce stade, vous vous demandez sûrement si tout cela est réel. J'ai moi-même fait des recherches sur la culture du vampirisme. Contre toute attente, c'est effectivement un phénomène plus répandu qu'on le croit ! Les gens du milieu vont même jusqu'à se faire poser de fausses canines afin de ressembler davantage à un vampire. Plusieurs sites Web sont d'ailleurs consacrés à cette communauté où des rencontres sont organisées. Un article du *Washington Post* aborde également le *blood drinking* par les vampires de La Nouvelle-Orléans. C'est fascinant !

Susan avait finalement rédigé un article sur ce qu'elle avait découvert. Elle était devenue passionnée par le monde du vampirisme. Elle avait même fréquenté un homme qui faisait partie de la « secte ». Cependant, elle avait maintenant de la difficulté à avoir un regard objectif sur toute la pratique. D'ailleurs, à sa grande déception, son article avait été refusé par Ridgeway, étant trop subjectif et pas assez critique : « Elle croyait à presque tout ce que ces gens lui disaient ; elle se disait qu'il y avait des meurtres secrets dans le monde des vampires. Elle m'avait dit, une fois : "J'ai rencontré ces deux gars et ils ont cette camionnette et c'est vraiment effrayant et je ne sais pas si je devrais monter dans leur véhicule." Je lui avais répondu : "Hey, regarde, ne va pas dans la camionnette parce qu'ils pourraient ne pas être des vampires, tu sais." » À cette même époque, les amies de Susan s'inquiétaient également pour sa sécurité. Elles avaient remarqué que Susan recevait constamment des appels sur son téléavertisseur. Parfois, c'était même toutes les deux ou trois minutes. Mais qui voulait la contacter aussi souvent ? Était-ce seulement l'œuvre d'un seul *stalker*, ou de plusieurs ? Cette histoire est particulièrement fascinante, car si cette secte de vampires existait réellement, ça semblait plutôt dangereux, illégal et malsain.

Une dernière théorie

Dans toutes les histoires de disparitions, l'option selon laquelle la victime a voulu disparaître volontairement reste toujours ouverte. Et c'est encore plus le cas dans cette affaire. Il se peut que Susan ait quitté sa vie à New York afin de la rebâtir ailleurs.

Rappelez-vous, avant qu'elle ne disparaisse, Susan souhaitait déménager en Floride avec son fils afin de repartir de zéro. Avec du recul, on peut se demander ce qui motivait ce désir de changement. Une impulsion due à une manie ? Un trop-plein de New York et un soudain goût de soleil ? Ou un désir de fuite ? Est-il possible que Susan ait voulu déménager dans une autre ville avec son fils parce qu'elle ne se sentait plus en sécurité à New York ? Et si, finalement, elle avait décidé de partir seule pour protéger son fils ? Tous ses proches sont unanimes : Susan aimait tellement David, jamais elle ne serait partie sans lui. Mais j'avance une autre hypothèse : est-il possible que son amour pour son fils ait été plus fort que son désir d'être auprès de lui, ce qui l'aurait ainsi poussée à le quitter afin d'assurer sa survie ? Après tout, même le détective John Rhein, qui a repris l'enquête en 2003, croit à cette possibilité : « Je pense que Susan Walsh est en vie. Pour des raisons que j'ignore en ce moment, elle a décidé de laisser sa famille à la maison, ce qui est son droit. »

Un événement ayant eu lieu un mois après sa disparition vient davantage appuyer cette hypothèse. Son amie, Melissa, aurait vu Susan monter à bord d'une limousine. Elle était tellement persuadée que c'était bien son amie qu'elle a noté le numéro de plaque d'immatriculation de la voiture. Le détective Rhein a contacté le propriétaire et chauffeur de la limousine et lui a montré des photos de Susan. Il se rappelle avoir fait monter une cliente qui, effectivement, lui ressemblait comme deux gouttes d'eau. Or, il ne peut malheureusement pas le confirmer. Si Susan est encore en vie, cela explique pourquoi on n'a jamais trouvé son corps.

***

En septembre 2020, le frère de Susan, Arthur, a poursuivi la police de Nutley. Il souhaitait avoir accès au dossier de sa sœur afin d'obtenir de nouvelles informations sur sa disparition. Le juge responsable de l'affaire a ordonné au Service de police de transmettre le dossier à Arthur Merchant et à sa famille pour qu'ils tentent de faire avancer l'enquête de leur côté.

Susan Walsh était une belle femme talentueuse, brillante, qui menait une vie fascinante. Aux yeux de tous, elle semblait avoir tout pour elle. Or, comme tout le monde, elle était habitée par des démons intérieurs qui ne la lâchaient pas : des dépendances, des peurs paralysantes, une envie de réussite, des problèmes de santé mentale et physique et un passé amoureux rocambolesque. Et, comme tout le monde, Susan essayait d'affronter ses difficultés et de faire du mieux qu'elle le pouvait. Lequel de tous ces démons a gagné ? Je crois fermement que répondre à cette question nous permettrait de retrouver la journaliste. Évidemment, si Susan a disparu de son plein gré, on peut penser qu'elle ne veut pas réellement être retrouvée. Dans ce cas, je me pose des questions sur le côté éthique de la chose. Peut-on obliger une personne à réapparaître ? Mais tout de même, pour les proches, savoir que Susan va bien, où qu'elle soit, serait une immense consolation.

15. UN TUEUR EN SÉRIE EN ONDES?

Howard Stern prend une gorgée de café et, entre deux blagues, il s'approche du micro pour annoncer la prochaine personne au téléphone.

Howard : OK, donc j'ai un gars au bout du fil qui dit qu'il tue des prostituées et il se demande pourquoi il le fait.
Robin : Oh, mon Dieu…
Howard : Donc, il croit que j'ai peut-être une réponse pour lui.

The Howard Stern Show est une émission de radio très populaire, animée par Howard Stern, accompagné de sa co-animatrice, Robin Quivers, diffusée à la radio américaine de 1986 à aujourd'hui. Entre 1994 et 2001, c'était l'émission de radio la plus écoutée au pays. Stern essaie toujours de pousser les limites du politiquement correct ; il accueille des invités inusités et marginaux et reçoit des appels fascinants, provenant de tout le pays.

Par ses propos, il souhaite choquer et garder fidèles ses nombreux auditeurs.

Howard : Donc, j'ai bien Ed au téléphone ? Ed ?
Appelant : Non, c'est pas Ed.
Howard : Oh...
Robin : Tu n'as pas tué de prostituées ? (Rires)
Appelant : Non, je n'ai jamais dit que mon nom était Ed.

Immédiatement, le ton de la conversation change. Dans le studio, au téléphone et chez les auditeurs, l'atmosphère s'alourdit brutalement. L'homme qui appelle est blessé, son ego est touché. On a fait une erreur dans son nom. Il corrige rapidement Howard en lui disant que son nom n'est pas Ed, mais Clay.

Howard : OK, Clay. Que s'est-il passé ? Combien de prostituées as-tu tuées ?
Clay : Douze.

Howard Stern ne se démonte pas et, rapidement, l'échange prend une tournure très honnête... et très troublante. L'animateur demande à Clay pourquoi il tue. Est-ce que sa mère l'a battu ? A-t-elle été violente avec lui ? Elle-même était-elle une prostituée ? Clay répond non à toutes ces questions et avoue qu'il le fait pour la sensation de pouvoir que ce geste lui procure.

Howard : *Dude*, tu dois avoir beaucoup de rage en toi.
Clay : Ouais.

Il raconte ensuite la manière dont il achève ses victimes. C'est arrivé une fois qu'il en a étranglé une, mais, en général, il les tue avec un marteau. Il agit habituellement sur le bord de la route. Il a développé tout un *modus operandi* depuis son premier meurtre, à l'âge de 16 ans.

Howard: Quand tu as tué ta première victime, est-ce que tu savais que tu voulais le faire ou ça s'est juste passé?

Clay: Je le savais… J'avais vraiment tout planifié. Tu sais, je voulais vraiment donner plein d'indices et tout. Je souhaitais dérouter les gens, mais personne ne l'a remarqué pendant un bon bout de temps.

Howard: OK. Donc, tu l'as tuée sur le bord de la route?

Clay: Non, elle, c'était dans le stationnement intérieur.

Howard: Oh, OK. Et qu'est-ce que tu as fait avec le corps? Tu l'as jeté quelque part?

Clay: Ouais, en fait… C'est ça. C'est probablement l'une de celles qu'ils ont trouvées.

* * *

Faisons maintenant le point sur ce qu'on apprend dans cet appel. Il a été fait le 13 août 1997 et Clay y mentionne qu'il vient de La Nouvelle-Orléans. Déjà, le fait de connaître la ville où a vécu le tueur réduit considérablement les options. Bien sûr, à la condition qu'il dise la vérité… Ensuite, à un moment, Howard Stern demande à Clay: « T'es un homme blanc, Clay? » L'homme répond par l'affirmative et ajoute même cette information: il y a quelques années, on avait fortement soupçonné un policier noir des meurtres qu'il avait commis. Clay raconte ce fait en ricanant, il se sent fier. Tout au long de l'entretien, Howard Stern montre un grand professionnalisme en recourant à une technique très intéressante : il pose plein de questions en rafale, qui ont toutes un lien avec les meurtres. Clay se sent alors en confiance, il répond à chacune d'elles avec aisance. Mais, parmi celles-ci, Howard en pose de beaucoup plus pointues qui pourraient permettre d'identifier le tueur. Clay y répond donc sans se méfier. Par exemple, après une série de courtes questions, Stern enchaîne en lui demandant s'il a des tatouages. Non, répond-il, il ne ferait jamais ça à son corps. Voyez-vous ce qui se passe dans cet échange ? Mine de rien, Stern essaie de soutirer à Clay une information primordiale. Il lui pose ensuite des questions sur sa famille, et apprend ainsi que le tueur a des enfants, sans être marié avec leur mère. Si vous écoutez l'entrevue de 17 minutes, vous pourrez constater la nonchalance et le calme d'Howard Stern qui réussit, très subtilement, à soustraire des informations pertinentes, voire essentielles pour pouvoir identifier cet homme.

Au fil de la discussion, on apprend également que Clay a tué 12 prostituées et que, selon lui, la couleur de la peau de ses victimes n'a pas d'importance, même si la plupart d'entre elles étaient noires. Une de celles-là serait, selon ses termes, « *a black transvestite* ». Quand Howard lui demande s'il a des relations sexuelles avec ces femmes avant de les tuer, Clay répond que oui. Encore là, cette information peut paraître anodine, mais elle est au contraire très importante : il est fort probable qu'il ait laissé son ADN sur le corps de ses victimes.

Howard : Penses-tu que l'une des raisons pour lesquelles tu es si fâché, c'est parce que tu as été abusé ?

Clay : Non, je n'ai pas été abusé, Howard.

Le *Storyville Slayer* ?

Les informations recueillies au cours de l'appel téléphonique permettent-elles d'identifier Clay ? S'agit-il réellement d'un tueur ou est-ce plutôt un canular ? Récemment, plusieurs internautes se sont penchés sur la question. Voici ce qu'on a découvert : entre 1991 et

1996, il y a effectivement eu un tueur en série non identifié qui a terrorisé La Nouvelle-Orléans, et qui aurait tué au moins 24 travailleuses du sexe. On lui a attribué le nom de *Storyville Slayer*. La plupart de ses victimes ont été étranglées, tandis que d'autres ont été battues à mort et jetées dans des cours d'eau près des autoroutes. Ce qui est intéressant ici, c'est que les victimes étaient toutes des prostituées, comme les femmes que « Clay » (ce n'est sûrement pas son vrai nom) affirme avoir tuées. De plus, l'une d'elles était une femme trans, ce qui fait penser à la « *black transvestite* » mentionnée par l'homme au téléphone. Mais le plus incroyable dans cette histoire, c'est que le principal suspect était Victor Gant, un policier noir qui a longuement fait l'objet d'une enquête sur les meurtres. Il a finalement été relâché après une correspondance d'ADN non concluante. Tout ça m'amène à la question suivante : est-ce que Clay serait le *Storyville Slayer* ? Ou ces détails ne sont-ils que des coïncidences étranges ? La première option me semble très plausible : lors de son appel, Clay a avoué avoir réussi à contrôler ses pulsions meurtrières et n'avoir tué personne depuis environ un an, soit en 1997. C'est aussi la dernière année que le *Storyville Slayer* a frappé.

Howard : Non, sérieusement, crois-tu que tu peux te contrôler ?

Clay : Je me suis contrôlé…

Robin : Il s'est contrôlé ! Ça fait un an qu'il n'a pas tué.

Clay : Presque un an.

Howard : Oh, un an ! Pourquoi as-tu soudainement arrêté de tuer ?

Clay : Oh, je sais pas, Howard… Je crois que c'est surtout parce que mon auto a arrêté de fonctionner…

On dit que, le lendemain de cet appel, le FBI s'est présenté au studio de Howard Stern pour prendre possession des cassettes audio afin de les garder comme preuves. Est-ce que c'est vrai ? Certaines mauvaises langues affirment que Stern aurait tout orchestré pour faire monter ses cotes d'écoute, qui étaient à la baisse. Et puis, il y a toujours les sceptiques qui disent que l'homme au bout du fil était un illuminé en quête d'attention, prêt à dire n'importe quoi pour avoir la chance de parler à Howard Stern. De mon côté, je vous invite à écouter l'appel, très troublant, qui est disponible dans son entièreté sur YouTube. La respiration nerveuse de Clay, son débit accéléré lorsqu'il parle des meurtres, sa voix stoïque, froide, calculée... Et cet autre détail qui me paraît intéressant : lorsque Howard et Robin font une erreur dans le nom de Clay (ils l'appellent Ed), ce dernier, offusqué, les corrige immédiatement. Personnellement, je ne doute pas une seconde de la véracité de cet appel.

* * *

Encore aujourd'hui, Clay reste non identifié, et si ce qu'il a dit est bien vrai, il aura tué au moins 12 femmes sans jamais se faire appréhender. Celui qui s'est vanté de ses meurtres à la radio nationale court toujours !

Howard : **Donc, il n'y a aucune chance que je réussisse à te convaincre de te rendre au poste de police, n'est-ce pas ?**
Clay : **Non.**
Howard : **Ouais, c'est ce que je me disais.**

16. FRANCIS BERGÈRE – UN FRANÇAIS ENGLOUTI… DANS UNE SECTE ?

J'ai toujours espoir de voir un jour, grâce à mes vidéos ou à mes livres, un *cold case* être ressorti des cartons et enfin classé. D'ailleurs, c'est LA question que me posent tous les journalistes : « Avez-vous déjà résolu une affaire grâce à votre travail ? » J'aimerais tellement répondre oui ! Ainsi, le jour où un enquêteur privé, du nom de Sébastien, m'a contactée pour partager cette histoire, j'ai tout de suite accroché sur la prémisse. Voici ce que son courriel m'expliquait :

> Concernant mon disparu, il s'est évaporé en 1986 après avoir été en contact avec un gourou dans une secte ufologique. Je suis en possession d'une lettre assez sympathique ; je n'ai jamais pu la

lire: incompréhensible. Dans mon cas, il n'y a pas de problèmes pour une entrevue. J'en ai touché deux mots à sa sœur et attends sa réponse à une éventuelle diffusion dans ton livre.

Bonne soirée et caresses à tes fauves.

Mais ensuite, en cherchant le nom du disparu sur Google, je me suis demandé s'il s'agissait du scénario d'un film de sci-fi ou de la réalité: il n'y avait *rien* sur Internet à son sujet! Pas d'affiche de disparition, pas d'article, même pas une misérable photo... Mais quelle est donc cette histoire si étrange, impliquant un gourou de secte porté disparu, une lettre cryptique et un voyage à Paris sans date de retour? Plongeons-nous dans cette disparition inconnue du grand public, mais ô combien mystérieuse...

Le départ de Francis

Le 4 novembre 1986, Francis Bergère, alors âgé de 24 ans, quitte sa maison dans le département des Deux-Sèvres où il habite avec ses parents, Denise et Bernard. Il souhaite se rendre à Paris chez un ami et tenter de trouver un boulot là-bas. Il avise sa famille qu'il rentrera pour Noël, mais c'est faux: il ne reviendra pas.

Quand ses parents se rendent compte que leur fils ne donne pas de nouvelles durant le temps des fêtes, ils signalent sa disparition à la gendarmerie. Or, comme il est majeur, aucune recherche n'est entreprise: théoriquement, Francis a le *droit* de disparaître. « Il était inscrit au fichier des personnes disparues mais bon, voilà, il n'y a pas eu de recherches... À l'époque, il n'y avait pas de journaux qui parlaient des personnes disparues », me dit Danièle, sa sœur, qui m'a été présentée par l'entremise de Sébastien, l'enquêteur privé. Effectivement, il y a 36 ans, les choses étaient bien différentes. Sébastien m'explique autrement le silence autour de cette affaire: « Ce n'est pas pour t'envoyer des fleurs, mais ton émission a un avantage par rapport à un article. Dans un journal (aussi bien papier qu'en ligne), la durée de vie d'une nouvelle est courte, une information chassant rapidement la précédente. Tes émissions sur YouTube ont une longue durée de vie: les gens les regardent une fois, deux fois, voire plus, et longtemps après la diffusion initiale. Donc, un éventuel témoin peut la voir à n'importe quel moment. À l'époque de la disparition de Francis, il n'y avait ni Internet ni possibilité de revoir la vidéo en différé. Les gens écoutaient l'émission le soir, en parlaient ensuite devant la machine à café le lendemain matin et après, plus rien. Ils oubliaient. Malgré tout, la police a quand même travaillé sur sa disparition, et y travaille toujours. Mais plus de 30 ans après, c'est dur. »

Une secte française en contact avec les *aliens*

En fouillant dans sa chambre, sa famille trouve une lettre qui les éclaire sur la disparition de leur fils. Je rectifie: « éclairer » est un grand mot. Disons que la lettre les plonge encore plus dans l'incertitude. Décortiquons-en ensemble le contenu.

Premièrement, en haut de la lettre, la mention d'un « club » apparaît: U-XUL-Klub ou (UKLB). Mais de quoi s'agit-il? En cherchant sur Google, je découvre qu'il s'agit en fait d'une secte française nommée « Le club des surhommes ». D'ailleurs, comme Sébastien me le fait remarquer, U-XUL-Klub fait référence au Ku Klux Klan, le groupe suprémaciste blanc qui a fait tant de ravages aux États-Unis. Ce n'est pas une coïncidence; la secte a été fondée dans les années 1970 et elle enseigne « la vraie religion des surhommes scientifiquement prouvée ». Lorsque je parle de mouvement néonazi et d'extrême droite à Danièle, la sœur de Francis, et lui demande pourquoi son frère communiquait avec un tel groupe, elle me répond qu'elle n'y comprend rien. Selon elle, Francis n'adhérait pas du tout à cette idéologie! Mais qu'est-ce qui aurait pu le pousser à correspondre avec ces gens, alors? Le contenu des lettres indiquait que le jeune homme leur avait écrit à deux reprises et qu'il avait déjà payé sa cotisation à la secte. L'auteur de la lettre ayant écrit « cher Francis », j'imagine qu'il existe une certaine familiarité entre les correspondants. D'ailleurs, il semblerait qu'on lui avait déjà attribué un surnom: Sagittarius, car la lettre commence par « À Sagittarius ». Le reste de la missive, qui est plutôt incompréhensible, parle d'Henri VIII, de Jésus, d'élévation, d'immortalité et de plusieurs autres termes pouvant n'être compris que par les membres ou les proches de la secte.

Selon les informations que j'ai recueillies à propos de cette dernière, il ne s'agissait pas seulement d'un groupe néonazi, mais également d'un mouvement « néo-ufologue » où les passionnés d'ufologie et de mystères, comme Francis l'était, pouvaient trouver leur compte : « Il a toujours été intéressé par la science-fiction, les ovnis, et tout ce qui est histoire mystique, mystérieuse, secrets non résolus... », me confie Danièle. Effectivement, la mission de la secte est d'imposer la paix dans le monde et de se préparer pour l'Apocalypse, qui aurait lieu le 19 juillet 1999 à 13 h GMT. Les membres pourront survivre à la fin du monde en organisant une Arche de Noé-OVNI qui pourra sauver l'humanité et « combattre l'égalitarisme, le pacifisme, l'athéisme, le monothéisme, l'homosexualité, la démocratie parlementaire et le féminisme ». Ouf !

Écrite à la main, la lettre montre un petit dessin d'ovni et est signée par une certaine Sheena (Sheena Meinhardt), l'épouse de Jean-Claude Monet, qui s'avérera un personnage important dans cette histoire. D'ailleurs, le nom de Jean-Claude Monet, ainsi que son adresse sont inscrits sur la lettre. Il y a même un numéro de téléphone pour joindre les responsables de la secte. Ne faisant ni une ni deux, je pars sur les traces de Jean-Claude Monet (alias Karl Thor) sur Internet, et je découvre un sacré personnage ! Tout d'abord, après une petite recherche simple, toujours sur Google, la première information qui saute aux yeux

U.K.L.B.
Tél. : 45.53.28.97

U-XUL-KLUB

écrire à : Jean-Claude Monet, P.R. 40 rue Singer 75016 Paris ou à Suzanne Gertsch, P.R. Paris 71, 123 avenue Victor Hugo 75116 Paris

PILOTES • D'OVNIS • CONTACTÉS • D'HONNEUR
G.D.S.S.S.

U.K.L.B

A Sagittarius

Au nom du Roi des Mondes

est qu'il est nul autre que le petit-neveu du peintre Monet. Cela ne semble pas lui suffire, puisqu'il se dit être « l'héritier d'Hitler ». Je découvre qu'il a aussi mis par écrit sa pensée car, en 1968, il a publié un livre intitulé *Le Vril : Revue de l'ordre maçonnique de Schamballah (Fraternité de la Grande Loge lumineuse)*. Sur le site prévensectes.me, j'en apprends encore plus sur ce « mouvement ». En 1984, Monet a fondé un premier groupe ufologique, The Golden Dawn OSS. Selon les informations, ses membres, environ une vingtaine, se réunissaient souvent dans un café du XVe arrondissement de Paris. Apparemment, le 25 décembre 1984, le groupe prétend avoir fait la rencontre d'extraterrestres en plein cœur de la Ville Lumière, près du métro Boissière. L'année suivante, en 1985, ce même groupe deviendra le UKLB, ou le Club des Surhommes. De nombreuses publicités faisant la promotion du groupe néo-ufologue sont affichées dans le magazine insolite *Nostra*. Les annonces sont très efficaces : en 1997, la secte compte désormais une cinquantaine de membres. Est-ce que Francis aurait pu être recruté de cette manière ?

Il me semble absurde qu'un jeune homme éduqué avec l'avenir devant lui se soit laissé entraîner dans une telle secte ! Je pose la question à sa sœur : pourquoi aurait-il voulu se joindre à un groupe comme celui-là ? Danièle m'explique alors l'état d'esprit de son frère à ce moment-là. En 1985, il venait tout juste de terminer son service militaire, obligatoire à cette époque. Au moment des faits, malgré son diplôme en économie (DEA) obtenu en 1980, il n'arrivait pas à obtenir d'emploi à la hauteur de ses compétences. Ça faisait maintenant plusieurs mois qu'il cherchait, passait des entrevues, mais il ne trouvait rien. Sa sœur

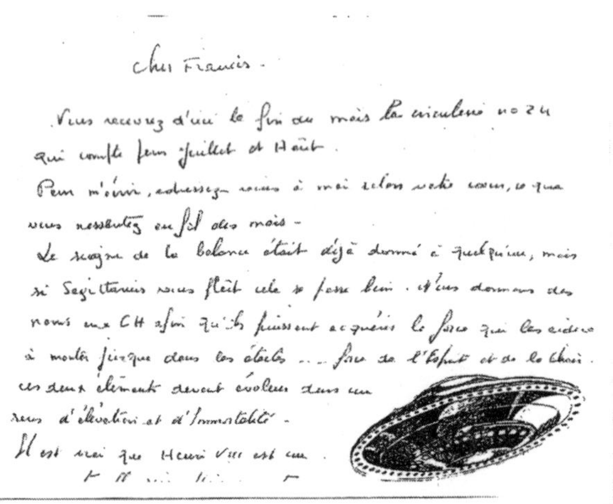
Cher Francis.

Vous recevrez d'ici la fin du mois la circulaire no 24
qui compte pour juillet et Août.
Pour m'écrire, adressez-vous à moi selon votre cœur, ce que
vous ressentez au fil des mois.
Le signe de la balance était déjà donné à quelqu'un, mais
si Sagittarius vous plaît cela se passe bien. Nous donnons des
noms aux CH afin qu'ils puissent acquérir la force qui les aidera
à monter jusque dans les étoiles ... force de l'esprit et de la chair.
Ces deux éléments doivent évoluer dans un
sens d'élévation et d'immortalité.
Il est vrai que Henri VIII est un

le décrit comme un jeune homme timide, réservé et sensible. Selon toute apparence, son état d'esprit le rendait vulnérable et facilement manipulable. Ce n'est donc finalement pas une surprise qu'il ait été attiré au sein d'une secte.

Le recrutement des sectes

Après quelques recherches sur le sujet, j'ai trouvé que le site toupie.org expose bien le phénomène des sectes et leurs techniques de manipulation mentale. Par exemple, on y explique qu'il existe quatre grands mécanismes dont les leaders se servent pour entraîner une personne dans leur mouvement.

1. **L'approche.** On approche de futurs adeptes avec des sujets qui pourraient les intéresser: développement personnel ou bien-être, ésotérisme, activités humanitaires ou environnementalistes, psychothérapie, médecine non conventionnelle, etc. Les personnes recrutées ont souvent le même profil: elles sont au chômage, souffrent de dépression ou d'un autre problème de santé mentale, ont subi un échec scolaire, amoureux ou professionnel, vivent un deuil, etc.
2. **La séduction.** Durant l'étape de la séduction, on fera au futur membre plusieurs promesses, comme atteindre le bonheur, se guérir de sa souffrance ou même, dans certains cas, obtenir l'immortalité. On va aussi le flatter à l'aide de compliments et, parfois, le bombarder d'amour et d'attention. Lorsque le nouvel adepte côtoiera le reste du groupe, il se sentira accepté mais aussi puissant. On lui fait alors comprendre qu'il fait partie de l'«élite».
3. **La persuasion.** Pour persuader, tout est permis. Les leaders vont présenter des «vérités» qu'ils feront miroiter à l'adepte. Ils n'hésiteront pas à utiliser le mensonge, ainsi que la peur et l'insécurité pour garder les membres au sein de la secte.

4. **L'aliénation.** Finalement vient l'étape de l'aliénation, la plus terrifiante. Voici quelques-unes des méthodes utilisées : émission d'instructions ou de messages contradictoires, utilisation de psychotiques, confessions publiques, vie sexuelle régentée, endettement, rupture avec le milieu d'origine, déracinement (culturel, géographique, identitaire et linguistique) et paranoïa.

Sébastien croit qu'en trouvant ce qui est arrivé à cette secte, nous saurons où est Francis Bergère. Il est persuadé qu'elle n'existe plus aujourd'hui, mais il m'explique qu'il est possible qu'elle se soit ramifiée et que le jeune homme fasse maintenant partie d'un autre mouvement. Je demande à l'enquêteur : « Mais qu'en est-il de l'option du suicide collectif, par exemple la secte de l'Ordre du Temple solaire ou celle d'Heaven's Gate ? » Sébastien me répond que, *a priori*, nous n'avons pas entendu parler d'une telle chose et, si c'était le cas, on aurait sûrement retrouvé les corps.

Danièle me raconte également comment, quelques années plus tôt, on a failli retrouver la piste de son frère. En 2000, 16 ans après la disparition de Francis, des amis de la famille affirment l'avoir croisé sur l'île de Jersey, une petite île située entre l'Angleterre et la France. Le couple était dans un magasin de souvenirs quand il a vu Francis dans la boutique. Danièle me raconte comment ça s'est produit : « Il paraissait décontracté et était accompagné d'une femme. Ils parlaient français et c'est pour cela que ces amis ont levé la tête. Ils ont toujours été persuadés que mon frère les avait reconnus également. D'ailleurs, ils se sont regardés intensément pendant plusieurs secondes. » Avant qu'ils n'aient l'occasion de parler à Francis, ce dernier s'est vite échappé du magasin. Et cette rencontre n'a pas pu aider la famille, parce que les amis en question ne savaient pas que Francis avait disparu… et n'ont donc pas cru nécessaire d'aviser la famille ! Celle-ci a eu vent de la rencontre quelques années après.

Je crois que cette anecdote démontre bien l'importance de diffuser le plus possible les avis de disparition.

À la suite de cette information, la sœur de Francis a contacté le service des disparitions de majeurs à la Préfecture de police de Paris pour lui raconter l'histoire et lui demander de faire une recherche dans tout le Royaume-Uni. Les policiers n'ont rien trouvé. Selon eux, il est assez facile de changer d'identité au Royaume-Uni et de pouvoir vivre sa vie « sous le radar ».

* * *

Voilà où en est l'enquête : une histoire qui ne bouge pas depuis 1986. Voici aussi la photo de Francis en 1986. Sa sœur me dit qu'il avait les cheveux bruns, mais aujourd'hui, en 2022, ils doivent maintenant être gris, comme son autre frère. Danièle me précise qu'il avait aussi une tache de naissance sur le coin de la joue gauche. Francis Bergère serait maintenant âgé de 60 ans. Est-il toujours en vie ? Si oui, comment va-t-il ? Est-il en sécurité ? A-t-il refait sa vie ? Ces questions, sa famille se les pose depuis plus de 30 ans. J'ai décidé d'inclure dans mon livre cette histoire peu médiatisée dans l'espoir que, peut-être, certains d'entre vous sauront apporter des réponses pour qu'enfin la famille soit rassurée. Je pourrai alors répondre aux journalistes que OUI, j'ai aidé à résoudre une disparition !

17. UN ROCKEFELLER TUÉ PAR DES CANNIBALES ?

Qui ne connaît pas les Rockefeller ? La famille, qui s'est surtout démarquée dans les industries du pétrole, de l'immobilier et de la finance, est l'une des plus riches et puissantes en Amérique. Elle possède, entre autres, le Rockefeller Center, le Musée d'art moderne de New York (MoMA) et le World Trade Center. Elle a également contribué au financement d'universités importantes comme Harvard, Dartmouth, Princeton, Yale et Columbia, pour ne nommer que celles-là. Mais derrière cet empire se cachent des secrets, des mystères et des questionnements que même tout l'argent du monde ne pourra résoudre.

* * *

En 1961, Michael Clark Rockefeller a 23 ans. C'est le petit dernier de la lignée. Ça fait environ un an qu'il est diplômé de l'Université

Harvard ; il a un goût particulier pour les voyages et les expéditions. Lui aussi veut se faire un nom et continuer à perpétuer le grand rêve américain que lui ont offert ses ancêtres. Son père, Nelson Rockefeller, est le gouverneur de l'État de New York ; il deviendra plus tard le vice-président des États-Unis. La barre est haute, Michael doit trouver ce qu'il fera dans la vie. Mais ce garçon est différent du reste de sa famille ; le jeune blond aux grosses lunettes a une personnalité plus introvertie, réservée et même artistique. Il retient ça de son père, qui est un avide collectionneur d'art et a transmis sa passion à son fils. Voilà qu'un jour, Michael a une chance inouïe, en 1957 : son père fonde le Museum of Modern Art de New York et voudrait y organiser une exposition. Le jeune homme a récemment eu le privilège de découvrir les Asmat, lors de son plus récent voyage en Nouvelle-Guinée néerlandaise. Il s'y était rendu avec le cinéaste Robert Gardner, un compagnon de l'université, et l'aidait comme preneur de son. Leur expédition a permis l'élaboration du documentaire *Dead Birds,* qui sortira en 1965. La culture et les artefacts asmat l'ont vite passionné et il souhaiterait rapporter quelques objets pour les exposer au musée de son père. L'art asmat comprend en effet de nombreuses petites figurines en bois, des canoës, des tambours, des masques de corps et d'autres objets fascinants. Encore aujourd'hui, tout ce que Michael a pu rapporter est exposé au Met (le Metropolitan Museum of Art). « C'est le pays le plus reculé et mystérieux que j'aie vu dans ma vie », a-t-il écrit dans son journal de bord lors de son premier voyage. Il commence donc à planifier une seconde expédition avec le Peabody Museum of Archaelogy and Ethnology de Harvard, dans laquelle des archéologues et des ethnologues l'accompagneraient.

Qui sont les Asmat ?

On peut comprendre l'intérêt de Michael pour les Asmat : ils sont assurément un peuple fascinant, complexe, et leur art est unique. En 2004, on en comptait environ 70 000 qui vivaient dans la province indonésienne de la Papouasie (appelée Nouvelle-Guinée néerlandaise en 1961, puisque la région était alors sous contrôle hollandais).

À l'époque où Rockefeller y a mis les pieds, on ignorait presque tout de la richesse de ce peuple, même s'il intriguait le monde entier. L'artiste et auteur Wim van de Waal, qui a vécu plusieurs années avec les Asmat, les décrit comme un peuple « très gentil ». « Parmi eux, il y avait des artistes extrêmement talentueux qui peignaient la vie qu'ils voyaient. Les figurines sculptées comportaient toujours les noms de leurs ancêtres ou de leurs proches parents ; les plus impressionnantes étaient exposées lors de festivités », raconte-t-il. Aujourd'hui, grâce à des historiens, des anthropologues, des sociologues, des journalistes et des artistes, nous en savons un peu plus sur les Asmat. Ils ont aussi adopté une mode plus occidentale, portent désormais des vêtements, et leurs outils et leurs armes en bois et en pierre ont été remplacés par du fer. Cependant, à l'époque de Michael, on racontait sur eux des histoires de cannibalisme, de rites homosexuels et de chasseurs de têtes. C'était difficile de distinguer le vrai du faux. Il faut dire que, parmi toutes ces légendes urbaines, il y a tout de même un fond de vérité. Jusqu'aux années 1980, les Asmat avaient, en effet, des pratiques de *headhunting* et de cannibalisme qui servaient à des rites de passage pour les jeunes garçons. Elles avaient un caractère sacré, spirituel, et faisaient partie de leurs mœurs : « Ils avaient traditionnellement beaucoup mis l'accent sur la vénération des ancêtres, explique Win van de Waal. Ils décoraient les crânes de leurs défunts d'une façon honorable et les utilisaient même comme oreiller. De cette manière, ils croyaient maintenir un lien sacré avec leurs ancêtres et demander leur protection. »

Or, depuis l'arrivée de missionnaires, les Asmat ont cessé ces rituels symboliques, maintenant interdits par le gouvernement indonésien. Bref, en 1961, ce peuple était une cible « parfaite » pour les explorateurs curieux et les collectionneurs d'art primitif. C'est dans ce contexte colonial et de volonté d'exploration que Michael Rockefeller a entrepris son voyage. Il était fin prêt ; dans son sac à dos, il transportait des haches en fer, des hameçons et du fil de pêche, du tissu et du tabac (les Asmat en étaient devenus dépendants). Ces objets lui serviraient de monnaie d'échange pour acheter la paix. Comme un jeune homme à qui on n'avait jamais dit non, il a même convaincu l'artiste Win van de Waal de lui vendre son propre canoë : il voulait découvrir toutes les rivières de la région, mais n'avait prévu aucun moyen de transport pour ce faire. Selon le journaliste Carl Hoffman, une fois sur place, Michael se remplissait les poches comme un voleur. Il s'emparait de tous les objets d'art qu'il admirait pour les rapporter en Amérique : tambours, bols, cornes de bambou, lances, pagaies et boucliers... Des outils qui, pour les Asmat, étaient sacrés.

Naufragés

En novembre 1961, Michael Rockefeller et l'anthropologue néerlandais René Wassing entreprennent d'aller étudier les Asmat du village Otsjanep. Le gouvernement local ne permet que rarement aux visiteurs d'aller dans cette région spécifique, mais il fait une exception pour Michael Rockefeller.

Le 17 novembre, sur la rivière Betsj, Michael Rockefeller et René Wassing naviguent sur une pirogue d'environ 12 mètres. Ils sont accompagnés de deux guides locaux. Assez bien préparés pour le voyage, ils n'ont toutefois pas pensé au côté imprévisible et dangereux du climat océanien. Une grosse vague vient se fracasser contre l'embarcation, l'endommageant immédiatement pour ensuite la remplir d'eau. Les deux guides, connaissant bien la région, partent à la nage pour aller chercher de l'aide. Ils sont à plus de 4 kilomètres de la rive. Michael et René Wassing, dans une rivière infestée de requins et de crocodiles, s'accrochent désespérément à la coque du bateau en attendant les secours avec impatience.

Plus les heures passent, plus les hommes se fatiguent et se découragent. La coque brisée est ce qui les garde en vie. Mais Michael sent qu'ils sont en train de dériver vers l'océan. Les deux guides les auraient-ils oubliés ? Le matin du 19 novembre, Michael propose de nager jusqu'à la côte et d'aller lui-même chercher de l'aide. Bon nageur et muni de bidons d'essence vides en guise de flotteurs, le jeune héritier part à la nage.

C'est la dernière fois qu'il sera vu en vie.

***

Le 20 novembre, René Wassing est localisé par un avion qui cherchait les deux explorateurs. Il est secouru à environ 35 kilomètres de la côte.

Malheureusement, Michael Rockefeller, lui, reste introuvable.

D'importants moyens sont mis en place : des bateaux, des avions, des hélicoptères et pas moins de 1000 volontaires partent à la recherche de l'un des hommes les plus riches de l'Amérique. On cherche dans les profondeurs de la jungle, sur les vastes côtes et dans les étangs marécageux. La rivière elle-même est longuement fouillée par des plongeurs expérimentés. Les Rockefeller se rendent sur place pour assister aux recherches et des journalistes américains envahissent la région, eux-mêmes à l'affût du meilleur scoop. Malheureusement, après deux longues semaines, les recherches intensives sont arrêtées. On se dit que Michael est probablement mort par noyade. On envisage d'autres hypothèses pour expliquer sa disparition : des crocodiles l'ont dévoré, Michael s'est enfui pour refaire sa vie ; on envisage même la plus intrigante : peut-être a-t-il été tué par les Asmat, ceux qui le fascinaient tant. Cette dernière théorie est celle qui a inspiré plusieurs journalistes, cinéastes, dramaturges et écrivains américains qui consacreront leur carrière à répondre à la question suivante :

Est-ce que Michael Rockefeller a été dévoré par des cannibales asmat ?

Que lui est-il arrivé ?

La disparition de Michael Rockefeller a fait couler beaucoup d'encre depuis les années 1960. Plusieurs livres, articles et documentaires portent sur cette affaire. D'une part, le contexte de la disparition est particulier, mystérieux ; on joue beaucoup sur l'aspect mythique et effrayant de « l'Autre », ce qui est, malheureusement, toujours vendeur. D'autre part, le protagoniste principal est le descendant de l'une des familles les plus riches en Amérique. Bien sûr, comme pour toute affaire de disparition mettant en scène des gens riches et des politiciens, il existe énormément de théories du complot et d'hypothèses loufoques autour de cette disparition. Avec les années, à cause de fausses informations, du jeu du téléphone et des rumeurs non fondées, il est difficile de distinguer la vérité (les faits) de la fiction (les simples suppositions).

Nous savons qu'en 1958, une guerre entre deux villages voisins a éclaté au sein du peuple asmat. Seulement 11 guerriers ont survécu. Après ce massacre sanglant, un officier néerlandais nommé Lepré a voulu gérer la situation à Otsjanep. Il s'y est rendu avec plusieurs policiers armés et une centaine de guerriers du village voisin, Omadesep. En voyant débarquer les quatre canoës sur leur île, les habitants d'Otsjanep ont pris peur. La communication étant quasi impossible à cause de la barrière des langues, la situation a vite dégénéré. Cinq hommes du village ont trouvé la mort, abattus par des policiers. Les victimes : des chefs du groupe, les hommes les plus importants, sacrés, du village. Après cette journée tragique, les villageois ont commencé à percevoir l'homme blanc comme un ennemi, celui qui avait éliminé leurs leaders sans motif particulier. Ainsi, quatre ans après le massacre dirigé par Lepré, l'arrivée de Michael Rockefeller et de sa bande était tout sauf attendue. Pour les Asmat, elle laissait présager un autre massacre injuste et ignoble.

* * *

En 1969, le journaliste américain Milt Machlin s'est rendu lui-même dans le sud de la Papouasie afin de retrouver Michael Rockefeller. Il a publié un livre, *The Search for Michael Rockefeller*, où il expose la théorie voulant que les Asmat auraient pu assassiner Michael afin de venger les cinq leaders de leur peuple tués en 1958. En fait, sa réflexion va encore plus loin. À la suite du massacre de 1958, une épidémie de choléra – la septième depuis 1817 – frappe l'Indonésie en 1961, pour ensuite se propager en Asie, au Moyen-Orient puis en Afrique. Avec les morts provoquées par cette grave maladie et les décès injustes de leurs chefs, trois ans plus tôt, les Asmat d'Otsjanep ont un problème : selon eux, les âmes des chefs hanteraient leur village et continueraient de le faire jusqu'à ce qu'ils soient vengés. Quand Michael Rockefeller, un *tuan*[11], est arrivé à la nage sur leur île en 1961, ils y ont vu l'occasion rêvée de rétablir l'ordre des choses : il sera sacrifié.

En 2008, Fraser Heston, le fils de Charlton Heston, a diffusé un documentaire sur la disparition de Michael Rockefeller : *The Search for Michael Rockefeller*.

Carl Hoffman, ancien éditeur du *National Geographic* et journaliste américain réputé, est lui aussi déterminé à savoir ce qui est arrivé à Michael Rockefeller. En 2014, après avoir suivi les traces du disparu en Nouvelle-Guinée, Hoffman écrit *Savage Harvest : A Tale of Cannibals, Colonialism, and Michael Rockefeller's Tragic Quest for Primitive Art*. L'auteur y raconte que lorsqu'il était à Otsjanep, son interprète aurait entendu un homme dire à un autre de ne pas parler du touriste américain mort. Quand l'interprète a demandé de quel touriste ils parlaient, l'homme aurait répondu que c'était Michael Rockefeller, mais que ça ne devait pas être su, par peur de représailles. Auprès des Asmat, plus Hoffman en apprendra sur leur culture, qui est à la fois complexe et organisée, plus il découvrira que les rumeurs de cannibalisme pourraient être fondées. Selon lui, il est fortement possible que Michael Rockefeller ait été tué, puis dévoré. Il découvrira aussi que des prêtres ayant vécu quelque temps parmi les Asmat auraient écrit des rapports détaillés sur ce qui serait arrivé au jeune homme. En effet, des centaines de lettres échangées entre le gouvernement hollandais et l'Église catholique feraient le point sur le meurtre de Michael Rockefeller par les Asmat. Dans ces rapports, les coupables seraient même nommés, ainsi que ceux qui auraient encore en leur possession le crâne et le reste des ossements

11. Homme blanc, en malais.

de Michael. Or, toujours selon Hoffman, ces rapports et ces informations auraient disparu (ou on les aurait fait disparaître).

En aucun cas il ne faudrait que la famille Rockefeller connaisse le tragique sort de Michael.

Aujourd'hui, la vérité sur cette histoire est encore un dossier ultra-secret et les Rockefeller continuent d'affirmer que Michael est mort par noyade. Tout ça contribue à l'aspect mythique et mystérieux de cette affaire. Bien que cette histoire nous semble lointaine, tant dans le temps que géographiquement, elle reste difficile à lire. Je crois que la vraie tragédie n'est pas nécessairement la disparition d'un Rockefeller, mais plutôt l'occidentalisation et le contrôle d'un peuple qui, au bout du compte, n'a jamais rien demandé.

18. BRENDA SPENCER, 16 ANS – L'IDOLE DES *SCHOOL SHOOTERS*?

Depuis qu'elle a gagné le premier prix Humane Society pour ses photos, Brenda passe tout son temps dans la chambre noire. Pour l'adolescente, le processus qui consiste à développer une photo est apaisant et sacré. Cette activité lui permet d'apprécier l'ensemble de son œuvre. Elle photographie tout ce qui l'inspire : les enfants qui jouent dans la cour d'école devant chez elle, les oiseaux en rangée sur une branche d'arbre, les jolies voitures dans la rue. Sur sa petite radio portative, elle écoute la musique qu'elle aime. Lorsque ses chansons préférées passent, elle monte le volume et chante. Après tout, elle est bien dans ce petit laboratoire de photos. C'est comme si elle était seule au monde.

Si seulement Wallace Spencer avait donné à sa fille la radio qu'elle avait demandée pour Noël, peut-être que cette scène aurait eu lieu. Mais il lui a plutôt acheté une carabine semi-automatique. Voici ce qu'il s'est passé ensuite.

Qui est Brenda Spencer?

Lundi 29 janvier 1979, dans les *suburbs* de la ville de San Diego, en Californie. Exceptionnellement, cette journée-là, la neige recouvre les montagnes. Tous les enfants du voisinage sont heureux. De la neige en Californie, ce n'est pas tous les jours qu'on voit cela ! Pourtant, la jeune Brenda Ann Spencer, 16 ans, se lève du mauvais pied. Au milieu des bouteilles de whiskey vides, étalées sur le plancher, elle s'extirpe du petit matelas usé qu'elle partage avec son père, Wallace. Ses parents se sont séparés quand elle était très jeune et, depuis, elle vit seule avec son père, un homme solitaire et antisocial.

Pour tenter de se sentir mieux, elle avale ses médicaments pour l'épilepsie et prend quelques gorgées d'alcool avant de se diriger vers la salle de bain. Devant le miroir, elle démêle ses longs cheveux roux et met un bonnet en laine noire sur sa tête. Elle porte aussi un pantalon brun en velours côtelé et un chandail bleu. Selon ses camarades de classe, la jeune rouquine s'habille toujours « en garçon », son père ne l'autorisant pas à porter des vêtements plus « féminins ». Très mince, elle pèse un faible 40 kilogrammes et mesure à peine 1,57 mètre. Elle fait plus jeune que son âge.

Or, derrière ses grosses lunettes épaisses se cachent des yeux tristes et sous ses points de rousseur et son apparence crasseuse sommeille une pulsion meurtrière.

Ça fait déjà quelque temps que ça va plutôt mal dans la vie de Brenda. Il y a exactement un an, elle a été admise dans un centre qui accueille des élèves présentant des problèmes de comportement. Les intervenants qui ont rencontré la jeune fille arrivent tous à la même conclusion : Brenda est suicidaire et elle a un urgent besoin d'aide. L'adolescente n'aime pas l'école ; son taux d'absentéisme est très élevé. Elle n'est pas du tout intéressée par ce qu'on lui enseigne. En classe, en raison de son attitude passive et blasée, ses professeurs lui demandent souvent si elle dort. Les gens qui la connaissent à l'école disent qu'elle est toujours seule. Brenda n'a pas d'amis, car les autres élèves la considèrent comme la *weirdo* du groupe.

Malheureusement, plus les mois passent, plus Brenda semble s'enfoncer dans un gouffre sans fin. À l'été 1978, elle est arrêtée à deux reprises. D'abord pour cambriolage, puis pour avoir tiré avec une arme à balles BB sur les fenêtres de l'école primaire en face de chez elle. L'adolescente est alors évaluée par un psychiatre, qui juge qu'elle aurait besoin d'être admise dans un hôpital psychiatrique. Elle souffre d'une dépression sévère et pourrait constituer un danger tant pour elle-même que pour les autres. Toutefois, son père refuse. Selon lui, « il n'y a rien qui ne va pas avec elle ». En fait, lorsque Wallace lui offrira la carabine pour Noël, sa fille pensera que « c'est parce qu'il souhaite qu'elle se suicide ».

Le matin du 29 janvier, ne se sentant pas très bien, Brenda demande à son père la permission de rester à la maison. Il accepte et part pour le boulot. Il est 8 h 30 quand la jeune fille décide d'ouvrir la grande fenêtre qui donne sur la rue. De sa maison, elle peut voir sa voisine d'en face : l'école primaire Grover Cleveland. À cette heure précise, tous les élèves sont en rang pour entrer ; la cloche vient de sonner. Dans la rue, on peut entendre des petites voix innocentes jacasser et se raconter leur week-end. Les professeurs, eux, boivent un café bien chaud en surveillant attentivement la cour d'école.

C'est à ce moment que Brenda s'empare de sa carabine 10/22 semi-automatique .22LR avec télescope et se met à tirer sur les enfants.

« I don't like Mondays »

Burton Wragg, le directeur, s'apprête à ouvrir les portes de l'école quand il entend les premiers « pop, pop, pop ». Au début, il pensait que quelques élèves étaient en train de jouer avec des pétards. Le premier enfant que Brenda voit au loin, c'est le petit Cam Miller, neuf ans. Elle décide de tirer sur lui, car il porte un chandail de sa couleur préférée, le bleu. La balle atteint son dos et ressort par sa poitrine.

Burton Wragg, en tentant de sauver ses élèves, est touché à la poitrine et meurt sur place. La petite Christy Buell, neuf ans, aperçoit le directeur couché dans les buissons, gémissant. Ce spectacle la terrifie. Christy est elle-même touchée deux fois à l'abdomen et une fois dans le bas du dos. (Ironiquement, cette journée-là, son père pensait laisser ses enfants faire l'école buissonnière et les emmener dans les montagnes pour jouer dans la neige...) Brenda continue à tirer sans répit. Elle choisit les enfants qui portent de gros manteaux en duvet, car « elle aime voir les plumes voler » quand les balles les atteignent. Michael Suchar, le concierge de l'école, surnommé « M. Mike », court à la rescousse de Wragg. En essayant de l'aider, il reçoit à son tour une balle en pleine poitrine. Il dit faiblement : « Mon Dieu ! J'ai été atteint. » Il meurt près de son collègue. Chrystal Hardy, 10 ans, vient d'arriver à l'école lorsqu'elle voit tous ses camarades couchés sur le sol, et le directeur, mort. Sa professeure lui ordonne rapidement de se coucher par terre. Mais elle ne réagit pas assez vite et est atteinte elle aussi par une balle.

Au total, Brenda aura tiré sur huit enfants. Par miracle, ils ont tous survécu.

Lorsque les voisins sont mis au courant de la fusillade, la police est enfin appelée. Plusieurs officiers se rendent immédiatement sur place et sécurisent le voisinage. L'un des policiers, Robert Robb, 28 ans, est atteint au cou dès son arrivée. Lorsqu'ils se rendent compte que les coups de feu viennent de la maison d'en face, ils ont la brillante idée de placer un camion d'ordures directement devant l'école. Cette action sauve

plusieurs enfants car, ainsi, Brenda perd sa ligne de tir. C'est à ce moment-là que la rouquine se barricade dans la maison.

Le groupe tactique d'intervention et une équipe de négociateurs se rendent sur place pour parler à la personne responsable du carnage : deux morts et neuf blessés. À ce moment, ils ne savent pas qu'ils ont affaire à une petite rouquine de 16 ans. Un journaliste du *San Diego Union-Tribune*, qui contactait tous les voisins de manière aléatoire afin d'obtenir des témoignages, tombe par hasard chez les Spencer. Lorsque le téléphone sonne chez elle, Brenda décroche et admet être celle qui tire sur les enfants et le personnel de l'école. Le reporter lui demande pourquoi elle fait cela et la jeune femme répond :

« Je n'aime pas les lundis. J'ai donc essayé de les rendre plus amusants. »

Brenda termine l'appel avec le journaliste en ajoutant : « Je dois y aller... J'ai tiré sur un poulet [*a pig*, en anglais, c'est-à-dire un policier] et je crois que je veux en tuer d'autres. » Elle a tiré pendant 20 minutes, à 36 reprises.

Un peu plus tard, c'est au tour du négociateur de communiquer avec elle. Il essaie de convaincre Brenda Spencer de sortir de chez elle. À plusieurs reprises, elle lui raccroche la ligne au nez. Rien à faire, elle ne veut pas se rendre. Elle menace même les policiers en disant que si elle sort, elle tirera partout. Au négociateur, elle avoue : « C'est vraiment le fun de voir des enfants fusillés. » Elle confie avoir tiré sur M. Mike car il l'empêchait de toucher le plus d'enfants possible. « J'ai juste commencé à tirer. C'est tout. Je l'ai juste fait pour le fun », répète la jeune fille au négociateur. Finalement, après environ sept heures de

négociation, l'officier responsable de cette affaire réussit à la faire sortir de chez elle en lui promettant un *whopper* du restaurant Burger King. Quand les policiers entrent enfin chez elle, ils découvrent que l'adolescente avait autant de munitions qu'une petite armée.

LE COIN DES ENQUÊTEURS

CE QU'IL FAUT SAVOIR SUR LA TECHNIQUE DE LA NÉGOCIATION

Dans les situations de crise, les forces de l'ordre utilisent certaines techniques de négociation dans différents scénarios : prise d'otage, tueur actif, violence conjugale, suicide ou terrorisme. Habituellement, la tâche de négociation revient aux premiers policiers sur les lieux.

Le FBI a développé un modèle spécifique, le *Behavior Change Stairway Model*, pour aider les officiers à négocier avec des sujets. Il faut suivre les cinq étapes dans l'ordre.

1. **L'écoute active.** Lorsque le négociateur parle, il doit prendre de longues pauses afin de montrer qu'il écoute bien ce que l'individu lui dit et qu'il est empathique. L'écoute active vise à établir une relation avec l'individu et à comprendre sa manière de penser. On encourage le négociateur à utiliser des questions ouvertes et à paraphraser les propos de l'individu. Il doit aussi déceler les émotions du sujet et les répéter. Par exemple : « Si je comprends bien, [répéter les propos de l'individu]... », « C'est normal que tu sois fâché... ».

2. **L'empathie.** Durant cette étape, le négociateur doit utiliser un ton de voix qui est « vrai » et démontrer un intérêt réel pour le sujet en tentant de comprendre ses émotions et ses problèmes. En faisant preuve d'empathie, le négociateur aura plus de facilité à gagner la

confiance de l'individu et à comprendre pourquoi il agit de la sorte, ainsi que ses motivations.

3. Le rapport. Grâce à l'écoute active et à l'empathie, un véritable lien de confiance sera établi entre le négociateur et son sujet. À ce stade-ci, l'individu sera plus prompt à écouter ce que lui dit ou lui offre le négociateur, qui essaiera de peindre un tableau plus positif et encourageant de la situation. Le négociateur pourra aussi trouver des solutions pour que le sujet, par exemple, ne perde pas la face ou qu'il regagne de la confiance en soi.

4. L'influence. Lorsque le rapport est véritablement établi, le négociateur peut commencer à faire des suggestions à l'individu et lui présenter toutes les options qui s'offrent à lui. Ensemble, le sujet et le négociateur vont s'entendre pour trouver une solution non violente au problème.

5. Le changement de comportement. C'est ici que la négociation est déterminante, et elle se concrétisera seulement si les quatre étapes précédentes sont respectées : soit l'individu agit, soit il se rend.

Les procès

Dès le lendemain de la fusillade, les cours reprennent pour les enfants de l'école primaire de Grover Cleveland. « Nous devons briser le choc », a jugé l'un des représentants de la commission scolaire. Pendant ce temps, Brenda Spencer attend sa sentence derrière les barreaux.

Il était hors de question que le procès se tienne à San Diego. La tragédie a traumatisé trop de gens. Il a donc lieu à Orange County afin d'avoir un jury plus neutre. Bien qu'âgée seulement de 16 ans au moment des meurtres, Brenda est jugée comme une adulte lors de son procès. La rouquine plaide coupable à deux chefs d'accusation de meurtre au premier degré et d'agression à main armée même si, selon ses dires, elle ne se rappelle rien. Au moment de la fusillade, elle s'était complètement dissociée. Son seul souvenir de toute cette journée est d'avoir parlé aux négociateurs.

L'avocat de Brenda, Michael McGlinn, tente de la défendre en affirmant que sa cliente souffre d'une forme rare d'épilepsie, l'épilepsie temporale, développée à la suite d'une chute à vélo. Cette maladie entraîne notamment une perte de contact avec la réalité et des troubles de mémoire. Enfant, Brenda avait aussi des comportements dérangeants. Par exemple, elle aimait tirer sur les oiseaux avec son arme à balles BB. Un voisin se rappelle également que, lorsqu'il avait cinq ans, Brenda s'était emparée de sa poupée afin de lui dévisser la tête.

Est-ce que tous ces éléments pourraient constituer une bonne défense? Le jury a décidé que non.

Brenda Spencer est condamnée à l'emprisonnement à perpétuité avec possibilité de libération conditionnelle après 25 ans. L'adolescente évite la peine de mort à cause de son jeune âge.

Une affaire célèbre

À cette époque, les fusillades en milieu scolaire étaient encore rares en Amérique. Celle-ci fut la première tuerie scolaire qui a été autant médiatisée. Dans le film *The Breakfast Club*, sorti en 1980, on peut voir la phrase «*I don't like Mondays*» écrit sur un mur de briques bleues. Le groupe de musique Boomtown Rats s'est aussi inspiré de cette tragédie pour écrire une chanson intitulée «*I don't like Mondays*». Voici un extrait des paroles:

I don't like Mondays
I wanna shoot the whole day down
Down, down, shoot it all down

Est-il possible que l'hypermédiatisation de cette affaire, qu'on appelle le premier *high-profile school shooting*, ait influencé d'autres tueurs dans les écoles?

En 1993, Brenda fait une première demande de libération conditionnelle, qui est refusée. En 2001, elle essaie de nouveau en affirmant avoir été abusée sexuellement par son père quand elle avait neuf ans. Selon ses dires, ça se passait chaque nuit dans le petit lit qu'ils partageaient. D'ailleurs, son père a épousé la compagne de cellule de sa fille, de 17 ans, avec qui il a eu un enfant ! Wallace Spencer est mort en 2016.

En 2009, lors d'une autre demande de libération conditionnelle, la jeune femme insiste pour dire que le jour du 29 janvier 1979, elle ne voulait tuer personne.

— Alors, pourquoi as-tu commis ce crime ? demande l'agent de libération conditionnelle.

— Parce que je voulais mourir. J'essayais de me suicider, répond Brenda.

— Pourquoi choisir l'école de l'autre côté de la rue ?

— Je ne visais pas les gens en particulier, je tirais dans le stationnement.

— Combien de fois as-tu tiré ?

— Je ne m'en souviens plus.

— Eh bien, tu sais tirer pour avoir atteint autant de personnes comme tu l'as fait, si tu ne visais personne en particulier.

— Je ne me rappelle pas avoir visé qui que ce soit.

— Te rappelles-tu qu'ils essayaient de se mettre à l'abri ?

— Vaguement.

— Te rappelles-tu quand les policiers sont arrivés ?

— Oui.

— Tu as tiré sur l'un d'eux aussi.

— Hmm...

— Finalement, tu as baissé ton arme. Tu n'as pas poursuivi ton plan.

— Non, j'ai eu peur.

Apparemment, Brenda avait un autre plan.

La semaine précédant la tuerie, elle avait dit à une élève de sa classe qu'elle ferait « quelque chose de gros pour passer à la télévision ».

Brenda mentionne ensuite à l'agent qu'elle avait entendu les enfants à l'école de l'autre côté de la rue.

— Beaucoup d'enfants qui riaient et faisaient leurs affaires ?

— Oui.

— Est-ce que ça t'a énervée ?

— Non.

— Ça t'a pas énervée qu'ils aient des plus belles vies que toi ?

— Non. Je voulais juste me suicider.

— Je suis désolé pour ce que tu as vécu, mais j'essaie de comprendre pourquoi tu tirerais sur autant de gens pour les blesser et en tuer deux. Tu m'as dit que tu n'essayais pas de tirer sur qui que ce soit, mais tu as fait une sacrée belle job en en atteignant autant.

— La seule chose sur laquelle je me concentrais, c'était d'attirer les policiers pour qu'ils me tirent dessus.

Cam Miller, l'une de ses victimes, maintenant âgé de 29 ans, est aussi allé témoigner lors de la demande de libération conditionnelle de Brenda Spencer. S'opposant à cette demande, il raconte qu'il fait encore des cauchemars sur ce qu'il a vécu, enfant. Même aujourd'hui, il hésite avant de porter des vêtements de couleur bleue. Il ne croit pas qu'elle devrait sortir de prison. Concernant la question de la libération conditionnelle et de la réhabilitation de Brenda, Wilfred Suchar, le fils de M. Mike, se demande si, un jour, il y aura un autre lundi ennuyant pour elle. Manifestement, les victimes ne sont pas les seules à avoir cette crainte : la demande de libération est refusée. Brenda était admissible à une autre demande en 2021, mais elle a souhaité la reporter d'un an, ce qui nous amène au 18 août 2022. (Je suis en train de corriger les épreuves finales de mon livre et je viens de vérifier le résultat du procès et la demande de libération de Brenda. Elle a encore été refusée.)

* * *

« Chaque fois que je vois une fusillade à la télévision, je me sens partiellement responsable. Est-ce moi qui en ai donné l'idée à quelqu'un d'autre après ce que j'ai fait ? » regrette Brenda Spencer, maintenant âgée de 59 ans. En prison, elle a appris le latin pour le plaisir et s'occupe à réparer des appareils électroniques. Avec du recul, on peut se poser plusieurs questions dans cette affaire :

Si elle avait grandi dans un meilleur foyer, serait-elle devenue une tueuse ?

Si elle avait été traitée pour sa dépression, serait-elle devenue une tueuse ?

Si ses enseignants s'étaient davantage inquiétés pour elle, serait-elle devenue une tueuse ?

Si, enfant, elle n'était pas tombée à vélo, serait-elle devenue une tueuse ?

Et si son père lui avait donné une radio au lieu d'une arme à feu, serait-elle devenue une tueuse ?

19. L'AFFAIRE DU REQUIN

C'est un bel après-midi d'avril à Coogee Beach, une superbe plage de Sydney, en Australie. Le 17 avril 1935, plus précisément. Bert Hobson, un pêcheur aguerri, et son fils profitent de la journée pour faire de belles prises. Ils sont à environ 3 kilomètres de la rive. Hobson accroche un petit requin à son hameçon et met le filet à l'eau ; avec cette proie, il compte attirer les plus gros poissons. Les deux pêcheurs sont chanceux ; en un rien de temps, leur souhait est exaucé : ça mord ! En retirant leur prise de l'eau, ils se rendent compte qu'un gros requin-tigre d'un peu plus de 4 mètres s'est coincé dans leur filet. Déjà là, c'est une rencontre assez impressionnante. Mais ce que les deux hommes ne savent pas encore, c'est que leur journée de pêche résultera bientôt en l'une des plus importantes enquêtes australiennes de l'époque.

Un spectacle terrifiant

Le requin-tigre est un type de mammifère marin très imposant. Pesant environ 500 kilos, il fait partie des plus grandes espèces de requins au monde. Deux mois auparavant, en février 1935, trois hommes ont perdu la vie à Sydney, dévorés par l'un d'eux. Ainsi, à cette époque, c'est un prédateur extrêmement redouté ; on en parle abondamment dans les médias comme on le fait maintenant à propos des armes à feu aux États-Unis. D'ailleurs, des chasseurs ont même été engagés pour éliminer les requins qui rôdent près des plages de la région. Tous les Australiens les craignent comme la peste… même si personne n'en a réellement vu de près. Nos deux pêcheurs prennent donc la décision d'apporter le requin-tigre à l'aquarium local, le Cogee Aquarium Baths, pour qu'il y soit exposé. Leur proie, encore vigoureuse et majestueuse, serait un bon atout pour impressionner les touristes. Or, après une semaine à l'aquarium, le requin dépérit. Il devient irritable, perd l'appétit, et son comportement est erratique (ce qui est, à mon avis, plutôt normal lorsqu'on enferme un animal de cette taille dans une piscine de 25 pi sur 15 pi !). Il semble désorienté et bouge lentement, de façon léthargique.

Le 25 avril, à 16 h 30, l'un des derniers groupes de visiteurs vient s'attrouper pour observer le requin-tigre, le clou de l'exposition. Mais devant les yeux de spectateurs de tous âges qui sont à la fois fascinés et terrifiés, l'animal, qui ne va plus bien du tout, commence à s'élancer contre les vitres de sa prison de verre. Après un moment, il déclare forfait et se laisse couler au fond de l'aquarium, désespéré. Un témoin, présent sur les lieux, raconte au journal *Sydney Morning Herald* les événements qui ont suivi : « J'étais à environ 3 ou 4 mètres du requin quand j'ai vu quelque chose sortir de sa bouche. C'était une mousse brune, abondante, qui sentait vraiment mauvais. » Le requin-tigre, malade, s'est vidé l'estomac : « Un oiseau, un rat, un tas de saletés... et un bras humain, enroulé d'un bout de vêtements. » Oui, vous avez bien lu.

Devant les yeux horrifiés et les grimaces de dégoût des spectateurs, un bras humain flottait à la surface de l'eau.

Bras retrouvé, victime recherchée

Ne sachant que faire dans une telle situation, les propriétaires de l'aquarium appellent les policiers pour qu'ils les aident à gérer les événements. Un coroner et un expert des requins viennent également leur prêter main-forte. Ensemble, ils déterminent que le bras n'a pas été dévoré par le requin-tigre lui-même, mais plutôt par un petit requin... celui qui a servi d'appât au gros ! On estime alors que le membre a été ingurgité environ 8 à 18 jours plus tôt. C'est le bras gauche d'un homme qui arborait un tatouage représentant deux boxeurs en plein combat. Mais ce n'est pas tout : une petite corde était encore attachée autour du poignet. Étrange, n'est-ce pas ? Un autre détail crucial remarqué par le coroner lance rapidement l'enquête : le bras n'a pas été coupé par des dents de requin, mais bien par un couteau.

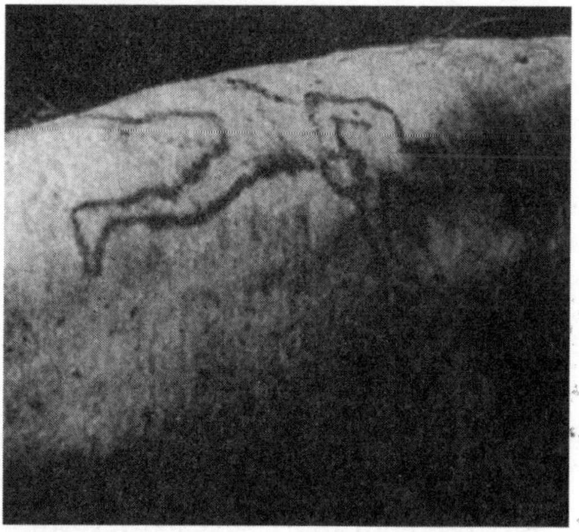

L'homme avait été victime d'un meurtre.

La photo du bras et une description des événements sont publiées dans le journal : on espère que quelqu'un reconnaîtra le tatouage, unique, des deux boxeurs.

Jimmy Smith, boxeur disparu

Un homme du nom d'Edwin Smith reconnaît alors dans le journal le tatouage de son frère, James, un ancien boxeur porté disparu depuis le 7 avril. Une analyse des empreintes digitales confirme que le bras est bel et bien le sien. L'homme avait abandonné sa carrière de boxeur assez tôt pour se consacrer à un mode de vie, disons, « à risque ». Il était le protagoniste de quelques histoires criminelles mettant en scène des gangsters australiens puissants.

Plus l'enquête avance, plus les policiers se rendent compte que leur histoire de requin prend une tournure inespérée. La dernière fois que Jimmy Smith a été aperçu, c'est à l'hôtel Cecil (en Australie) en compagnie de son vieil ami, Patrick Brady. Les deux hommes ont pris quelques verres en jouant aux cartes avant de se rendre chez Brady pour la nuit. En interrogeant des témoins, ils découvrent que Smith et Brady commettent des fraudes à l'assurance avec un homme d'affaires réputé, Reginald William Lloyd Holmes. Ce dernier est propriétaire d'une importante compagnie de bateaux et fait du trafic de cocaïne... à temps perdu. Les deux hommes sont interrogés pendant plus de cinq heures, mais nient toute implication dans le meurtre de James Smith. Selon eux, le boxeur pourrait bien être toujours en vie, quelque part en Australie, avec un bras manquant.

Comment tout cela s'est-il terminé ? Eh bien, juste avant le procès, on a trouvé Holmes dans sa voiture, atteint de trois balles à la poitrine. Brady, quant à lui, n'a pas été condamné pour le meurtre de Smith : selon ses avocats, un seul bras ne constitue pas une preuve suffisante pour une accusation d'homicide. La dernière journée du procès, il est sorti du palais de justice et a été arrêté pour fraude.

Qu'en est-il du malheureux requin-tigre ? Lui aussi a été tué. Au début de l'enquête, on a dû l'éventrer dans l'espoir d'y trouver le reste du corps de Smith. Malheureusement, il n'y était pas.

* * *

Malgré des recherches intensives dans l'océan, le reste du corps de James Smith n'a jamais été retrouvé. Qui sait, peut-être se cache-t-il dans l'estomac d'une baleine à bosse ?

20. SARAH EVERARD – L'ÉCHEC DE LA POLICE

Marcher seule, le soir, en tant que femme, c'est : appeler un proche pour parler au téléphone tout au long du trajet ; mettre des clés entre ses doigts pour se défendre ; ne pas écouter de musique dans ses écouteurs afin de rester alerte, mais les garder dans les oreilles pour dissuader des inconnus de nous parler; sursauter à chaque petit bruit; se sentir nerveuse lorsqu'on croise un homme; toujours regarder par-dessus son épaule pour s'assurer de ne pas être suivie; croiser peut-être un policier et se sentir rassurée pour, enfin, rentrer à la maison et bien verrouiller la porte. Ouf !

Marcher seules le soir nous rend vulnérables et craintives : des histoires comme celle de Sarah Everard contribuent à nous faire sentir moins en sécurité. Pensez à celle d'Hélène Monast, au chapitre 2. Elle a beau s'être passée il y a plus de 40 ans, elle ressemble aux autres : une femme marche seule le soir et se fait assassiner.

Ce que je m'apprête à vous raconter ici donne froid dans le dos. On se pose une seule question :

Qui est censé nous protéger ?

Les rues désertes en période de COVID-19

Le 3 mars 2021, à Londres, il est 21 h lorsque Sarah Everard, 33 ans, quitte la maison de son amie pour rentrer chez elle, à Brixton. Les deux jeunes femmes ont décidé de se réunir pour souper ensemble, malgré les règles restrictives imposées partout au pays – et dans le monde – en raison de la pandémie de COVID-19. À ce moment, en effet, le confinement au Royaume-Uni autorise seulement des sorties essentielles : travail, exercice, pharmacie, courses. Sarah part de chez sa copine et décide de marcher jusque chez elle. Après tout, elle ne peut pas prendre le taxi à cause du règlement, et elle est seulement à quatre kilomètres de marche de la maison, soit une cinquantaine de minutes. Il est encore tôt et la soirée fraîche la garde éveillée.

À exactement 21 h 13, la jeune femme téléphone à son copain, Josh. Ils discutent ensemble une quinzaine de minutes et planifient de se voir le lendemain.

21 h 15, soit deux minutes plus tard : Sarah est aperçue sur une caméra de surveillance dans la rue ; elle est seule.

21 h 28 : on aperçoit Sarah à nouveau alors qu'elle passe devant une maison munie aussi d'une caméra de surveillance sur sa sonnette d'entrée. Elle porte un couvre-visage, un bonnet, et elle marche toujours seule.

21 h 34 : on revoit la jeune femme sur une caméra de surveillance. Or, cette fois-ci, elle n'est plus seule ; elle semble parler à une autre personne, un policier. Les deux sont devant une

voiture. On remarque que l'homme parle à Sarah, qu'il fait un geste vers sa ceinture de policier et, finalement, qu'il passe les menottes à la jeune femme, qui est pourtant on ne peut plus inoffensive.

21 h 38 : le policier semble dire à Sarah de monter dans sa voiture. Elle obéit. Ensuite, ils quittent les lieux.

* * *

Le lendemain, 4 mars, le copain de Sarah s'inquiète lorsqu'elle ne se présente pas à leur rendez-vous. Il signale tout de suite son absence. Où peut-elle bien être allée en l'espace de 12 heures ?

La disparition de Sarah est immédiatement largement médiatisée partout au pays. « Chaque jour qui passe, nous sommes de plus en plus inquiets pour Sarah », disent ses parents aux journalistes. Des champs de blé, des forêts et des étangs sont inspectés de long en large. Des policiers arpentent de grands terrains, ils tiennent de longs bâtons pointus qui servent à piquer la terre, à la recherche d'indices. D'immenses efforts sont déployés pour Sarah mais, à part les quelques images de CCTV, on ne trouve rien. Plus le temps avance, plus les chances de la retrouver vivante diminuent.

Le soir du 9 mars, une première arrestation est effectuée : un policier de Londres de 48 ans, père de deux enfants. Il est amené au poste de police ; les enquêteurs croient fermement qu'il aurait un lien avec la disparition de Sarah.

Wayne Couzens, un *bad cop*

Wayne Couzens est un policier du Met (Metropolitan Police) depuis 2018. Il travaillait auparavant pour le Civil Nuclear Constabulary, où il était chargé de surveiller les sites nucléaires du pays. Il habite dans le comté de Kent, en Angleterre. Plusieurs photos de famille garnissent les pièces de sa maison où il vit avec sa femme et ses enfants. Depuis quelque temps, il ne va pas bien ; il est en dépression et endetté à hauteur de 29 000 euros.

Les enquêteurs ont été en mesure de relier Couzens à la disparition de Sarah grâce à plusieurs éléments, dont les caméras de surveillance déjà évoquées, et les témoins oculaires. En effet, la nuit de la disparition, un couple a aperçu le policier passer les menottes à la jeune femme. Or, ils se trouvaient devant une Vauxhall Astra blanche, qui n'est pas la voiture habituellement utilisée par le service de police. Le couple, à ce moment, a cru qu'un policier *undercover* arrêtait une jeune femme dans la rue, sans plus.

À 23 h 38, une caméra de surveillance de la ville de Dover montre Couzens qui déplace Sarah dans sa voiture personnelle.

On le revoit à nouveau dans la nuit, à 2 h 31, grâce à une caméra de surveillance d'une station-service. Sur place, l'homme achète quelques provisions et des boissons. Il est seul.

Le lendemain de la disparition – on est donc le 4 mars –, à 8 h 15, il se dirige dans un café où il achète un latte au caramel, une tarte *bakewell*, un chocolat chaud et un trio du McDonalds.

Le 5 mars, vers 12 h 45, des voisins de la résidence de Couzens aperçoivent un immense feu à une centaine de mètres du terrain de sa maison de campagne.

Non seulement ces indices sont-ils suffisants pour que les soupçons se tournent vers le policier, mais son passé trouble l'incrimine encore davantage. Par exemple, ses anciens collègues du Civil Nuclear Constabulary le nommaient « *the rapist* » (le violeur) : les femmes avec qui il travaillait se sentaient très mal à l'aise à ses côtés. Le surnom lui a aussi été attribué à la suite de l'aveu qu'il avait fait d'aimer regarder de la pornographie « très violente ». En 2015, un homme a porté plainte à la police car il avait aperçu Couzens en train de conduire sa voiture de patrouille, nu en bas de la taille. Mais cette plainte n'a jamais eu de suite ! Deux autres accusations d'outrage public à la pudeur, dans un restaurant McDonalds de Londres, ont également été portées en février 2021, un mois avant la disparition de Sarah.

Les policiers se rendent chez leur suspect ; lorsqu'ils lui montrent une photo de Sarah, Couzens ment en répondant qu'il n'a jamais vu cette femme. Entre-temps, il supprime subtilement toutes les données de son téléphone. Il est tout de même emmené au poste de police pour subir un interrogatoire. Le lendemain, des restes humains sont retrouvés à Hoad's Wood. Grâce aux informations dentaires, on sait que ce sont ceux de Sarah.

Un meurtre qui donne froid dans le dos

La vérité, c'est que Couzens avait fabriqué un faux mandat d'arrestation pour non-respect du couvre-feu dans le but de capturer sa proie.

Sarah, vulnérable et sachant qu'elle avait enfreint le règlement, n'a pas eu d'autre choix que de croire la figure d'autorité devant elle.

Selon l'enquête et la précision qu'offrent les caméras de surveillance, on pense que Sarah serait morte vers 2 h 30, un peu avant que Couzens ne s'arrête à la station-service. On peut imaginer que la pression venait de tomber et qu'il était assez à l'aise pour faire des courses sans craindre que sa victime réussisse à s'échapper. Selon le rapport d'autopsie, la jeune femme a été violée avant de se faire assassiner. Cause de sa mort : compression au cou. Couzens se serait servi de sa ceinture de policier pour étrangler la jeune femme.

À 3 h 21, la voiture du policier est aperçue grâce à une caméra de surveillance. Il est en route pour Hoad's Wood afin de disposer du corps. Il a placé Sarah dans deux gros sacs et les a cachés près de son terrain. Il a quitté le site un peu avant le lever du soleil pour retourner sa voiture louée à l'agence de location. Il en a aussi profité pour se débarrasser du téléphone de Sarah dans une rivière de la ville Sandwich.

Le 5 mars, Couzens est observé sur une caméra de surveillance d'une station-service de Hoad's Wood où il achète de l'essence, dont il se servira plus tard pour brûler le corps de Sarah et ses possessions, qu'il avait conservées dans un réfrigérateur. Ses restes seront ensuite jetés dans un étang, près de sa maison.

La voiture personnelle et la maison de Couzens offraient beaucoup d'indices aux enquêteurs. Dans sa voiture, on a retrouvé, entre autres, un fragment de la carte SIM du téléphone de Sarah, trois gants en plastique, la clé de ses menottes, un préservatif non utilisé et du lubrifiant. Sur le siège passager, une tache de sang correspondait à l'ADN de Sarah et, sur la banquette arrière, du sperme contenait l'ADN de Couzens.

Dans la maison, on a trouvé plusieurs objets, dont un gallon d'essence, une pompe pénienne, une boîte de gants de latex et des menottes.

Le 8 juin, Wayne Couzens a plaidé coupable aux accusations de kidnapping et de viol ; le 9 juillet, il a plaidé coupable pour le meurtre de Sarah Everard. Il a été condamné à la prison à vie.

Dans la tête d'un tueur…

Dans les jours suivant le meurtre, les agissements de Wayne Couzens sont intéressants à analyser. Comme il était en congé jusqu'au 8 mars, il a été capable de brûler le corps de Sarah. Il a ensuite appelé son employeur pour l'aviser qu'il souffrait de stress intense. Malgré ce « stress », il en a profité pour régler des trucs personnels : par exemple, il a appelé le vétérinaire pour discuter de l'anxiété de séparation de son chien ! D'ailleurs, selon ses proches, Couzens est un homme qui adore les enfants et les animaux…

Le 6 mars, Couzens envoie un courriel à son superviseur pour l'informer qu'il ne souhaite plus porter d'arme à feu.

Le 7 mars, il emmène sa femme et ses enfants à Hoad's Wood, l'endroit où le corps de Sarah a été brûlé. Les jeunes s'amusent et jouent près de l'étang où gisent les restes de la jeune femme.

Le 8 mars, Couzens communique au bureau pour mentionner qu'il ne rentrera pas travailler parce qu'il est malade.

Nous pouvons observer que, manifestement, cet homme est en train de couvrir ses arrières. Il est nerveux, certes, mais il est quand même en mesure d'appeler son vétérinaire et d'avoir une conversation, somme toute, assez calme.

Une fois en prison, juste avant d'être interrogé par les policiers, l'homme s'est délibérément frappé le crâne contre le siège de toilette. Il a été amené d'urgence à l'hôpital où il a été soigné avant d'être renvoyé à la prison.

Le contrecoup

L'histoire de Sarah Everard a traumatisé tout le pays. L'Angleterre, qui avait déjà créé le slogan ACAB, *all cops are bastard* (tous les flics sont des salauds), dans les années 1920-1940, a vu son manque de confiance envers la police s'accroître à la suite du meurtre de la jeune femme. Si on ne peut plus faire confiance aux policiers, ceux-là mêmes qui sont censés nous protéger, à qui peut-on se fier ?

En mars 2022, Couzens a été finalement inculpé d'outrage public à la pudeur datant de 2015 ; on se demande bien pourquoi aucune enquête n'a été menée à l'époque. Durant les recherches sur le comportement de Couzens, plusieurs autres événements inquiétants ont été découverts.

En 2018, une prostituée s'est présentée à la station de police pour demander l'argent que Couzens lui devait.

Toujours en 2018, il aurait agressé sexuellement une drag-queen dans un pub.

Une animatrice de radio nommée Emma B. a déclaré avoir voulu porter plainte contre lui en 2008 après qu'il a eu un comportement exhibitionniste devant elle, dans une petite ruelle sombre. Lorsqu'elle s'est présentée au poste, les policiers ne l'ont pas du tout prise au sérieux. Plusieurs se posent ces questions :

Pourquoi Wayne Couzens travaillait-il encore dans la police ? Pourquoi avoir protégé cet homme ?

L'horreur continue... Durant une veillée organisée à la mémoire de Sarah, six arrestations ont été effectuées. Ses proches, qui voulaient rendre un dernier hommage à la jeune femme, avaient enfreint les règles liées à la COVID-19... et ont été poursuivis en justice !

Au moment de l'affaire, Philipp Allot, le commissaire de police de North Yorkshire, a demandé aux femmes d'être plus vigilantes et de se renseigner sur les règles entourant une arrestation. Ces commentaires ont évidemment provoqué un tollé de la part de la population. Allot a dû donner sa démission.

À la suite de ces événements, un sondage révélait que 76 % des femmes croyaient que la police devait changer, et 47 % voyaient leur confiance en cette dernière diminuée.

* * *

Le soir du 3 mars 2021, Sarah a pris toutes les précautions nécessaires pour assurer sa survie : elle a appelé son conjoint durant sa marche ; elle est restée alerte ; elle a passé par des chemins connus ; elle a croisé un policier en qui elle avait confiance. Malheureusement, force est de constater que tout cela n'a pas été suffisant pour assurer sa sécurité.

REMERCIEMENTS

Pour commencer, un immense merci à mon fiancé, Bob. Sans tes petits plats bien cuisinés, tes cafés et tes blagues, je n'aurais sûrement pas pu me concentrer autant sur mon écriture. Je t'aime. Merci aussi à mes parents, Claire et Alan (ben oui, encore !).

Je remercie également les familles des victimes qui m'accordent toujours une confiance énorme et qui me permettent de partager leur histoire. Merci à Caroline et à Éric, les parents de David Fortin, pour leur accueil chaleureux ; à Sébastien et à Danielle, grâce à qui j'ai pu raconter l'histoire de Francis ; à vous, membres de la famille Pouliot, pour votre immense générosité ; à Nicole Monast, pour sa gentillesse.

Je n'oublie pas mon éditeur adoré, Max Hugny, qui rend mes textes beaux depuis 2019, et toute l'équipe des Éditions de l'Homme qui continue à me donner ma chance. Merci à Annie Richard et à Roger Ferland pour leur expertise. Merci aux filles de l'Agence Sonia Gagnon et à Mélik Menacer, des agents exceptionnels qui m'aident à bien faire mon boulot.

Finalement, le meilleur pour la fin ! Merci aux Charltonistes, mes fidèles abonnés depuis le tout début. Merci de regarder mes vidéos, de vous investir, de vous procurer mes livres et de continuer à me suivre depuis si longtemps. Je ne serais rien sans vous !

Ah... et merci à Nanette pour ses bisous !

TABLE DES MATIÈRES